봄길

박용길

엮은이 정경아

한신대학교 기독교교육과 졸업. 《새누리신문》 취재기자, CBS 편성국 작가, 《새가정》 객원기자로 활동. 국립국악원 어린이국악창작음악극 〈솟아라 도깨비〉와 한국기독교장로회 총회교육원 환경교육 동화 〈꼬물락의 나들이〉 집필.

박용길

2020년 6월 10일 초판 1쇄 펴냄
2020년 8월 25일 초판 2쇄 펴냄

기획 (사)통일의집
엮은이 정경아
편집 박은경
펴낸이 신길순

펴낸곳 (주)도서출판 삼인
(03716) 서울시 서대문구 성산로 312 북산빌딩 1층
전화 02-322-1845
팩스 02-322-1846
이메일 saminbooks@naver.com
등록 1996년 9월 16일 제25100-2012-000046호
표지, 본문 디자인 끄레디자인

값 15,000원

봄길
박용길

정경아 엮음

삼인

일러두기

* 편지를 포함하여 인용된 글과 대화에서 인물이나 시대 특유의 입말을 경우에 따라 그대로 살렸다.
* 지명 등의 외래어는 국립국어원 표준표기를 따르는 것을 기본으로 했으나 '용정', '동경신학교' 등 통상적으로 쓰이는 몇 가지 표기를 허용했다.
* 참고문헌은 주석으로 표시하여 권말에 수록했다.
* 출처가 따로 표시되지 않은 인용문은 박용길이 남긴 개인 기록에서 따온 것이다.
* 모든 사진 자료는 '(사)통일의 집'에서 제공했다.
* 초록색 인용문은 박용길이 쓴 기록물을 인용한 것이다.

그녀가 제일 예쁜 것으로 들고 가라며

꽃다발을 골라주었다.

나는 그 꽃다발을 들고

군사분계선 위에 올라섰다.

시대적 소명을 살아낸 한 여성을 기억하며

한명숙 | 제37대 국무총리

박용길 장로님의 전기가 나왔습니다.

원고지 1천 매의 초고를 읽어 내려가면서 나는 동시대를 함께 손잡고 살아온 한 사람으로 돌아가 그분의 삶의 한복판에 깊숙이 들어갔습니다. 일제강점기를 제외하면 독재의 경험과 민주화운동, 교회여성운동, 옥바라지, 옥살이 등 많은 부분에서 나의 삶과 겹쳐 있어 더 깊이 공감했는지도 모르겠습니다.

무엇보다도, 박용길의 탄생 100주년을 맞아 그의 전기 『봄길 박용길』을 발간하게 된 것을 진심으로 축하하고 기뻐합니다. 그리고 고맙습니다. 수많은 남성들의 전기를 쉽게 마주할 수 있는 세상에서, 한 여성으로서 고난의 역사를 헤쳐온 박용길의 삶을 그린 전기는 그 누구의 이야기보다 소중하다고 생각하기 때문입니다.

대체로 여성의 역사는 독신인 경우를 제외하면 남편의 그림자에 묻혀 내조자 이상의 조명을 받기 어렵습니다. 박용길 역시 남편인 문익환의 삶의 뒤편에 남아 문 목사의 다정한 아내로만 전해질 뻔했습니다. 『봄길 박용길』은 단순히 한 여성의 연대기가 아니라 역사 위에 자신의 발로 우뚝 선 '여성의 이야기', 허스토리Herstory입니다. 그래서 더욱 의미가 큽니다.

지금까지 인류의 역사(History)는 '그 남자의 이야기'일 뿐이었습니다. 그 시대의 여성은 감히 '히스토리' 안으로 끼어들 수 없었습니다. 박용길의 전기는 한국 현대사 한가운데에서 여성의 눈과 마음으로 느끼고 활동한 기록의 역사입니다. 그의 삶에 녹아 있는 여성 신학자의 관점과 그가 산 시대의 여성의 소명이 잘 그려져 있기에 꼭 일독을 권합니다.

박용길은 1919년 일제강점기에 대한독립만세 소리가 울려 퍼지던 역사적 현장에서 태어났습니다. 한반도의 수난사를 운명처럼 짊어지고 태어나 93년을 살면서 수많은 역경에 부딪혔으며 그 작은 체구로 견디기에 너무도 벅찬 현실과 마주하곤 했습니다. 하지만 박용길은 어떤 일도 마다하지 않고 당신이 정한 목표대로 끝까지 완수해내는 강한 의지의 소유자였습니다. 시어머니에게 네 아이를 맡긴 채 기독교장로회 여신도회 상임총무의 일에 그토록 열정을 가지고 많은 것을 개혁해내는 모습은 감동적이었습니다. 겉보기에 항상 편안하고 인자하면서도 그 내면에서 뿜어 나오는 용기와 담대함이 돋보이는 뚝심의 활동가였습니다.

그 시대를 살았던 사람들 대부분이 모진 억압과 고난을 겪어야 했듯이 박용길 역시 그 길을 피할 수 없었습니다. 8개월 된 첫 딸을 병으로 잃은 어미의 아픔, 북간도 오지의 추위와 가난, 전쟁통의 피난 생활, 독재의 경험, 남편의 옥바라지, 스스로 치른 옥살이 등 헤아릴 수 없는 난관 속에서 고투하면서도 언제나 남들에게 마음을 다하는 배려의 상징이었습니다. 누구나 기대고 싶어지는 너른 품의 어머니 같은 분이었습니다. 누구라도 밟고 지나갈 수 있도록 자신을 내어주는 봄길이었습니다.

『봄길 박용길』은 역사에 대한 '경고로서의 회고록'입니다. 역사에 대한 기억과 성찰이야말로 우리 민족이 혹독하게 겪은 독재와 분단을 극복하고 정의와 함께 평화통일로 나아갈 수 있는 귀중한 자산이라고 생각합니다. 우리 아이들이 살아갈 더 나은 미래의 역사를 만들기 위한 큰 가르침이기도 합니다. 과거사의 기억이야말로 새로운 역사 탄생의 밑거름이고 희망이라는 점에서, 우리 역사의 개혁과 진보의 길을 어떻게 어머니의 몸으로 살아냈는가를 보여주는 이야기로서 박용길의 삶을 되새길 필요가 있습니다. 단재 신채호 선생도 '역사를 잊은 민족에게 미래는 없다'고 단호히 말했습니다. 이 전기는 우리의 역사를 기억하고 미래를 만들어가는 데 의미 있는 영감을 줄 것입니다.

박용길의 인생의 방점은 지구상에서 유일한 분단국가의 시련을 극복하고자 남편 문익환 목사와 함께 평화통일의 길을 걸어온 데 있습니다. 일제로부터의 해방의 기쁨을 누리기도 전에 강대국에 의한 분할통치로 반도의 기상을 잃고 섬나라에 갇힌 채 70년이 넘도록 단절의 역사를 살아왔습니다. 박용길은 평화통일의 화두를 한 번도 놓지 않고 문익환 목사가 타계한 후에도 홀로 금단의 벽을 넘어 북한을 방문했습니다. 수없이 남편의 옥바라지만 해오다 스스로 감옥에 갇히는 옥살이로 한반도 평화통일의 중심에 자리했습니다.

남북의 평화통일은 아직도 진행형입니다. 박용길 장로님이 정성스레

가꾸신 '통일의 집'은 따님 문영금에게로 이어져 민간 평화통일 운동의 보금자리로 자리매김되고 있습니다. 전 세계가 코로나19 방역으로 초유의 사태를 맞이하면서 주목하게 된 한국의 민주주의와 시민의식은, 이 전기에서도 드러나듯 우리 민족이 고난의 역사 속에서 어려움을 극복하며 일구어온 민주주의와 맞닿아 있다고 생각합니다. 남북이 지혜를 모아 이 난국에서도 평화를 꽃피우는 계기를 다시 마련할 수 있기를 기도할 뿐입니다.

자그마한 키에 몽당치마저고리, 단아한 미소로 민주주의와 평화의 숨결이 있는 곳이면 어디든 서 계셨던 박용길 장로님의 모습이 그립습니다.

2020년 봄

차례

전쟁의 시대, 가족

개척의 시대, 살림

손을 잡는 시대, 사랑

부드럽고 거룩한 분노의 영성, 박용길

참으로 오랜 뒤에야 숙제를 마쳤다.

원래 이 책은 1998년에 기획되었다. 봄길 박용길은 1995년 김일성 주석 1주기 조문을 위해 북한에 다녀와 보안법을 위반했다는 이유로 구속되었다. 1차 공판에서 집행유예로 석방된 뒤 한국여성신학정립협의회에서 봄길의 주제 강연 '모란꽃과 무궁화의 만남을 위하여'는 부지런한 통일꾼이 되도록 모두를 다독였다. 당시 한국여신학자협의회(이하 여신협) 총무였던 나 역시 이 강연에 힘을 얻어, 그동안 여신협에서 펴낸 조화순, 공덕귀 전기에 이어 세 번째 여신학자 전기로 '봄길 박용길' 편을 내자고 제안했다.

곧 박용길의 전기 발간을 위해 출판위원회를 구성했다. 그런데 초고를 쓰던 장남 문호근이 갑작스럽게 세상을 떠나고, 실무를 진행하던 내가 총무 임기를 마치면서 일이 흐지부지되고 말았다. 봄길은 해마다 공덕귀의 추모식에서 여신협이 펴낸 전기 내용이 추모사로 인용되는 것을 흐뭇한 마음으로 선망했다. 나는 사람들과 구순 때는 꼭 펴내자고 뜻을 모았지만 결국 봄길은 책을 보지 못한 채 하늘나라로 떠나고 말았다.

2018년 10월 10일에 봄길의 딸 문영금과 조카 문영미와 첫 제안자인 나, 이렇게 셋이 모여 탄생 백 주년엔 기필코 책을 내자고 결의를 다졌다. 한 달 후 봄길이 관여했던 교회 여성계·새가정사·민주화운동기념사업회·한빛교회·출판사·가족 대표로 편집위원회가 구성되었다.

편집위원회는 『봄길 박용길』을 펴내면서 두 가지에 강조점을 두었다. 하나는 젠더 관점에서 박용길의 행적을 살리자는 것이었다. 주체적인 여성이 잘 드러나지 않는 역사(History)가 아닌 박용길의 허스토리 Herstory를 엮기로 한 것이다. 박용길은 교회 여성 지도자요, 여성 신학자로서 많은 활동을 했음에도 불구하고 주로 문익환과 관련된 일들만 부각되어왔다. 통일운동에서도 독립적인 인간 박용길보다는 문익환의 뜻을 이어가는 아내로서 알려져 있다. 물론 사랑하는 남편의 뜻을 계승하겠다는 의지가 있던 것은 분명하지만 봄길의 삶은 그 이상이었다. 이 책에서는 교회 여성 지도자로서, 민주화운동 시대에 고난받는 이들과 함께한 투사로서, 통일의 여성 사도로서 박용길의 독자적 위상을 발굴하고 자리매김하고자 했다.

또한 편집위원회는 『봄길 박용길』을 모두가 쉽게 읽을 수 있는 책으로 펴내기로 했다. 새로이 글을 창작하기보다는 박용길이 기록하고 모아놓은 글과 자료를 살리는 쪽으로 방향을 잡았다. 봄길 박용길은 기록꾼이다. 한국기독교장로회 여신도회 전국연합회 초창기 시절에 줄곧 서기를 역임했다. 녹음기도 없고 타자기도 없던 시절, 회의를 기록하고 문서를 정리하는 서기 역할은 정말 중요했다. 여신도회 서기를 오래도록 맡아볼 수 있었다는 것은 박용길의 기록 능력과 회의의 이모저모를 파악하는 능력이 얼마나 뛰어났는지를 반증한다.

기록꾼 박용길은 일상사에서부터 구속자 가족들의 이야기, 갈릴리교회 주보 등 1940년대부터 2000년대에 이르기까지 자신의 주변에서 일어난, 보고 들은 일을 기록했으며 자료를 모아두었다. 자신의 생애를 기록한 초고가 있었으며, 문익환과 주고받은 그 유명한 옥중서신이 자료로 남아 있었다. 이것들을 토대로 한 권의 책이 엮이었다. 물론 외부 자료와 다른 사람의 인터뷰도 인용되었지만, 이 책은 박용길의 기록을 기본 텍스트로 해서 씌었다. 『봄길 박용길』의 원저자는 박용길인 셈이다.

십 년 넘게 책 나오길 기다리다 세상을 뜨신 박용길 장로님에게 죄송한 마음 금할 길이 없지만, 한편으로는 책이 한참 후에 나오게 된 것이 다행이라는 생각도 든다. 책이 바로 일찍 나왔더라면 봄길 박용길의 전기는 방북 이야기로 마무리되었을지 모르고, 그랬더라면 진정한 통일꾼으로서 생의 마지막을 불태운 행적은 다뤄지지 못했을 것이다. "모든 것에 때가 있다"며 느긋해하던 봄길의 모습이 떠오르지 않을 수 없다.

『봄길 박용길』은 총 4부로 구성되었다. 1부 '전쟁의 시대, 가족'에는 어린 시절과 요코하마신학교 유학 시절에 이어 문익환과의 결혼, 민족동란으로 인한 피난 생활이 그려져 있다. 2부 '개척의 시대, 살림'에는 한국기독교장로회 여신도회 전국연합회 임원이자 한빛교회 장로, 또한 기독교 여성·가정 전문지인 《새가정》의 운영위원으로 활약했던 모습이 펼쳐져 있다. 3부 '죽음의 시대, 편지'에서는 4.19 혁명의 시대적 요청에 응답하여 인권과 민주화 운동에 나서게 된 시기가 소개된다. 1985년에 창설된 민주화실천가족운동협의회를 이끌며 고난받는 이들과 함께

하고, 마침내 1987년 6월의 함성에까지 치닫는 봄길의 발걸음을 따라 갔다. 아울러 감옥의 문익환에게 보낸 3천여 통의 편지 가운데 일부를 선별해 실었다. 마지막 4부 '손을 잡는 시대, 사랑'에서는 남편과 사별한 뒤 그와 같이했던 통일의 꿈을 이루고자 금기를 깨고 분단선을 넘은 일, 그리하여 양심수를 지원하던 이에서 양심수가 된 봄길 박용길의 행보를 담고 있다. 생의 마지막까지 '통일맞이'를 이끌다 '통일은 다 됐어!'라고 믿고 떠나면서 사람들에게 불어넣은 선한 영향력을 돌아보았다.

편집위원들은 정경아 작가의 초고를 함께 읽으며 박용길의 진면목을 되새겨볼 계기를 가졌다. 교회 여성들을 일깨우는 여성 지도자로 활동하던 모습, 여성 신학이라는 용어가 없던 시절에 여성의 눈으로 성서를 읽고 교재를 집필하고 가르쳤던 선각자의 모습을 새롭게 만났다. 전태일 분신부터 시작해 민청학련(전국민주청년학생총연맹)·인혁당(인민혁명당) 사건, 명동성당의 3.1 민주구국선언, 박종철 고문치사사건 등 굵직굵직한 인권과 민주화 운동의 현장을 빠짐없이 지켜온 그 삶의 궤적에 깊이 감동하지 않을 수 없었다. 남편 문익환 목사의 통일로 오르는 언덕길에서 동반자였다가 나중에 스스로 통일꾼으로 우뚝 선 모습을 바라보았다. 자신을 내세우는 독불장군과는 다른, 주위 사람들을 이끌어내고 지지하고 격려하여 함께 가는 여성적 연대의 힘에 대해 생각했다.

봄길 박용길에게서 더욱 감동적인 점은 그 지칠 줄 모르는 실천 뒤에 자리한, 늘 새롭게 샘솟는 영성이다. 봄길은 매우 부드러운 사람이면서 차별과 불의에 분노했다. 베벌리 해리슨을 비롯한 여성 신학자들은 이런 정의, 평화, 살림을 위한 분노를 '거룩한 분노'라고 표현했다. 봄길의 삶이 보여준 거룩한 분노의 영성은 또한 포기하지 않는 영성이었다. 다른 사람이라면 진작에 포기했을 상황에서도 끝까지 성실하게 목표를 향해 한 걸음씩 앞으로 나아가기만 했다. 이 분노의 영성, 포기하지 않는 영성으로 박용길은 차별을 거부하는 평등의 길, 고난받는 이들과 함께하는 길, 평화통일의 길을 걸었다. 그리고 자신이 말하기 전에 먼저 상대방의 의견에 귀 기울였다. 통일을 위해서라면 조직의 노선과 상관없이 초청받을 때마다 어디든 달려가는 열린 마음으로, 누구라도 밟고 지나갈 수 있도록 자신을 내어주는 '봄길'이었다.

『봄길 박용길』을 내면서 고마운 분들이 있다. 6개월이라는 짧은 기간에 수많은 자료를 살려내고 편집위원들의 제안을 받아들여 수정해주신 정경아 작가, 각자 일터에서 바쁜 와중에도 시간을 내어 회의하고 원고를 검토하고 의견을 준 편집위원들, 기꺼이 출판을 맡아주시고 회의에도 동참해주신 삼인출판사 홍승권 부사장, 정성스럽게 책을 편집해준 박은경 편집자, 편집위원들의 소통에서부터 원고 검토와 수정에 이르기까지 온갖 실무를 도맡은 통일의 집 문영금 관장과 문영미 이사에게 감사드린다. 이분들이 있었기에 이 책을 펴낼 수 있었다.

2020년 봄
봄길 박용길 전기 편집위원회
김경숙·김병민·문영금·문영미·이인미·한국염·홍계신을 대표하여
한국염

전쟁의 시대, 가족

"집을 어떻게 지었는지 방 안이 이만큼이 성에야. 창밖이 안 보였다니까. 밥을 하려고 불을 때면 연기가 굴뚝으로 빠져나가야 하는데, 그냥 불구멍으로 전부 나와. 온통 부엌이 새까맣지. 제대로 불이 타지 않고 나오니까 새까만 연기가 나오는 거야. 찬장도 없고 등대라고 하는 나무선반에 그릇을 올려놨는데, 그릇이 새까매지는 거지, 밥 먹을 그릇이. 그런 곳으로 내가 시집을 간 거야."

기미년 가을, 황해도

"대한독립 만세! 대한독립 만세!"

1919년 3월 1일을 기점으로 한반도와 지구촌 곳곳에서 3.1 만세운동이 거세게 일어났다. 신분을 불문하고 수많은 조선 사람들이 나라의 주권을 찾기 위해 거리로 쏟아져 나왔다. 부와 권력과 멀찌감치 떨어진 가난한 백성들이 대다수였던 이들은 오욕의 한일합병에 죽음을 불사하고 저항했다. 제1차 세계대전 이후 전승국의 식민지에서 최초로 일어난 대규모 민족독립운동으로 세계사에 기록된 3.1 만세운동은, 조선 여성들의 자각과 결단이 전면에 나섰다는 점에서도 중대한 역사성을 지녔다. 오랜 세월을 그림자처럼 숨어 살아온 여성들이 역사의 한복판에 스스로 뛰어든 것이었다.

이 격동의 시기, 1919년 10월 24일 황해도 수안, 박두환의 집에서 갓난아기의 첫 울음소리가 터져 나왔다. 박두환과 현문경의 셋째 딸이었다. 막내인 데다 예쁘게 생겼다고 자라는 내내 아버지에게 '쪼꼬미'라는 애칭으로 불린 이 아기의 이름은 '용길鏞吉'. 용길은 3.1 만세운동이 활화산으로 타오르던 기미년, 이 땅의 일원이 되었다.

부모는 원래 서울 사람들이었다. 아버지 박두환은 제복을 갖춰 말을 타고 거리를 나가면 늠름한 모습에 사람들이 모두 쳐다볼 정도였고, 어머니 현문경은 정신여고 시절에 인력거를 타고 지나갈 때마다 "떴다!"라는 감탄사와 함께 청년들의 시선이 쏠리던 주인공이었다. 무관 집안에

박용길의 부모 박두환과 현문경의 결혼 사진(1915)

서 태어나 대한제국의 기마장교 박 참의였던 아버지의 말 탄 모습을 안타깝게도 용길은 볼 수 없었다. 1910년 한일합병이 지나고 얼마 안 있어 아버지가 일제로부터 무장해제를 당했기 때문이다. 무장해제를 당한 이후 자존감을 잃고 자포자기했던 수많은 군인들과 달리 박두환은 나라를 되찾기 위해 어떤 일도 마다하지 않으리라 결심했다.

　결국 광산학을 공부하여 광산분석기사가 된 박두환은 가족들과 함께 황해도 수안금광으로 삶의 근거지를 옮겼다. 이곳 수안에서 박두환과 현문경의 세 딸, 남길, 용애, 용길이 태어났다. 이후 수안금광에서 대유금광으로 전근을 가면서 박두환은 그동안 마음속에만 담아두었던 뜻을 현실로 펼치기 시작한다. 평안북도 창성군 대유동은 당시 운산금광과 더불어 우리나라 최대 금광으로 알려진 곳이었다. 과거엔 느릅나무가 많다고 느릅나무를 뜻하는 대유동이란 이름이 붙여졌지만, 금맥이 발견된 식민지 시절 이후엔 바람과 흙이 전부인 광산촌이었다. 아버지 박두환은 가족들보다 먼저 대유동 산골로 들어가 빈집을 구해 고치고 쓸고 닦았다.

그가 대유광산 분석주임으로 자리를 잡을 즈음, 어머니 현문경도 수안 생활을 정리하고 대유동으로 떠날 채비를 했다. 어머니는 용길의 한 살 위 언니인 둘째 딸 용애의 옷가지는 챙기지 않았다. 연년생 딸들이 너무 어려 모두 데리고 가기가 버거워 용애를 조부모의 손에 맡겨두기로 했다. 수안을 떠나올 때 용길의 나이는 네 살쯤, 뭔가 자세히 기억하기에는 너무 어렸다. 한 살 위 언니 용애의 울음소리가 귓가에 쟁쟁하게 울리던 것, 딸을 두고 떠나는 어머니의 눈가가 촉촉하게 젖어들던 것이 마치 꿈처럼 아스라이 떠오를 뿐.

쪼꼬미 용길은 아버지 박두환의 자리에서 보면 네 번째 딸이다. 아버지의 자식들, 즉 용길의 형제자매를 모두 세워놓으면 갑길, 남길, 용애, 용길, 용주, 원자까지 6남매. 결혼한 남성이 아내를 잃을 경우 재혼, 삼혼으로 빈자리를 채우며 살았던 시절이었다. 용길의 제일 큰 언니 갑길은 아버지의 첫 번째 결혼에서 태어난 딸이고, 남길, 용애, 용길은 아버지가 갑길의 어머니와 사별하고서 결혼한 현문경과의 사이에서 태어난 딸들이다. 용주는 작은아버지의 큰아들이 아버지 박두환의 호적에 입적되어 생긴 남동생이다. 장손의 집에 아들이 태어나지 않으면 집안의 대를 잇기 위해 동생네의 아들을 입적하던 당시의 관습을 따라서. 훗날 용길의 어머니마저 세상을 뜬 뒤에 아버지는 삼혼을 하게 됐고 이때 태어난, 뒤늦게 얻은 다섯째 딸이 원자이다.

출생의 우여곡절이 있을지라도 용길의 기억에 형제자매간의 우애는 각별했고, 평생 그러했다. 나중에 서울로 유학 간 갑길, 남길, 용애, 용길, 네 자매는 함께 모여 조부모와 살았고, 어느 누구도 모난 구석을 보인 적이 없었다. 네 명의 언니들은 나이로 딸뻘이 될 다섯째 원자도 사이좋게 돌보았다.

계동 외갓집에서 찍은 가장 어린 모습(1924)
현채 외증조부의 왼쪽 아이가 박용길

여름방학에 대유동에서 찍은 가족 사진
제일 오른쪽이 박용길(1939)

1920년대 광산촌 마을공동체

"버스를 오래오래 타고는 소달구지까지 타고 갔었지. 엄마랑 남길 언니랑 집에 도착했는데 마당에 그네가 있지 뭐야. 언니보다 내가 먼저 달려가서 그네를 탔는데, 그냥 너무 좋은 거야. 나는 그 집이 무조건 좋았어."

박두환이 그 좁은 마당에 딸들을 위해 그네를 매어둔 것이었다. 대유동 광산촌은 봄이 되면 산진달래에 벌들이 내려앉고 냇가의 시냇물과 새들 지저귀는 소리가 화음으로 어우러지는 곳이었다. 사람들이 회당골이라고 부르는 언덕에는 교회가 하나 있었다. 신앙생활을 소중히 여긴 현문경은 이 교회를 자식들을 위한 신앙교육의 근거지로 삼았다. 부부는 교회 바로 뒤의 빈터에 새집을 지어 살면서 교회와 목사님을 정성껏 섬겼다.

나라 잃은 백성일수록 '내 나라의 것'을 지켜야 한다는 신념을 갖고 있던 박두환과 현문경은 이곳 대유동에서 교육사업을 펼쳤다. 학교를 세워 '의신義信학교'라고 이름 짓고 그 안에 의신유치원까지 두어 광산촌 마을에 본격적으로 교육의 바람을 불러일으켰다. 광산촌 구석에 학교가 열린 것에 잔뜩 기대에 부푼 마을 사람들은 자기 아이들의 손을 붙잡고 하나둘씩 학교로 찾아왔다. 기마장교였던 '박 교장'과 한성사범학교 출신의 '현 원장'은 아낌없는 신뢰와 지지를 받았다.

의신학교는 잠자고 있던 대유동을 깨워 일어나게 만들었다. 마을 아

대유교회 마당에서 열린 의신학교 운동회

이들은 의신학교와 의신유치원에서 우리말과 우리 역사를 배웠다. 교회에 모여 음악수업을 하고 노래 발표회도 열었다. 학교는 이내 마을의 중심이 되어갔고, 일 년에 한 번씩 열리는 학교 운동회는 누구나 기다리는 마을잔치가 되었다.

"운동회 때 가장행렬을 하는데, 다 하나씩 역할을 맡잖아. 근데 거지 역할은 아무도 하지 않으려고 하지. 모두 고관들만 하고 싶어 하니까. 하는 수 없이 아버지가 거지 역할을 하겠다고 나섰는데, 마을 어른들이며 애들이며 할 것 없이 그 모습을 보고는 웃고, 뒹굴고 뭐, 다른 사람도 아니고 교장선생님이 거지꼴이 돼서 나타나니 얼마나 재밌을 거야? 그래서 그만 해마다 거지는 아버지 차지였다구. 그럼 어머니는 또 거지 모양새를 정성스럽게 꾸미느라 얼굴에 검댕을 칠하고 깡통을 구해다가 채우고."

대유교회 성탄 축하 예배를 마치고(1929. 12. 25.)

박두환은 교장이라고 마을 사람들 앞에서 권위를 내세우는 일이 없었고, 군인 출신이라고 규율만 강요하지도 않았다. 하루는 심통이 난 다섯 살짜리 용길이 아버지 앞에 섰다. 의신학교 교실 벽에 학생들의 이름이 차례로 적혀 있는데, 자신의 이름이 안 들어가 있으니 넣어달라고 청을 넣으려고. 학교에 입학할 나이가 되려면 아직 한참 기다려야 했기에 용길의 이름이 거기에 들어가지 않았던 건 당연했다. 그럼에도 막무가내로 떼쓰는 막내딸을 물리치지 않고 박 교장은 맨 끝에 용길의 이름을 넣어주었다. 그녀는 "내가 맨 첫째야!"라며 좋아했던 기억을 두고두고 잊지 못했다.

부모님의 대유동 개혁은 교육사업으로 그치지 않았다.

부모님은 여러 가지 문화사업을 시작하셨다. 어머니는 교회학교에서 반사(교회 학교의 선생)도 하시고, 풍금 반주도 하시고, 아버지가 손수 만든 편물 바늘로 편물도 가르치시고, 요리도 지도하셨다. 아버지는 어른들을 위해 화신和信 연쇄점을 개설하고 임신ΙΦ구락부를 만드셨다.

화신연쇄점은 생활협동조합 같은 것이었다. 마을 주민들의 출자로 만들어졌고, 효율적인 소비문화를 지향했다. 임신년에 만들어진 임신구락부는 남녀노소 막론하고 쉼과 교제가 필요한 사람들이라면 누구나 이용할 수 있는 열린 공동체였다. 무료한 동네 어르신들에게는 사랑방이었고, 광산노동자에게는 땅거미가 지면 자연스레 걸음하여 고단한 하루의 회포를 푸는 곳이었다. 의신학교와 마을공동체는 식민시대의 열악한 광산촌에서 산소호흡기와 같았다.

물론 이런 일을 한다고 해서 돈이 벌리는 것은 아니었다. 박용길에게는 결코 넉넉지 않았던 집안 살림에 대한 기억이 남아 있다.

"동네에 윤 주사라는 이가 살았는데 그이는 금광기술자였나 봐. 우리가 듣기에 그이는 한 달에 천 원을 받는대. 또 마을에 임 의사라고 하나 있었는데 그 의사는 무자격 의사였는데도 오백 원을 받는대요. 그런데 우리 아버지는 월급이 이백 원이었다고. 그때 돈으로 이백 원을 가지고 생활하고 학비 대고 뭐. 그런 데다가 나중에 들어보니 또 아버지가 맘이 좋으셔서 자꾸 남의 보증을 서는 거야. 그러면 그거 떼먹히면서도 또 다른 사람 보증을 서. 여러 가지로 어머니가 돈 고생을 하셨어. 결국은 나중에 우리 딸들이 서울에서 공부를 할 때는 아버지가 어머니한테 자꾸 어디서 돈을 좀 얻어오라고 그러셨지. 하나둘도 아니고 넷이나 되는 자식들의 학비를 보내야 되니까 여유가 없었지."

기마장교였던 아버지는 금광에서 일하면서 무면허 의사만도 못한 대우를 받았던 것이다. 거기다 교육사업과 마을공동체사업까지 이끌어가자니, 주머니 사정은 더욱 뻔했다. 실상 의신학교 학생들의 학비는 수월히 걷히지 않았다. 마을공동체 시설 역시 공동출자로 운영된다고는 해도 지도자의 입장에서 물심양면으로 신경 쓰고 남들보다 한 푼이라도 더 들일 수밖에 없었다. 거기다 나라님이 부탁해도 서지 말라는 보증을 어느 누가 부탁해도 마다하지 않았으니 살림이 곤궁을 면할 날이 없었다.

그럼에도 용길은 어머니가 아버지에게 불만을 내색하는 것을 본 기억이 없다. 현문경은 이웃과 주변을 돌아보는 시선이 매사에 다정하기만 했다. 불안이나 걱정을 겉으로 드러내지 않았던 어머니의 타고난 의연함과 강인함이 없었다면, 부모님의 소신 있는 지역사업들은 몇 번이고 좌초되었을지 모른다.

물질적으로 풍족하지 않았음에도 불구하고 대유동 시절이 어린 용길의 마음을 부자로 만들어준 까닭은, 부모님으로부터 즐거운 배움과 더불어, 마을 동무들과 교회를 놀이터 삼아 지낼 수 있었기 때문이다. 회당골집 마당에 가득했던 온갖 과일나무들은 먼 훗날까지도 입가에 웃음을 절로 피어나게 했다. 앵두·살구·포도·복숭아·사과·배까지 철마다 따먹을 과일들을 주렁주렁 매달았던 나무들은 모두 그녀의 아버지가 아이들을 위해 손수 심은 것이었다.

아버지가 여름마다 언덕 한편에 굴을 파서 얼음을 구해다 넣은 얼음 광은 자연 냉장고가 되었다. 그 얼음으로 아이스크림까지 만들어주었으니, 라디오 하나 갖추고 살기도 어려운 구석진 시골 마을에서 아버지의 자식 사랑은 유별난 것이었다.

부모님은 용길이 열 살 되던 해에 딸들을 서울로 유학 보내기로 했다. 그녀는 어머니 아버지와 떨어져 지내야 한다는 것에 서운한 마음 한편으로 서울로 공부하러 간다는 것에 가슴이 설레었다.

평안북도와 서울을 오가며

남길 언니와 함께 어머니를 따라 서울행에 나섰다. 용길 자매의 서울 유학을 부러워하던 아버지 친구가 자신의 딸 오무희도 동행하게 해달라고 부탁했기에 네 명의 여성이 같은 여정에 올랐다.

평안북도 대유동에서 버스로 140킬로미터쯤 달려 평안남도 맹중리역에서 기차를 갈아타고 서울역까지 가는 데 하루가 넘게 걸렸다. 청계천 부근에 작은아버지 가족이 살고 있었다. 작은아버지는 지금의 을지로 입구인 황금정이라는 곳에서 이발소를 운영했고, 작은어머니는 자그마한 체구에 6남매를 기르던 중이었음에도 어린 두 조카와 형님 친구의 자녀까지 딸 셋을 기꺼이 받아주었다.

용길과 남길, 그리고 무희는 주교舟橋보통학교에 입학했다. 세 명 모두 같이 들어갈 수 있는 학교를 찾으려니 쉽지 않았지만 다행히 입학 허가가 났고, 청계천 변을 따라 걸어 다닐 수 있는 학교였다. 대유동은 시골 마을이었던지라 상대적으로 자유로운 면이 있어 아버지가 세운 의신학교에서도 일본말로 공부할 필요가 없었지만 서울의 보통학교는 사정이 달랐다. 주교보통학교에서는 수업시간은 물론이고 언제 어디서나 일본어만 사용해야 했다.

일본말이 서툴러 열 살의 나이에 어쩔 수 없이 2학년으로 들어갔다. 그러나 야무지기로 둘째가라면 서러울 용길은 일본말부터 시작해서 모든 과목의 진도를 곧 따라잡아, 전학 첫해부터 6학년 졸업할 때까지 내내 1등을 놓치지 않았다. 반장 자리도 늘 용길의 차지였고 나중엔 도지사 표창까지 받았다.

책상 앞에 앉아 있기만 잘한 게 아니었다. 학교에서 열리는 학예회도 무척 좋아했다. 연극, 노래, 낭송, 무엇 하나 빠지지 않고 또랑또랑한 눈빛과 낭랑한 목소리로 무대에 섰던 기억은 구순 노인이 되어서도 생생했다. 특히 낭송만큼은 학교에서뿐 아니라 교회에서도 그녀를 따라올 사람이 없었다.

"어렸을 때부터 노래를 많이 했지. 독창도 하고. 근데 난 낭독을 잘했어. 초등학교 때는 4, 5, 6학년 3년을 연극을 한 거야. 5학년 때인가 가을에는 〈가을의 정원〉이라는 연극을 했는데, 꽃과 벌레들이 가을이 오는 것을 안타까워하는 내용이었어. 나는 그때 메뚜기 역할을 맡아서 새

파란 옷을 입고 춤도 추고 노래도 하고. 6학년 때는 주역을 맡았어. 내가 리어왕 역할을 했었지."

보통학교 시절의 용길에게 아쉬움으로 남은 기억이 두 가지 있다.

일본말만 강요당하던 때라 학교에서는 한국말을 한마디라도 하면 벌을 받았다. 이런 이유로 반장의 어려움이 컸으며 동무들에게도 미안했다.

대유동에서 함께 서울로 유학 온 친구 오무희와 박용길

당시 반장에게 주어진 책임 중 하나가 학교 안에서 조선말을 사용하는 학생들의 이름을 적어 교사에게 제출하는 것이었다. 같은 조선인들끼리 조선말을 쓴다는 이유로 동무를 일러바친다는 것은 어린 나이의 용길에게도 당연히 껄끄럽고 부당한 일로 여겨졌지만, 학교의 규칙에 대해 어쩔 도리가 없었다. 식민지 백성이 당하는 민족적 차별은 나이와 상관없이 아무도 피해갈 수 없다는 것을 그녀는 그렇게 몸소 체험했다.

그 시절에 아쉬움으로 남은 또 다른 사건은 6학년 때의 속상한 경험이다. 비행기가 조선 땅에 처음 들어온 시기에 맞춰 주교학교에서는 6학년에서 한 학생을 뽑아 비행기를 탈 기회를 주기로 했다. 용길은 반장 자리도 1등 자리도 줄곧 놓치지 않았던 터라 자신이 선발되리라 내심 기대하고 있었지만 그 기회는 다른 남자아이에게 돌아갔다. 단지 여자라는 이유로 기회를 가질 수 없고 양보해야 하는 현실 역시 그녀에게 익숙한 경험은 아니었다.

서울로 유학 온 지 1년이 지나 운니동 23번지로 이사하게 되었다. 시동생 집에 딸들을 마냥 맡겨둘 수 없다고 생각해온 어머니가 어려운 살림 중에 아껴 모은 돈으로 새 보금자리를 마련한 것이었다. 그때까지 황해도 수안에 살던 할아버지와 할머니와 용애도 자매들과 함께 살게 되었다. 운니동 집이 있던 당시 종로 거리를 박용길은 이렇게 그려냈다.

그때 종로 거리에는 야시夜市라는 것이 있어서 수많은 상가에서 소리 높여 호객을 하고 있었다. 전차가 다니는 옆길에 밤에는 끝도 없이 많은 노점상들이 들어섰다.

운현궁이 위치한 운니동에 살면서, 용길의 할아버지는 네 손녀들을 뒷바라지하느라 지게를 지고 장을 보러 다녔다.

"늘 우리 뒷바라지를 하시는 거지 뭐. 장에 가서 음식을 사면 그때는 실과도 백 개, 뭐든지 접으로 사서 지게에 지고 오셨어. 쌀도 가마니로 사오시고. 할머니는 몸이 약하시고 맨날 기침에 해수가 그렇게 많으셔가지고 거의 아무것도 못하셨어. 할아버지가 집안일도 그냥 도맡아서 다 하시는 거야. 거기다 학생들 다 돌봐주시고. 입학시키는 거니, 졸업하는 거니, 그런 거 다 시중들어주시고 늘 그랬거든."

운니동 집에는 네 손녀들만 있는 것이 아니었다. 대유동에서 찾아오는 유학생들까지 북적거려, 연세 지긋한 할아버지가 허리 펼 날이 없었다.

네 자매는 여름방학이 되면 대유동으로 돌아갔다. 여름방학은 온 가족이 모여 지낼 수 있는 특별한 기간이었다. 용길의 자매들은 밤 기차를 타고 서울역을 떠나 이튿날 아침에 기차에서 내린 뒤에 다시 터덜대는 버스로 하루 종일 꼬불꼬불한 산길을 달리는 여정에 올랐다. 버스가 덜컹거려 머리가 천장에 부딪혀도 다 같이 집에 돌아간다는 즐거움으로 네 자매는 마냥 좋다고 깔깔댔다. 꼬박 1박 2일을 달려 저녁때 대유동에 도착하면, 멀리 바라보이는 강 건너에서 아버지가 모자를 벗어 흔들며 딸들을 반겨주었다.

딸들이 돌아올 때마다 집안은 온통 잔칫집이었다. 아버지는 딸들을 마을로, 산으로 데리고 다녔고, 어머니는 맛있는 밥상을 차려내느라 분주했다. 양념에 잘 재워둔 갈비를 굽고, 닭도 잡아 삶아놓고는 나들이에서 돌아온 딸들에게 얼음골에 보관해두었던 차가운 앵두즙을 건넸다. 서울 유학 생활에 대해 도란도란 이야기꽃을 피우면서 오랜만에 어머니의 꿀맛 같은 음식들을 먹어치우고. 그러고 나면 딸들은 방 안에 죽 드러누워야 했다.

"가면 아버지가 꼭 회충약을 먹이시거든. 밥을 먹고 나면 넷이 죽 드러누웠지. 용주가 우리 남매가 되고 나서는 용주까지 다섯이서. 약을 먹고 나면 우리한테 아버지가 통을 만들어다가 요건 갑길이, 요건 남길이, 요건 용애, 요건 용길이, 뭐 이렇게 이름을 써 붙이고는 꼭 그 통에 똥을 누게 하셔. 그땐 회충이 많이들 있을 때니까 그걸 또 병에다가 넣어서 다 이름을 써가지고 진열을 해놓으신다고. 목욕탕에다가. '이런 것들이 다 너희 영양 빨아먹는 거다' 그러시면서. 참 내, 아무튼 딸들 기르면서 끔찍이 정성 쓰셨어."

박두환은 틈틈이 딸들에게 수영도 가르쳐주고 자전거도 밀어주는 자상한 아버지였다. 그러면서도 부지런한 생활 일과를 중요시해 방학에라도 늦잠을 허락하지 않았다. 새벽마다 어김없이 붓글씨 선생이 방문 교육을 하러 왔기에 네 자매는 학교 다닐 때보다 더 일찍 일어나야 했고, 낮에는 아버지가 일하는 분석실로 가서 숙제를 했다. 아버지는 일기日記가 월기月記가 되지 않도록 하라고 딸들에게 신신당부하며 규칙적이고 성실한 생활을 강조했다.

네 살 때부터 그네를 타고 놀던 작은 마당, 복숭아꽃과 살구꽃과 아기 진달래가 피어 있던 회당골, 아버지가 자전거를 밀어주시던 마을 길까지, 대유동의 모든 추억은 용길의 어린 시절을 아름답고 행복했던 시절로 새겨놓았다. 평안북도의 이 마을은 나중에 병든 어머니의 마지막 순간을 지킨 그녀에게 어머니 묘가 자리한 각별한 마음속 고향이 되었고, 더 나중에는 몇 박 며칠을 달려도 갈 수 없는 북한 지역으로 편입되어 6.25 당시 중국 지원군의 거점이 되었다.

일제의 고등학교 서열

일제강점기의 여자고등학교는 두 부류로 나뉘었고 서열까지 정해져 있었다. 한 부류는 경기여고·숙명여고·진명여고로 조선총독부나 왕실이 설립하거나 관리하는 학교들이었고, 다른 한 부류는 배화여고·이화여고·정신여고로 선교사에 의해 설립된 학교들이었다. 즉 조선총독부의 관리 여부에 따라 학교의 부류가 나뉘었는데, 당연히 일본이 관리하는 학교들이 선교사가 설립한 학교들보다 앞쪽 줄에 세워졌다.

일제가 기독교 정신을 배척했던 중요한 이유 중 하나는, 기독교와 기독교 학교들이 3.1 만세운동을 전후로 활화산처럼 타오른 조선의 독립운동에 깊숙이 관여하고 있었고 민족의식을 고취하는 데 지대한 영향력을 미치고 있었기 때문이다. 실제로 용길의 어머니 현문경이 다녔던 정신여고는 신사참배를 거부하여 폐교되었고 광복 이후에 다시 교문을 열었다. 이화여고는 잘 알려진 바대로 유관순 열사가 다닌 학교였고, 배화여고 역시 전국 각 지역에서 활동한 여성 독립운동가들을 배출했다.

당시 고등학교 진학은 보통학교 졸업반 담임의 손에 달려 있었다. 학생들은 보통학교 졸업 성적을 바탕으로 졸업반 담임의 결정에 따라 추천서를 받게 되는데 이렇게 추천받은 고등학교에 지원해야 합격할 수 있었다. 만일 학교의 추천을 거부하고 다른 학교에 지원하면 진학 자체가 어려워질 정도로 강압적인 분위기였다. 학부모와 학생의 입장에서는 고등학교 입학 여부가 걸린 문제였기에 소신 있는 선택을 하기가 쉽지 않았다.

주교보통학교에서는 용길에게 경기여고 추천서를 써주었다. 경성공립고등여학교에서 훗날 경기여자고등학교로 이름을 바꾼 이 학교는 조선총독부 서열 1순위의 학교였다. 시대적 흐름에 잘 적용하고 출세를 바라는 사람이라면 경기여고 추천서에 기뻐했을 ˙테지만, 용길은 그렇지 않았다. 그녀가 진학하고 싶었던 학교는 이화여고였다.

남길과 용애 언니도 이미 경기여고에 다니고 있었다. 어머니의 동창인 정신여고 졸업생들의 자녀들 상당수도 이런 불합리한 진학의 원칙에 따라 경기여고에 입학했다. 당시 정신여고의 교장은 자녀들을 경기여고에 보낸 제자들에게 "아이들을 모두 일본인으로 키울 셈이냐!"고 크게 꾸짖기도 했다. 나라를 짊어지고 주권 회복을 이끌어야 할 재원들이 식민국으로부터 철저하게 관리되는 고등학교에 다닐 수밖에 없는 현실이 통탄할 노릇이라 해도 그것이 식민지의 현실이었다.

경기여고에서는 교복을 선배 언니들이 만들어주었는데 블라우스는 3학년 언니들이, 주름치마는 4학년 언니들이 만들어주었다. 겨울에는 털실로 직접 짜서 입었다. 우리도 그 전통을 지켜서 동생들의 교복은 우리 손으로 만들게 되었다. 재동 학교 교사 뒤에 백송료白松寮라는 기숙사가 있었는데, 그 마당에 희귀한 흰 소나무가 있어서 사람들이 구경을 많이 왔었다. 학교에서는 학생들을 위하여 겨울이면 정구코트에 물을 넣어 얼려서 스케이트장을 만들고 학생 전원이 스케이트 선수인 양 정성을 다해 훈련을 시켰다. 학생들 누구나 한 가지씩은 선수가 될 만큼 정성을 들였다.

경기여고는 소위 엘리트 교육을 추구했다. 조선총독부가 관리하는 학교에 다닌다는 자긍심을 높이고 그 자긍심을 유대감으로 이어지게 하는 교육 체제를 운영했다.

시조 대회의 남색 저고리

경기여고 시절에도 여름방학만큼은 가족들과 대유동에서 보냈다. 고등학생이 되고부터는 지역사회에서 다양한 봉사활동에도 나섰다.

여름이 되면 연중행사처럼 남한에 낙동강이 범람하는 수재가 나곤 하였는데, 우리 유학생들은 수재민을 돕기 위해 음악회도 하고 모금에 나섰다. 유학생들은 축구팀을 만들어 평양에서 선수들을 모셔다가 축구시합을 하기도 하였는데 그때 손기정 선수가 마라톤에서 우승을 하였다는 소식을 듣고 만세를 부르며 환호하던 기억이 생생하다.

경기여고에는 '고꾸어'라는 일본어 시간이 일주일에 대여섯 시간 이상 배정되어 있었다. 반면에 조선어 시간은 한 시간에 불과했고, 한국사 수업은 아예 없었다. 용길은 그토록 좋아하던 시조는 물론이고 우리말과 우리 문학을 학교에서 배울 수 없게 된 것이 몹시 안타까웠다. 그래서 학교 바깥에서 열리는 문학 행사에 더 관심을 가졌고 시조 대회에 참가하기도 했다.

"시조놀이라는 게 있었어. '가투'라고도 부르는데 '노래를 다툰다'라는 뜻이야. 어떻게 하는 거냐면 이순신 장군이니, 정몽주니, 또 황진이니 뭐 이런 옛날 사람들의 시조를 사회자가 첫 구절을 읊기 시작하면 그 시조의 마지막 구절을 집어내는 거야. 옛날 시조가 좀 많아? 그중에서 가장 많이 집은 사람이 이기는 거지."

시조 대회에 출전한 용길은 사회자가 한 수 한 수 읊을 때마다 조금도 망설임 없이 마지막 구절 카드를 집어냈고, 시간이 흐를수록 그녀에게 구경꾼들의 이목이 집중되었다.

"대회 참가자가 몇십 명인데 YWCA 2층 다락방 같은 데서 했던 생각이 나. 내가 남색 저고리를 입고 갔는데 사람들이 남색 저고리 잘해라, 잘해라! 응원을 해줬어."

나중엔 구경꾼들뿐만 아니라 다른 참가자들까지도 응원했다. 마침내 여고생 용길은 YWCA 제2회 시조 대회의 우승자가 되었다. 나중에 경기여고 조선어 교사는 용길이 받은 우승 트로피를 다른 학생들에게 보여주면서 그녀를 치켜세웠다.

이후 용길은 다른 시조 대회에도 참가하여 우승을 차지했고, 심지어 결혼하고서 자녀들이 성장한 뒤에도 예지원이라는 곳에서 열린 시조 대회에 참가하여 우승했으며, 시조 대회 진행을 돕고 싶어 하기도 했다. 시조에 대한 이러한 애정은 그녀로 하여금 훗날 1995년에 북한을 방문했을 때 「묘향산」이라는 시조를 짓게 했다.

흰 구름 서리서리
첩첩 푸른 산 휘어 감고
맑은 물은 장한 바위
얼싸안고 솟구치네
목청 높여 우짖는데
유구한 5천 년에
처음 갈린 겨레들을
금수강산 한 피 받은
남남북녀 하나 되게
대자연의 품에 안겨

통일 노래 부를 날을

우리 소원 이뤄주렴

산수 절경 묘향산아

안동교회에서 길을 찾다

어렸을 때부터 신앙생활을 중히 여겼던 부모의 영향으로 용길은 서울
에서 집 가까이 위치한 안동교회를 찾았다. 경기여고에서는 신앙생활을
할 수 없었지만 안동교회는 학교와도 가까워 그녀가 언제라도 달려갈 수
있는 거리였다. 무엇보다 이곳은 어머니와 아버지가 결혼식을 올린 장소
였다. 게다가 안동교회 담임이었던 김우현 목사의 딸 영애와 경기여고를
함께 다니며 단짝 친구로 지냈던 터라 이 교회는 용길의 마음을 대유동
교회만큼 편안하게 보듬어주었다.

안동교회에선 매년 성탄절마다 새벽에 노래를 부르며 거리를 다녔는
데 눈을 맞으며 다니던 새벽송이 특히 용길의 기억에 인상적으로 남아
있다. 성탄절마다 어김없이 올리는 교회 성극에서 한번은 용길이 주축
이 되어 〈레미제라블〉을 준비했다. 교회에서는 성경을 주제로 한 연극이
아니라는 이유로 난색을 표했지만, 그녀는 목사님을 설득해 교육관에
무대 꾸미는 것을 허락받았다.

안동교회 성가대원들과 박용길(앞줄 가운데)

안동교회는 인생의 좌표가 되는 신학의 길을 열어주었다. 여고 2학년
이 되면서 성경책이 온통 빨개지도록 밑줄을 그어가며 성경공부에 열중
했고 4학년쯤 되어서는 그저 성경을 마음껏 공부만 할 수 있다면 원이
없겠다고 생각했다. 여느 때처럼 동무 영애의 집에 놀러간 어느 날, 안동
교회 사모가 물었다.

"용길아, 달 밝은 밤의 달이 좋으냐, 비 온 후에 갑자기 해가 확 뜨는
게 좋으냐?"

"비 온 다음에 갠 걸 좋아해요."

용길의 이 대답에 사모는 "아이, 그럴 줄 알았어"라며 미소지었다. 비
온 뒤 날이 개면 비설거지 해놓았던 것들을 정리해야 하고, 비 때문에

안동교회 김우현 목사와 박용길(1950년대)

미뤄두었던 마른일이 많은 법이라 분주할 수밖에 없으니, 늘 이리 뛰고 저리 뛰며 할 일을 찾아다니는 용길과 잘 맞았다. 그녀는 몸 움직이기 좋아하는 바지런한 젊은이였다.

사모 옆에 앉아 있던 안동교회 김우현 목사가 신문 한 장을 건네며 물었다.

"여기 안 가겠니?"

신문 지면에는 요코하마신학교 신입생 모집 기사가 실려 있었다. 김 목사가 예전부터 용길의 성경공부에 대한 열망을 눈여겨보고 제안한 것이었다. 신학교라면 그토록 원하던 성경공부를 원 없이 할 수 있으리라는 생각에 가슴이 벅차올랐다.

고등학교 진학은 뜻대로 할 수 없었지만, 대학공부는 자신이 하고 싶은 것을 포기하고 싶지 않았다. 요코하마신학교 유학을 결심했다. 장학금까지 준다고 하니 망설일 이유가 전혀 없었다. 남길 언니는 이미 도쿄로 유학 가 있었고 용애 언니도 유학 준비 중이었기에 부모님의 학비 걱정은 이만저만이 아니었다. 신학교는 학비 걱정 없이 진학할 수 있는 좋은 기회였다.

다만 집안의 어른들은 용길 자매들의 유학을 탐탁지 않아 했다. 언니들의 일본 유학 말이 나올 때부터, 아들도 아닌 딸들을 굳이 유학까지 보낼 것이 무어냐며 타박했다. 경기여고 일본인 교사들도 조선인 졸업생들의 대학진학을 만류했다. 대학 갈 돈으로 지참금 삼아 시집이나 가라며 주저앉히려고 했다. 경기여고 동창들도 다른 대학도 아니고 굳이 신학교에 가겠다는 용길을 '참 별나다'고들 했다.

용길의 부모는 주변의 눈초리에 개의치 않고 딸들이 원하는 대로 지원하리라는 원칙을 지켰다. 그 시절에 보기 드문 일이었다. 남길과 용애언니가 도쿄에서 공부하는 동안 용길은 요코하마에서 유학 생활을 하게 되었다. 딸들의 유학에 누구보다 설레었던 어머니는 세 딸에게 누누이 당부했다.

"너희가 일본으로 유학 가는 것은 특별한 일이다. 우리나라에서 백에 하나도 갈 수 없는 형편에 가는 거니까 열심히 공부하고, 공부한 만큼 이웃에게 나누어주어야 한다."

그리고 이렇게 덧붙여 강조했다.

"머리는 자르지 말고, 교회는 반드시 나가도록 해라."

어머니의 당부에는 조선 여성으로서의 긍지와 자존심, 신앙인으로서의 민족정신을 잃지 말라는 뜻이 담겼고 딸들은 이것을 깊이 새겨들었다. 특히 용길의 언니 남길은 평생 머리를 올리고 살았다.

1937년 경기여고를 졸업한 용길은 한복 몇 벌 단정히 개어 넣은 옷가방 하나 들고, 물결 험하기로 유명한 대한해협을 건너 드디어 스스로 선택한 인생길로 첫발을 들였다.

요코하마의 학창시절

요코하마신학교는 대학인데도 경기여고보다 규모가 작았다. 2층짜리 학교건물 한 채에 또 다른 2층짜리 기숙사 한 채가 전부인 아담한 학교였다. 학생 수는 50여 명으로 대부분 일본 학생들이었고 소수의 대만 학생들, 그리고 열 명 안팎의 조선 학생들이 있었다.

요코하마신학교에 첫발을 들였을 때 가장 놀라웠던 건 학생들의 구성이었다.

"몸이 성한 사람이 거의 없었어. 특히 일본 아이들은 거의 다 그랬는데, 우리 반에는 눈이 안 좋은 사람들이 많았어. 뭘 읽을 수 없을 만큼 눈이 약한 사람, 거의 눈이 안 보일 정도의 사람, 또 팔이 이만큼 없는 사람, 또 어떤 사람은 키가 요렇게 작아가지고 난쟁이 같은 사람, 뭐 이런 사람들이 왔더라구. 그리고 우리 반에 한국 사람은 나 혼자야."

다른 반의 조선인 학생들은 모두 연배가 높았다. 여러 가지 사정으로 뒤늦게 공부의 길에 들어선 늦깎이 학생이나, 혼자 된 여인들이 남은 생을 전도사로 헌신하기 위해 입학한 경우가 거의 다였다.

남길 언니의 동행으로 처음 요코하마신학교를 찾아갔을 때 학교에서는 언니가 입학생이고 용길은 그저 언니를 따라온 동생인 줄 알았단다. 요코하마신학교 입학생 중 경기여고 졸업생은 그녀가 유일했다. 요코하마신학교에서 소위 최고의 엘리트였다.

요코하마신학교에서 조선 학생들은 언제나 몸이 불편한 사람들과 한 방을 썼다.

"손 없는 사람은 머리도 혼자 빗어야 되고, 옷도 혼자 갈아입어야 하잖아? 뭐든지 외손이라 잘 못 하고 그러니까 꼭 한국 사람하고 한방에 넣는다고. 그러면 이불 개키는 것부터 뭐든지 다 해주는 거지."

기숙사 방에서만 그들을 돕는 것이 아니었다. 볼 수 없는 사람들을 위해서 책도 읽어주고, 글자를 쓸 수 없는 사람들을 위해서 필기도 해주었다. 더구나 일본말까지 유창해 일본인과 조선인들 사이에서 통역도 도맡았다. 일목요연하고 깔끔하게 정리된 그녀의 공책은 요코하마신학교에서 최고 인기를 누렸다. 공책이 어느 방을 떠돌며 누구의 손에 있는지 도통 알 수 없을 적도 종종 있었다.

요코하마신학교의 수업은 필수과목인 신학과 영어를 제외하고 대부분 현장실습이었다. 따라서 학생들은 일주일에 반드시 두 개 이상의 주일학교를 맡아 지도해야 했다. 학교 밖의 전도집회에도 수시로 참여했는데 그때마다 용길의 발길은 자연스럽게 조선 동포들이 있는 곳으로 향했다.

요코하마 주변에 사는 동포들은 이렇다 할 직업을 가졌다기보다 재봉틀 몇 개를 놓고 바느질을 하거나 수레를 끌며 생계를 이어가는 이들이 대부분이었다.

우리 교포들은 대개가 변두리 가난한 동네에 살고 있었고, 뚜렷한 직업도 가질 수가 없는 때여서 그들의 생활은 가난하기 그지없었다. 그리고 민족차별도 대단하여 보잘것없는 한복을 입고 다니는 사람들은 멸시의 대상이었다. 일본의 문화가 한국을 통해서 들어갔는데 조금 잘산다고 사람을 업수이 여기는 것이 한심스러웠다. 1930년대 후반 때만 해도 한국 사람들은 양복보다는 한복을, 일본 사람들은 일본 옷을 즐겨 입는 때라 우리 학생들은 되도록 예쁘게 차리고 한국의 아름다움을 보여주고 싶었다. 일본까지 건너와 신학교에서 공부하면서 일본 사람들이 한국 사람을 대하는 처우에 대해서 때로는 분개하고 먼저 배우는 사람으로서 이런 부당한 일에 대해 바로잡아나가야 한다는 생각을 하게 되었다.

많은 사람들이 혜택을 받지 못하는 때 공부할 수 있는 특권을 얻었다는 사명감으로 우리 교포들을 찾아다니고 가르치기도 하면서 최선을 다하였다. 일본에서는 신자 한 사람을 얻으려면 구도자회求道者會를 거치고 힘들게 얻어지게 마련이어서 어린이 주일학교에 가도 일본 마을에선 두세 사람을 놓고 가르치게 되어 놀라곤 했다. 한국 사람들이 어린이나 어른이나 할 것 없이 많이 모여드는 것을 보면서 나라 잃은 설움도 있지만, 우리 민족에게는 하느님을 사랑하는 마음을 갑절이나 더 주신 것이 아닌가 하는 생각을 할 때도 있었다.

바쁜 일과 중에도 매일 새벽 일찍 일어나 10분 거리에 있는 교회당을 찾았다. 고요히 기도하고 찬송하며 하느님과 만나는 귀중한 시간이었다. 이때 함께했던 이가 공덕귀였다.

공덕귀는 박용길의 후배로 입학했지만 여덟 살이나 위였다. 그럼에도 두 사람은 서로 인연임을 한눈에 알아보았고, 신학교에서 지내는 내내 무엇이든 같이했다. 교내 활동뿐 아니라 학교 밖 집회나 새벽기도회, 또 바쁜 틈을 쪼개서 여가생활도 함께했다.

"방은 달라도 새벽만 되면 살금살금 둘이 같이 나가. 한국 교회가 가까이에 있으니까 새벽기도회 갈라구. 깜깜하니까 손 붙잡고 매일 교회에 갔어. 또 집회에도 늘 같이 가니까 친했지. 외출하려면 칠판에다가 이제 '공박외출' 그렇게 써놓으면 아이들이 '응, 오늘 또 둘이 영화 보러 갔구나', '볼일 보러 나갔구나' 생각하는 거야."

요코하마에 헬렌 켈러가 왔다는 소식을 접했을 때도 두 사람은 손 붙잡고 달려가 함께 강연을 들었다. 또 빈민촌에서 활동하는 가가와 도요이쿠라라는 신학자의 부흥회에도 함께 참석하곤 했다. 돌아오는 길에 사먹는 우동 한 그릇이 그렇게 따뜻할 수 없었다. 두 사람은 요코하마신학교에서 맺어진 인연을 시작으로, 나중에 각각 문익환 목사와 윤보선 대통령을 남편으로 동반하게 된 이후에도 의기투합해 신학자로, 인권운동의 동지로 귀한 인연을 이어갔다.

요코하마신학교 시절은 용길이 스스로 선택하여 내디딘 첫 번째 기착지로서 많은 추억을 남겼다. 일본의 전 지역에서 일 년에 몇 차례씩 일어나는 지진으로 기숙사가 흔들릴 때마다 다른 학생들과 마당의 아름드리나무 밑으로 뛰어가던 기억, 풍금 수업시간이면 가장 소리 좋은 풍금을 차지하기 위해 달려가던 기억, 풍금실 뒤에 있던 큰 양살구나무를 볼 때마다 먹음직한 살구의 유혹을 이겨내느라 애먹었던 기억도 그녀에게 신학생 시절의 추억으로 남아 있다. 뛰어난 뜨개질 솜씨로 동기들의 바지를 짜주기도 했고, 뜨개질을 가르치기도 했다. 일본 학생들은 부지런하고 맘씨 고운 용길에게 늘 고마워했고, 조선 학생들 사이에서도 그녀는 쪼꼬미 막내로 귀여움을 독차지했다.

어머니 현문경은 가끔 엿이며 약과 같은 조선 간식들을 손수 만들어 소포로 보내주셨다. 조선의 평안북도 대유동에서 일본의 요코하마로 소포가 도착하는 날이면 조선 학생들은 자연스레 둘러앉아 그리운 고향을 향한 마음을 함께 달래었다. 달달한 엿을 입안 가득 굴려가며 오순도순 정담을 나누던 요코하마의 벗들은 이제 막 성년에 접어드는 용길에게, 평생을 갈 아름다운 인연이 되어주었다.

청년 문익환

일본에는 조선인들이 다니는 신학교가 여럿 있었다. 박용길을 비롯한 여성들이 다니던 요코하마신학교 외에도, 도쿄에는 조선출·안희국 등이 다니던 아오야마신학교(청산신학교)와 문익환·장준하·문동환 등이 다니던 일본신학교(동경신학교)가 있었고, 고베에도 김우현·박대선 등이 다닌 고베신학교가 있었다. 그중에서도 도쿄 근교에 있는 신학교에서 공부하던 조선 학생들은 '관동조선신학생회'라는 모임을 만들어 서로 교류했다. 이 모임에서 운명적 만남이 그녀를 기다리고 있었다.

관동신학생회라는 모임이 있었는데, 학생들이 봄, 가을로 모여서 고국의 이야기와 친교를 나누며 하루를 즐길 수가 있었다. 1938년 봄, 요코하마에서 신입생 환영예배로 모였는데, 그때 처음으로 햇내기 문익환 학생을 만나게 되었다.

관동조선신학생회에서 처음 만났을 때 박용길은 문익환을 그저 신학도의 길을 같이 걷는 유학생으로 여겼다. 문익환의 마음은 그와 달랐다. "문익환 신학생을 환영예배 때 처음 봤는데, 그다음에는 내 졸업식에 오셨더라구. 그러고 나서 내가 잠깐 서울에 왔어. 그랬더니 편지가 왔는데, 아이들 여름성경학교 교재를 사오라는 거야. 그래서 뜬금없이 무슨 이런 부탁을 하나 싶었지. 그래도 뭐 일본에서 신학생들이 한국

일본 신학교 학생 시절 문익환과 한의정과 다른 학생들(왼쪽부터)

교회 봉사를 하려면 필요하니까 사달라는 대로 다 사가지고는 동경역
에 내렸는데, 아무튼 옷을 학생복을 입었는데 뭘 그렇게 많이 집어넣었
는지. 그냥 포켓이 터지도록 그냥 불룩불룩, 또 운동화는 다 찢어져가
지고서는 걸을 적마다 차락차락하고 발이 벌어져. 그런 거를 신고 나
왔더라고, 하하."

문익환은 박용길을 만날 핑계와 상황을 자꾸 만들었다. 나이는 문익
환이 한 살 더 많지만 신학생으로 선배였던 박용길은 먼저 학교를 졸업
하고 시나가와교회 전도사로 부임했다. 문익환은 시나가와교회에서 신
학생 봉사를 시작했다. 함께 유학 중이었던 동생 문동환의 눈에도 형의
낌새가 수상했다. 교회 활동보다 학교 수업에 집중하던 문익환이 갑자

기, 주일 예배는 물론이고 수요예배며 정규예배에다 그 밖의 집회들에까지 시나가와교회로 봉사를 다녔기 때문이다. 문동환은 한참 뒤에야 그 교회에서 박용길이 전도사로 일하고 있다는 것을 알아냈다.

> 목사님이나 사모님, 어르신들이 우리 두 사람을 연결시켜서 이야기하신 일이 있었다는데 나는 전혀 눈치채지 못하고 있었다. 내가 하루는 사모님에게 이런 말을 한 일이 있었다. 일본신학교 쿠마노(웅야) 선생님은 부인이 목사여서 설교도 서로 도와가면서 하고 참 좋다고 하셨다. '나는 목사 아닌 사람을 아내로 생각할 수가 없다'라는 말까지 하시더라고 했더니, 사모님이 "박용길 선생도 그렇죠?" 하면서 웃으셨다.

이 대화가 오갈 때만 해도 시나가와교회 사모의 마지막 말이 무슨 뜻인지 전혀 이해하지 못했다. 박용길을 향한 문익환의 연정을 박용길만 몰랐던 것이다.

"글쎄 그냥 훤하잖아. 훤한 사람이 왔는데, 그땐 만주 황제가 일본의 꼭두각시니 뭐니 그런 건 몰랐을 때라서, 공덕귀 선생이 나한테 '얘 저기 만주 황제 푸이 비슷한 사람 왔다, 왔어', 그렇게 얘기했던 생각이 나."

청년 문익환의 보름달같이 훤한 인물이며 맑은 눈빛은 그 당시에도 사람들의 눈길을 끌었다. 그런 문익환이 박용길을 보고는 마음을 빼앗겼고, 뒤늦게 그 사실을 알게 된 용길도 차츰 마음의 문을 열게 되었다. 두 사람은 시나가와교회에서 함께 활동하면서 목회동역자로 소통했고,

신앙인으로 친교하면서 사랑의 감정을 키워갔다.

그렇게 1년 남짓 지났을 무렵, 용길은 시나가와교회 전도사직을 사임했다. 시나가와교회에 여의치 않은 사정이 생긴 데다 건강이 축나기 시작했던 것이다. 일본에서의 활동을 아쉬운 마음으로 접고는 서울로 돌아가야 했다.

어지러운 시절의 사랑

박용길이 일본을 떠날 때 당사자보다도 더 아쉽고 허전해한 이는 문익환이었다. 그렇다고 피치 못할 사정으로 떠나는 연인을 막을 수도, 무작정 따라나설 수도 없는 노릇. 두 사람은 편지를 주고받으며 장거리연애를 하게 되고, 이렇게 시작된 두 사람의 편지는 평생토록 이어진다. 서울에 돌아오고서 얼마 지나지 않아 그녀는 문익환으로부터 청혼 편지를 받는다.

1941. 2. 20.
부족하나마 주의 몸 된 교회를 붙들겠다는 적은 정성을 가진 주의 소명을 받드는 사람이기 때문에 이 모든 것을 덮어주시고 그 때문에 더욱더 가련히 생각해주실 수 없으실런지요. 저는 제가 소유하지 못한 미점美點을 거의 전부라도 과언이 아닐 만큼 선생에게 발견했습니다. 물론 전능하신 사랑의 아버지가 계셔서 우리를 인도할 줄 믿습니다. 그러나 채찍이 없이는, 거울이 없이는, 산 신앙으로 끌어주는 사람이 없이는 이 세파 속에서 주님을 향해서 나갈 수 없을 것 같은 신앙이 제 약한 신앙입니다. 머리를 숙여서 간원합니다. 제 일생의 채찍, 거울, 그리고 힘이 되어주시지 못하겠습니까? 언제까지든 겸손하게 기다리겠습니다.

이때는 문익환도 신학교를 휴학하고 고향인 북간도의 용정(룽징)에서 휴식을 취하고 있었다. 식민지 시대 당시 가난하고 열악한 환경에서 공부하던 많은 젊은이들과 마찬가지로 그에게 폐병이 발병한 것이었다. 기약 없이 떨어져 있는 기간이 애달팠지만 편지를 기다리는 수밖에 달리 방도가 없었다.

두 사람은 편지 주고받기를 통해 서로의 일상을 공유하고자 했다. 문익환은 두 돌이 갓 지난 막내동생 은희와 하루를 어떻게 보내고 있는지 적어 보냈고, 자기 마을 교회주보와 예배 프로그램을 소개하기도 했다. 또 우리말에 대한 사랑과 우리말을 지켜야 한다는 신념을 일찍이 두 사람이 함께하고 있었기에 용길에게 한글에 관한 책을 추천하기도 했다.

　1941. 4. 5.
　제가 감명 깊게 읽은 책 하나 소개하겠습니다. 최현배 선생의 『한글의 바른길』입니다. 아직 읽지 않으셨으면 꼭 한번 읽어보십시오. 이제부터 한글 공부를 본격적으로 시작해야겠습니다. 우리의 한글을 좀 더 바로 알아야 하겠습니다.

문익환은 때로 시를 지어 보냈다.

함박눈이 퍼붓습니다. 한 치, 두 치, 다섯 치는 쌓였읍니다.
하늘은 제 헌 옷으로 시컴언 대지를 덮어줍니다.
대지는 말없이 복종합니다. 흉측스런 대지야!
때아닌 닭우름 소리가 들립니다.
나의 적은 혼은 놀라서 머리를 수기고 두 손을 가슴에 여밉니다.
눈은 거룩한 은혜, 평화를 가져옵니다.
애기전도부인 앞에 삼가드리나이다
1941년 4월 21일 문익환의 편지 중에서 「눈」 전문

박용길은 답장을 썼다.

문 선생님에게 1941. 4. 26.
금요일이면 저를 찾아주는 글월이 어제도 틀림없이 찾아왔습니다. 게을러지기 쉬운 나의 생활에 자성할 기회를 주심을 감사합니다. 더욱이 「눈」이란 글도 잘 읽었으며 주보에 대해서도 말씀해주셔서 고맙습니다. 아직도 함박눈이 온다니 춥겠습니다. 경성과는 아조 딴 세상이군요. 아마 이곳서 "아이 더워 죽겠네"를 연발할 때에나 용정에는 따뜻한 봄이 양반걸음으로 점잔히 찾아오려나 봅니다.

박용길이 문익환에게 보낸 편지

　용길은 어딘가에서 발견한 「혀의 힘」이라는 글을 이 편지에 함께 베껴 적어 보냈다. 작은 불꽃이 잘못 번지면 큰 산불을 일으키듯 작은 혀를 잘못 놀리면 큰 분란을 일으킬 수 있다는 내용의 글이었다. 그녀는 문익환과 공유하고자 했을 만큼 이 글에 공감했으며, 말을 조심하고 아끼는 것이 중요함을 늘 되새겼다. 사소한 말 한마디로 다른 사람의 마음을 다치게 하거나 분쟁을 일으킬 수 있다는 것을 명심했다.

　4년 만에 고국에 돌아와 부모님에게 의지하며 건강을 회복하긴 했지만 몸 편히 지내는 것이, 움직이기 좋아하는 용길에게 맘까지 편해질 일은 아니었다. 문익환에게 '어머니 젖 먹으니 커지지 않고 더 어려지는 듯하다'라고 썼다. 그리고 몸을 추스르자마자 다시 교역자로 나섰다.

서울에 돌아와서 어머님 곁에 있으면서 그래도 놀 수가 없었는데, 승동교회 초청을 받고 일하게 되었다. 그때 노인전도사님이 계셨는데 늘 같이 모시고 다녔다. 그래서 교인들은 나를 '애기전도사'라고 불렀다.

승동교회는 1893년에 문을 연 곤당골교회에서 그 뿌리가 시작되어 1905년에 서울 인사동에 터를 잡은 교회로 초창기부터 신분제도의 하층민들을 대상으로 포교하던 교회였다. 아담한 체구의 박용길 전도사는 어디를 가나 환영받았다. 교인들은 언제나 환하게 웃는 얼굴로 부지런히 움직이는 그녀를 좋아했다. 승동교회에 부임한 지 얼마 지나지 않았을 무렵, 교회에서 청장년들이 대거 경찰서로 끌려가는 일이 벌어졌다.

"그때 승동교회 청년들이 목사님 아들, 손주 할 것 없이 수십 명이 다 잡혀 들어갔거든. 처음에는 쉬쉬하고 모두 비밀에 부쳐 나도 왜 그랬는지 몰랐다고. 나중에 들은 얘기로는 여운형 씨가 일본에 들어가서 강연도 하고 그럴 적에 일본이 오래가지 않아서 망한다, 뭐 그런 얘기를 하고 다녔던 것을 승동교회 청년들이 주고받았나 봐. 그래서 많이 붙들려 들어갔었어."

젊어서부터 승동교회 교인이었던 몽양 여운형은 1909년 고향인 양평에 광동학교를 세워 청년들을 계몽하는 데 일찌감치 앞장서왔다. 그는 조선의 독립을 위해 상해임시정부 의원을 지내며 중국과 일본 등을 두루 오갔고 민족 해방을 주창하는 강연과 토론들을 이끌었다. 이 소식은 조선 땅에도 속속 전해졌고, 젊은이들의 마음에 독립에 대한 열망을 지

피고 있었다. 용길은 승동교회 전도사로 일하면서 일제강점 말기의 한국 교회와 사회의 실상을 점차 파악해갔다.

장공 김재준 목사를 처음 본 곳도 승동교회였다. 문익환은 용길에게 보내는 편지에, 김재준 목사가 은진중학교 은사이며 자신이 존경하는 목사님이라고 털어놓았고 따라서 그녀는 자연스럽게 김재준 목사를 눈여겨보게 되었다. 가죽장화를 즐겨 신던 김재준은 승동교회 지하에서 학생들을 가르치곤 했는데, 이때의 지하학교가 조선신학원, 즉 한국신학대학(현재는 한신대학교)의 전신이었다.

1940년 4월 19일에 설립된 조선신학원은 장로회 교역자 양성을 목적으로 김재준, 송창근 목사가 주도하여 설립한 신학원이다. 두 분의 뜻에 공감한 김대현 장로가 기금을 내어 승동교회에서 문을 열었다. 김재준 목사는 미국 프린스턴신학교와 웨스턴신학교에서 공부했으며, 선교사들로부터 독립된 자주적이고 주체적인 조선인 목회자를 양성하는 신학교를 꿈꾸었다. 한국인들에 의해 주체적으로 설립된 조선신학원은 미국 장로교회 선교사들이 운영하며 정통주의 신학을 고수하던 평양신학교보다 훨씬 자유주의적인 현대 신학을 가르쳤다.

승동교회 일에 전념하던 용길에게 청천벽력 같은 소식이 들려왔다. 안 그래도 허약해지고 있는 어머니의 몸에서 자궁암이 발견되었다는 것. 이미 암세포가 다 퍼져 서울에 있는 병원에서도 손을 쓰지 못할 형편이었다. 어머니에게 시간이 얼마 남지 않음을 알았으니 대유동으로 모시고 가야 했다. 용길은 어머니를 모시고 가기로 결심했다. 당시 남길 언니는 경기여고에서 교편을 잡고 있었고, 용애 언니는 유치원 교사로 일하고 있었기에 누군가는 일을 내려놓고 가야 했다. 용길은 병명을 제대로 고하지도 못한 채 어머니를 모시고 먼 길을 떠났다.

평안북도 대유동, 얼마 만에 다시 밟아보는 땅인지. 대도시의 바람과 다른 맑고 찬 북쪽 시골의 바람이 용길을 맞아주었다. 마을 곳곳의 정겨운 풍경들이며 마을 사람들의 따뜻한 인심도 예전과 한결같았다. 그러나 어머니의 병 앞에서는 이 모든 것이 무력했다. 어머니의 병세가 악화되면서 용길의 상심은 나날이 커져만 갔다. 유일하게 그녀를 위로하는 것이 있다면 문익환의 편지였다.

> 박 선생은 아무래도 코쓰모쓰입니다. 꽃에 비긴다면! 화려한 중에서 그 모든 것을 조금도 부럽잖다고 할 수 있는 꽃은 코쓰모쓰 외엔 없을 겝니다. 청초한 것이 퍽 마음에 맞는 것을 느끼고 퍽 좋와합니다. 배곯은 게 아마 점심을 먹으라고 합니다. 내내 주 안에서 평강하소서. 태평 문익환 올림.
> 1941년 6월 1일 문익환의 편지 중에서

사실 용길의 부모는 문익환이 고향에서 휴양하고 있는 이유가 폐병 때문이라는 사실을 알게 된 이후로 두 사람의 만남을 반대해왔다. 그러나 집안 분위기가 완고하다고 해서, 깊은 교감으로 다져온 아름다운 관계가 갑자기 끊어질 리 없었다. 어느 때보다도 그의 따뜻한 말 한마디가 필요한 시절이었다. 용길이 성심껏 동행하고 간병했음에도 결국 오래지 않아 어머니 현문경은 대유동에서 눈을 감았고 그 땅에 묻히었다.

이 사람과 결혼할 수 없다면

"절대 문익환과 결혼해서는 안 된다."

이 말을 남긴 어머니를 저세상으로 떠나보내고 언제부터인가 박용길은 문익환의 편지를 받을 수 없었다. 그러던 어느 날, 문익환으로부터 뜻밖에도 편지가 아닌 전보가 날아왔다. '편지를 기다리다 못해 지쳤으니 편지를 보내라'는 전언이었다. 무슨 영문인가? 그녀는 곧 어찌 된 정황인지를 알아챘다.

문익환 신학생은 몸이 약해서 신학교를 휴학하고 금강산에서 휴양을 하고 있었다. 얼마 후 용정으로 돌아가서도 역시 휴양 중이었다. 처음에는 얼마 동안 편지가 오고 갔는데, 집에서는 문익환이 몸이 약하다는 소식을 들으시고는 용정에서 편지를 오는 대로 없애 버리셨다.

용길의 부모는 딸이 폐병 환자와 평생 가약을 맺게 될지도 모르는 상황을 모른 척할 수 없었던 것이다. 편지가 가로채졌다는 사실을 뒤늦게 알게 됐다고 해서 어쩔 도리는 없었다. 이제 막 어머니를 하늘나라로 보내고 마음은 슬픔에서 헤어나지 못하고 있었다.

그때 나는 어머님 상을 당하여 슬픔에 잠겨 있었기 때문에 '슬

대유동에서 부모님과

은 편지를 보냈다'고 회답 전보를 쳤다. 그런데 그때 '긴 편지를 보냈다'라는 전문을 보냈어야 하는 건데 슾은 편지를 보냈다는 말에 실망하고 내가 보낸 편지를 다 태워버렸다고 한다.

문익환은 속사정도 제대로 알지 못한 채, 그저 슬픈 편지를 보냈다는 몇 글자에 상심해, 자신의 온 마음을 바쳤던 여인의 편지를 다 태워버릴 정도로 걷잡을 수 없는 감정 상태였다. 박용길이 문익환에게 보낸 편지가 몇 통밖에 남아 있지 않은 이유가 그것이었다.

당시 휴양을 끝낸 문익환은 도쿄의 신학교로 돌아갔으나, 일본에서 학병징집이 시작되자 일본군이 될 수 없다는 결기로 동생 문동환과 함께 극적으로 탈출했다.

"학병 차출 문제가 나니까 문 목사가 그때 학장한테 학병에 못 간다고 해버린 거야. 전학 증명을 해주면 봉천신학교에 가서 공부할 거라고. 그때 뭐 아주 대놓고 그랬대. 나는 일본 위해서 피 흘릴 생각 없다고. 근데 무라카 교장이라는 이가 그래도 역시 신학자가 돼서 마음이 넓었는지 긴 대화 끝에 전학 증명을 해줬어. 문동환 시동생이랑 같이. 암튼 그 연약해 보이는 사람이 어디서 그렇게 용기가 났는지……."

만주국의 봉천신학교로 전학한 것은 물론 학병을 피해 본국으로 돌아오기 위한 구실이었다. 시나가와에서 교회 활동을 함께한 이후로 연인들은 서로 편지를 주고받는 것, 그리고 문익환이 만주와 도쿄를 오가는 길에 기차를 갈아타러 서울에 들를 때 잠깐 만나는 것이 전부였다. 전학 증명서를 가지고 일본을 떠나 만주로 돌아가는 와중에도 그들은 당연히 만나고자 했다. 그러나 큰 형부가 막무가내로 그녀를 차에 태워 서울역에 못 가게 막아, 무작정 서울역에서 기다리던 문익환은 서울에 유학 와 있는 친구들만 만나보고 떠나게 되었다. 그리하여 '편지를 기다리다 못해 지쳤으니 편지를 보내라'는 전보를 친 것이었다.

결국 어머니의 마지막 당부를 무시할 수 없어, 아버지에게 문익환이 아니면 결혼하지 않고 평생 전도사로 혼자 살아가겠다고 선언했다. 단 6개월을 살더라도 문익환과 결혼하겠다고, 그마저도 안 된다면 평생을 혼자 살겠다고.

평양으로 전도사직을 구해 떠나려 할 참에 용길의 집에 또 다른 편지가 날아들었다. 문익환이 아니라 문익환의 친구들과 동생, 그리고 요코하마신학교 동창 김순호 전도사의 편지가.

　용길 씨, 이곳 문 목사 댁으로 말하면 가문도 좋고 생활도 교역 자치고는 그다지 곤란치 않은 모양이며 덕이 있는 집이올시다. 건강은 모두 건강합니다. 내가 작년 10월에 이곳에 왔는데 별로 병으로 고생하는 것을 보지 못했습니다. 익환 씨는 말하지 않아도 잘 알고 있으니까 별문제 없고요. 그런데 문 목사님 말씀이 오래 끌 필요 없이 속히 결단함이 좋겠다고 하십니다. 이쪽에서는 여러 가지 관계상 속히 결혼해야겠는데, 용길 씨가 익환 군과 꼭 결혼할 마음이 있을지, 또 그곳 부모들이 협의적으로 될 수 있다면 이곳서는 찬성하신다고 하드만요. 물론 용길 씨는 원하는 줄 알지만, 부모들 쾌락여부快諾如否를 듣고서 속히 알려달라고 하십니다. 왜 그새 몸이 약해졌습니까? 문 목사님은 용길이가 그다지 건강해 뵈지 않더라고 하시드만요. 집에서 일없이 있기 얼마나 갑갑하십니까. 왜 교회 일 좀 보도록 하지요. 이곳 만주에서도 여전도사 청빙처가 많습니다. 하여튼 문 씨 댁에 대하여 약혼 허락을 속히 알려주시오. 오늘은 이것으로 끝입니다. 주 탄일에 복 받으소서.
　강덕 10년(1943년) 12월 24일. 김순호

김순호의 편지에서 '문 목사'는 문익환의 아버지 문재린 목사를 가리켰다. 김순호가 용정에서 평생여전도회 총무로 일하던 때였는데, 그 전도회의 회장은 문익환의 어머니 김신묵이었다. 가족과 친구들까지 이렇게 두 사람을 위해 나서게 된 것은 문익환의 집안에서 결혼을 서두르고 있었기 때문이다. 문익환 형제가 전학 간 봉천신학교가 문을 닫아 학업을 중단하고서 만주 만보산에서 형 문익환은 교회 전도사로, 동생 문동환은 학교 교사로 일하게 되어, 일흔을 바라보는 할머니 혼자 배필 없는 손주들을 돌보며 살림을 맡아보게 된 것이었다. 이 상황이 걱정스러웠던 문익환의 부모는 아들을 속히 결혼시키고자 했다. 아들이 사랑하는 여성이 있으나 그 집안에서 결혼을 반대한다면 다른 혼처라도 수소문해 볼 작정이었다.

문익환은 박용길의 편지를 다 태워버렸음에도 단념할 수 없었다. 아니 단념이 되지 않았다. 그는 박용길을 설득해달라고 친구들에게 부탁했다. 결혼하기에 무리한 건강이라면 자신의 부모님이 먼저 말릴 것이라며 병원 진단서까지 받아놨다. 일본에서부터 형의 마음을 익히 이해하고 있던 문동환은 장문의 편지를 썼다. 할머니와 동생들이 서울 색시가 오는 것을 얼마나 고대하고 있는지, 돌아가신 어머니가 결혼을 반대한 것은 딸의 행복을 위한 것인데 실상 문익환과의 결혼이야말로 딸이 행복해지는 길이 아니냐며 청개구리 비유를 들어 설득하려 했다.

결혼을 반대한다면 홀로 전도사로 떠나리라는 딸을 안타까이 여긴 박두환은 마침내 문익환에게 한번 다녀가라는 전갈을 보냈다. 기다림의 결실이 맺어질 것인가? 용길이 아버지의 전갈을 용정에 전하자마자 문익환의 어머니 김신묵은 이 소식을 알리기 위해 아들이 있는 만주 만보산으로 몸소 찾아갔다.

"우편으로 소식을 전하자니 언제 도착할지 모르니까 직접 찾아가신 거지. 근데 시어머니가 중국말을 모르니까, '만보산 나덴디? 만보산 나덴디?' 하면서 물어물어 찾아 들어가신 거야. '나덴디'가 어디냐는 소리야. 원체 씩씩하고 적극적이시니까 두려움도 없이 그렇게 산골을 찾아가서는 아들을 데리고 나온 거지."

어머니 김신묵 덕분에 서울의 소식을 접하게 된 문익환은 서둘러 아버지 문재린 목사와 김순호를 대동하고 서울로 나왔다. 서울에서 가장 먼저 찾아간 곳은 병원. 박두환은 예비사위의 건강상태를 점검해야 했다.

"병원에 가서 엑스레이 찍고 나니까 아무렇지도 않다고 그러잖아. 그러니까 아버지가 너무너무 좋으셔가지고는 결혼식 사흘을 앞두고 약혼식을 해주신 거야."

아무리 딸이 사랑하는 사람이라고 해도 병약한 사내와 선뜻 혼인시킬 수 없었으니, 예비사위가 건강을 되찾았다는 의사의 진단에 아버지의 마음은 그제야 흡족해졌다. 이렇게 박용길의 고집스러운 사랑과 문익환의 애끓는 사랑은 1944년 6월 17일, 부부라는 이름으로 결실을 맺었다.

결혼풍속이 지역마다 달라 만주에서는 신랑의 집에서 결혼식을 치르는 데 반해 서울과 그 이남 지방에서는 신부의 집에서 결혼식을 주관하는 것이 관습이었다. 애초에 용정에서는 6월 20일로 혼례 날짜를 잡아놓고 기다리고 있었지만 6월 17일, 두 사람은 안동교회에서 결혼식을 먼저 올렸고 용정에서는 결혼식 대신 축하잔치를 준비했다.

서울 안동교회에서 열린 결혼식(1944. 6. 17.)

용정 중앙교회 결혼식 축하연

평생 가슴 설레는 기억으로 남을 결혼식과 축하잔치였다. 서울에서 결혼식을 치른 뒤 용정에 도착하자 꽃 문이 두 사람을 기다리고 있었다. 신랑 신부의 자리도 온통 꽃으로 장식되어 있었다. 용정중앙교회는 시아버지가 오랫동안 시무한, 용정에서 가장 큰 교회라 교인들을 포함한 온 동네 사람들이 옷을 차려입고 잔치를 함께했다.

1944년 6월 17일 결혼식을 올리게 되었는데 전쟁도 막바지에 이르렀을 때라 자동차도 없어서 신랑은 뚜벅뚜벅 걸어가고 신부는 인력거를 타고 끄덕끄덕 안동교회로 갔다. 최거덕 목사님의 주례로 김우현 목사님이 축사를 하시고 서수준 선생이 축가를 불러주셨다. 결혼식 후 멀리 만주 용정으로 시집을 가는데 친정아버지께서는 '쪼꼬망, 쪼꼬망!' 하고 부르던 딸을 혼자 보내기 안쓰러워 용정중앙교회 피로연장까지 동행해주셨다. 기차가 용정에 가까이 오자 신랑은 굉장히 흥분하고 신나 했다. 기차에서 내려 마차를 타고 집으로 들어갔는데 그때 낯선 만주 땅의 풍경들이 인상적이었다.

폐병 걸렸던 탓에 그토록 거절당하고 밀려났으면서도, 애태우며 그리워하던 여인이 이제 곁에 있으니 문익환은 마냥 행복했다. 끝내 사랑하는 사람을 남편으로 맞았으니 박용길도 행복했다.

만보산의 까만 연기

두 사람의 신혼살림은 남편 문익환 전도사가 일하는 만보산교회 사택에 차려졌다. 시어머니 김신묵이 아들을 위해 물어물어 찾아 들어갔다는 그 만보산은 중국 길림성(지린성) 장춘현에 위치한 곳으로, 1931년 조선인들과 중국인들의 농민유혈사태인 만보산사건이 벌어진 곳이었다. 이 충돌사태는 중국 침략을 계획하던 일제가 중국에서의 경제적 이권을 획득하기 위해 조선인과 중국인 사이를 이간질해 싸움이 일어난 사건이었다. 이 사건으로 조선인들 사이에서 격렬한 화교배척운동이 일어나, 집단 혐오에 의한 방화와 물리적 폭력이 중국인들의 삶의 근거를 뒤흔들 정도였다. 지금까지도 사용되는 '호떡집에 불났다'라는 표현이 이때 나왔다는데, 당시 많은 중국인들이 호떡 장사로 생계를 이어가고 있었기 때문이다.

문익환, 문동환 형제는 만주 봉천신학교가 폐교된 바람에 신학공부와 목사의 꿈을 뒤로 미루고 신경중앙교회 김창동 목사 소개로 각각 만보산교회 전도사로, 만보산소학교 교사로 일하고 있었다. 만보산교회는 첩첩산중에 있었다. 차가 끝까지 들어갈 수 없어 걸어서 몇십 리를 걸어야 나오는 산골짜기였다. 용정에서 축하잔치를 마친 새색시 박용길도 이 길을 걸어 들어갔다. 처음 들어갔을 때는 여름이어서 사택 생활의 심각한 어려움을 알지 못했다. 만보산교회 사택은 겨울이 되자 본색을 드러냈다.

만보산교회 앞에서 문익환, 박용길, 문동환(왼쪽부터)

"집을 어떻게 지었는지 아무튼 겨울인데 방 안이 이만큼이 성에야, 성에. 창밖이 안 보였다니까. 그리고 바깥에 나가서 소변을 보면 금방 이렇게 얼어버리고. 아이고, 밥을 하려고 불을 땔 때면 연기가 굴뚝으로 빠져나가야 하는데, 그냥 불구멍으로 전부 나와. 온통 부엌이 새까맣지. 제대로 불이 타지 않고 그냥 나오니까 새까만 연기가 나오는 거야. 찬장이라는 것도 없고 등대라고 하는 나무선반에 그릇을 올려놨는데, 그릇이 새까매지는 거지, 밥 먹을 그릇이. 그런 곳으로 내가 시집을 간 거야."

풍족하진 않았어도 대학공부를 하기까지 가족들이 지극 정성으로 보살피고 귀여워하던, 고생 모르고 자란 서울 색시 박용길에게 신혼집의 추위와 불편함은 말로 다 표현할 수 없었다.

"거기에 방이 하나밖에 없었어. 그러니 어떡해. 형제끼리 자던 방에 색시가 오니까 할 수 없이 휘장을 쳤잖아. 휘장을 가운데다 치고 자는 거야. 우스워서……."

심란한 만보산에서의 신혼생활을 그래도 용길은 살아냈다. 그녀의 낙천적인 성격과 신앙의 힘, 그리고 사랑하는 사람과 함께한다는 행복감으로 어려움을 이겨낼 수 있었다. 밥그릇에 그을음이 앉지 않고 남편과 단둘이 지낼 방 한 칸이 따로 있었다면 더없이 좋았겠지만, 없는 것을 아쉬워하기보다 눈앞에 있는 만보산교회 사택의 현실에 하루하루 적응해가는 것이 그녀의 방식이었다.

그해 겨울, 부부는 윤동주의 부고를 접했다. 문익환은 윤동주와 한동

문재린 목사가 집례한 윤동주의 장례식(1945. 3. 6.)

네에서 태어나 명동소학교를 시작으로 은진중학교, 숭실학교 그리고 광명학교까지 같이한 둘도 없는 벗이었다. 두 사람은 2년여의 시차를 두고 일본으로 유학을 떠났다. 먼저 떠난 문익환은 신학을, 나중에 떠난 윤동주는 영문학을 공부하러.

윤동주의 맑은 영혼을 사랑하고 그의 시상을 동경했던 문익환은 늘 시를 쓰고 싶어 했다. 문익환이 훗날 그토록 많은 시를 써내는 데 가장 큰 영향을 미쳤던 이가 바로 이 벗이었다. 의문투성이로 일본에서 옥사한 윤동주의 장례를 문재린 목사가 맡아보았다. 만보산의 신혼부부는 그 겨울, 까만 연기에 울고, 하얀 슬픔에 울었다.

첫 번째 아기

만보산에서의 신혼생활은 그리 길지 않았다. 결혼하고 얼마 지나지 않아 용길이 첫 아이를 임신하자, 곧 아기가 태어날 가정을 만보산 골짜기에 두는 게 영 마음에 걸렸던 김창동 목사가 문익환을 신경중앙교회 전도사로 초빙한 것이었다.

부부는 만보산을 떠나면서 기대에 부풀었다. 그러나 막상 신경으로 나와보니 분위기가 심상치 않았다. 생활환경은 만보산에 비해 한결 나았지만 신경에선 만보산사건의 여파로 중국인과 조선인 사이의 갈등이 폭력적으로 표출되고 있었다. 같은 만주 지역임에도 만보산에선 겪어보지 않은 상황이었다. 만보산교회가 있던 곳이 만보산사건의 근원지긴 했지만 워낙 깊은 시골이라 갈등이 불거질 일 없이 다들 순하게 어울려 살았던 것이다.

"일본 사람들도 중국 사람들을 무척 깔봤어. 그나마 한국 사람들을 더 낫게 대우했었거든. 중국 사람들한테는 쌀 배급도 더 적게 주고 그러니까 한국 사람 중에서도 못난 사람들은 그런 것에 또 우쭐해가지고 중국 사람들을 무시했지. 한번은 그런 원한이 맺혀가지고 우리 교회에 쌀장수 집사가 있었는데 거길 쳐들어온다는 소문도 나고 그랬었어. 그 후에는 또 어느 담배 장사하는 중국인이 있었는데 거기서 누가 담배를 사고 빨간 돈을 냈는데, 그걸 안 받겠다고 했더니 왜 안 받냐면서 때려서는 그 담배장수가 죽었대. 노인인데. 그 때린 사람이 한국 사람이었다는 거고. 한국 사람이 중국 노인을 죽였다고 소문이 나서는 중국 폭도들이 막 일어나서 한국 사람들 모두 때려죽인다고 휩쓸었거든. 그 사람들이 우리 집에도 왔어. 근데 옆집에 사는 중국 사람이 우리를 숨겨줘서 며칠이나 숨어 있었지."

일제의 조선인과 중국인 간 차별대우는 두 식민지 국민들끼리 서로 할퀴고 갉아먹게 하는 대단히 효과적인 지배정책이었다. 일제의 식민정책은 무고한 사람들의 목숨까지 앗아가기 일쑤였다. 만보산에서는 몸은 고달팠어도 마음만은 편했는데, 막상 안락한 생활을 기대했던 신경에서의 나날은 여간 마음 졸이는 상황이 아니었다.

1945년 4월 17일, 박용길은 잠시 용정 시댁에 머물며 첫아기를 출산

신경에서 교인들과 찍은 사진으로 가운데의 아기가 영실

했다. 그러나 해방둥이 영실을 낳고 솔직한 마음은 기쁨보다 섭섭함이
앞섰다.

"나는 우리 집에 아들이 없어서 맨날 어렸을 적부터 딸 차별을 경험
했으니까 내가 첫 아이로 딸을 낳고서 섭섭했지. 그런 데다가 애기를 낳
았는데 시아버지가 얼른 들여다보지 않으시잖아. 딸이 되어서 안 들여
다봤다고 내가 생각을 했던가 봐."

비교적 행복한 유년기 기억을 갖고 있던 용길조차 첫 딸을 낳자마자
자신의 어릴 적 차별 경험부터 떠올릴 정도로 남녀 차별의 관습이 뿌리
깊었던 시대였다. 첫 아이 영실을 낳았을 때 더욱 서운했던 까닭은 시아

버지만이 아니라 남편 문익환마저 산모와 아기를 들여다보지 않았기 때문이다. 사실 당시엔 아기는 물론 아기를 막 낳은 산모를 쉬이 들여다봐선 안 된다는 불문율이 있었던 것이다.

영실이 태어난 지 열하루가 지났을 때 시할머니가 돌아가셨다. 온 집안이 경황없는 가운데 용길은 산후조리도 제대로 못 한 채 시할머니 장례를 치러야 했고, 다른 가족들도 용길을 자상히 보살필 겨를이 없었다. 그런 와중에도 시아버지 문재린 목사는 첫 아이가 탐스럽게 자라라는 의미로 열매 실實 자를 넣어 영실이라는 이름을 손수 지어주었다.

그러나 영실은 할아버지의 바람대로 영글지 못했다. 용정 시가에서 영실을 낳고 신경으로 돌아온 뒤 모녀는 심하게 앓았다. 용길이 장티푸스에 걸려 자리보전을 하느라 아기를 돌볼 수 없었고 결국 아기까지 앓게 되었다.

"애기는 예뻤는데, 젖이 안 나오고 그때 전쟁 막바지라서 먹을 게 없었어. 우유도 구하기가 어려워서 뭐라도 먹이느라 애쓰던 생각이 나. 그래서 애기가 좀 야위었지. 근데 내가 또 아프니까 옆에 두기가 걱정돼서 같이 살던 교인한테 영실이를 업혀서 바깥에 자꾸 내보낸 거야. 그때 영실이가 홍역을 하는 것 모르고……."

홍역에 걸린 아기에게 찬바람을 계속 쐬었으니, 말 못 하는 아기가 스스로 버텨내기란 버거운 노릇이었다. 엄마와 아빠, 할머니와 할아버지는 영실을 이름도 마음껏 불러보지 못하고, 태어난 지 8개월 만에 하늘나라로 떠나보내고 말았다. 너무도 허무하게 첫 아이를 잃고 만 엄마 박용길, 거동조차 힘들어 그저 누운 채로 아기 내가는 것을 바라만

봐야 했다.

영실의 할머니는 영실의 예쁜 봄옷을 지어 보낼 참이었지만 아기의 몸에서 온기가 사라졌다는 소식에, 부풀었던 가슴이 이내 슬픔으로 미어졌다. 아빠 문익환의 낙담도 헤아릴 수 없이 깊었으나, 나중에 딸을 낳으면 다시 영실이라 이름 짓자며 상심에 빠진 아내를 달래주려 했다. 용길은 이후 네 명의 자녀를 낳아 건강하게 잘 키워냈지만, 젖 한번 배불리 물려보지 못하고 떠나보낸 첫 딸이 자꾸 맘에 걸렸는지 세월이 한참 흐른 뒤에도 영실을 잃은 사연을 입에 잘 올리지 않았다.

해방과 혼돈, 난민과 폭도

전쟁이 막바지에 다다르자, 만주 일대에서는 일본과 소련의 교전이 벌어져 신경도 교전지의 한 곳으로 연일 시끄러웠다. 일본과 태평양전쟁 중이던 연합군이 일본의 항복을 이끌어내기 위해 소련을 끌어들인 탓이었다. 신경중앙교회의 아낙과 어린아이들은 신경에서 백 리쯤 떨어진 고유수孤榆樹라는 조선인 집단농촌으로 몸을 피했다.

해방의 분위기는 광복 1년여 전부터 떠돌기 시작했다. 패배의 기운을 감지했던 일본이 만주에 있는 조선인 지식인들을 대거 검거할 것이라는 소문이 돌았다.

"왜 그런고 하니 조선의 민족운동가들이나 지식인들이 독립운동을 조직적으로 하고 있는 판인데, 일본이 수세에 몰리게 되니까 이 사람들이 더욱 자기들을 압박하게 될 거라고 생각한 거지. 더구나 전쟁에서 지게 되면 자기들이 큰 피해를 입을 거라고 생각했고. 그래서 자기들에게 위협이 되는 지도자 격의 한국 사람들을 미리 다 잡아들이려고 했는데, 미국이 일본에게 진주만을 기습 공격당하고서 일본에 원자폭탄을 떨어뜨리고 마니까 일본이 정신을 못 차리는 바람에 목적을 충분히 달성하지 못했지."

용정한인회장을 맡고 있던 문재린 목사는 해방 직전 일본군에게 검거되어 한 달 가까이 잡혀 있다가 기적적으로 풀려나기도 했다. 얼마 지나지 않아 꿈만 같은 소식이 들려왔다.

"대한독립 만세! 대한독립 만만세!"

1945년 8월 15일. 그날이 왔다. 조선인들이 그토록 갈망하던 해방의 날이 찾아왔다. 라디오에선 일본천황의 항복선언이 들려왔다. 천황은 항복선언을 하면서도 제국주의의 폭력을 정당화하려 했지만 이에 아랑곳없이 중국 땅 전체가 감격과 흥분과 혼란으로 뒤엉켰다.

"너무너무 감격을 해가지고 아수라장이 된 거지. 군인들, 보통사람들 할 것 없이 중국인들이 일본 영사관을 포위하고는 아이들까지 나서서 일본 사람들 빈집을 막 털고 그랬대. 또 일본군이랑 중국군이랑 막 싸우기도 하고. 그래서 8월 15일에 항복 발표가 났는데도 18일이 돼서야 조금 안정이 되니까 고유수에 있는 피난민들이 신경으로 나가게 됐지."

조선인들은 태극기를, 중국인들은 중국기를 만들어 누구의 눈치도

보지 않고 마음껏 흔들고 다녔다. 박용길은 어릴 적 부모님에게 배웠던 애국가를 신경교회 교인들에게 가르쳐 다 함께 애국가를 목청 높여 불렀다. 전쟁이 끝났으니 만주에서도 일본군과 일본인들이 앞다투어 제 나라로 돌아가려고 아우성이었다.

"피난민들이 여기저기에서 모여드니까 학교 같은 곳에 수용을 해서 일단 막 일본으로 피난민들을 내보내는데, 한국 사람들도 그 학교로 가고 싶은 사람들은 가라고 그랬대. 그런데 가겠다는 사람이 하나도 없어. 일본 사람들만 거기 가고. 한국 사람들은 따로 수용소를 만들어서 신경으로 모여들었지. 왜냐면 나 같아도 일본 사람들하고 섞여서 나가기 싫어서 그랬을 것 같애. 일본 사람은 패잔병같이 비참하게 가잖아? 그런데 거기에 섞여서 기차 타고 가라니까 그게 싫어서 안 갔을 것 같아. 따로 가려고."

신경에 살던 조선인들은 일본인들이 수용돼 있던 학교에서 그들이 다 빠져나가고 나서야 비로소 움직였다. 교인들이며 이웃들은 미처 들고 갈 수 없는 살림들을 교회 마당에 몽땅 버리고 떠났다.

"군이 왜들 그랬는지, 그것 때문에 자꾸 교회에 도적들이 오고 그랬지. 물건이 귀할 때라 중국인들은 가져가려고 들고, 교인들은 떠날 때라 지킬 사람은 없고 그래서 애를 먹었어."

중국인 도적 떼는 날이 갈수록 기승을 부렸다. 교회 마당에 물건이 쌓이기만 하면 나타나 집어가곤 했는데, 물건만 집어가면 다행이었다. 조선인에 대한 앙금은 해방이 되고도 가라앉지 않았던지, 조선 사람을 만나면 어김없이 해코지해댔다. 박용길 부부에게도 예외가 아니었다. 그럴 때마다 동네 중국인 어른들의 도움으로 위기를 넘겼다.

도적 떼는 비단 중국인만이 아니었다. 소련군도 마찬가지였다. 영실을 낳고 장티푸스로 앓아눕던 때였다. 만취한 소련군 둘이 느닷없이 들이닥쳤다. 문익환이 잽싸게 아내 곁을 지키며 소련군 손에 월급봉투를 통째로 쥐여주어 그들을 간신히 내보낼 수 있었다.

일본인들의 피난 행렬이 정리되어갈 즈음, 용길도 서둘러 피난 떠나고 싶은 마음이 굴뚝같았다. 그러나 남편은 다른 피난민들을 돕느라 밤낮없이 분주할 뿐이었다.

"문 목사가 한국 피난민들을 한국에 보내는 일을 주선했어. 돈을 배낭으로 지고 다니면서 소련 사람들한테 열차를 칸칸이 사가지고 그 열차 칸에는 한국 사람들만 탈 수 있게 했지. 지금 생각하면 얼마나 위험한 짓이야? 그나마 돈 가방을 메고 있을 때 습격을 당하지 않았으니 다행이지, 오가는 길에 중국 사람들한테 매를 많이 맞았어."

이렇게 남편의 도움으로 수많은 난민들이 만주 땅을 빠져나가는 중에, 참다못한 아내가 남편에게 우리도 피난 떠나자는 속마음을 털어놓았다. 남편은 교인들이 다 떠날 때까지는 움직일 수 없다고 답했다. 목회자의 본분을 다하겠다는 남편의 말에 기도하면서 때를 기다리는 수밖에 없었다.

용정에서 시어머니가 갑자기 찾아왔다. 피난길에 보태 쓰라며 용정 세간 판 돈을 쥐여주기 위해. 남편의 뜻을 따라 꼼짝없이 두려움에 떨며 기다리던 며느리는 시어머니의 애틋한 마음에 용기를 얻었다. 폭도들의 횡포는 부부가 피난을 떠나기 직전까지 계속됐다. 영실을 잃고 하늘이 허락한 두 번째 생명을 임신하고 있을 때의 일이었다.

"호근이가 배 속에 있었을 때야. 내가 애기를 보호하려고 벽장 속에 숨었는데, 폭도들이 벽장문을 열어제끼고 열쇠 꾸러미를 내던지더니 막 아무거나 집어던지는데 너무 무섭더라고."

그녀는 아기를 다시 잃을까 두려웠다.

털리고 또 털리며 남으로

일본인들이 빠져나가고, 교인들과 조선인 이웃들도 대부분 길을 떠났다. 그제야 박용길 부부는 마지막 남은 교인들과 미처 떠나지 못한 이웃들까지 챙겨 함께 떠날 채비를 했다. 임신 5개월의 무거운 몸을 이끌고 중국 국부군(국민당 정부의 군대)과 공산군 전투지역을 뚫고 나가는 목숨을 건 탈출이었기에, 가다가 죽으면 길가에 묻어달라는 말이 그냥 내뱉는 으름장이 아니었다. 해방 이듬해인 1946년 늦은 봄이었다. 1945년 8월에 해방을 맞고도 반년 이상 남의 나라 땅에서 반전시 상황을 겪은 셈이었다.

막상 피난을 떠나려니 박용길 부부는 가진 것이 너무 적었다. 용정에서 시어머니가 가져오신 돈은 피난을 기다리는 동안 일부를 누군가에게 잠시 맡겼다가 잃어버리고 털려버려 수중에 남은 돈이 얼마 되지 않았다. 남아 있는 돈이라도 잘 지켜 무사히 서울에 도착해야 했다.

"돈을 가방에 넣든지 몸에 지니든지 해야 되는데 팔로군들이 피난길을 막고서는 짐을 자꾸만 뒤지니까 숨기느라고 돈을 여기저기에 나눠서 넣고 그래. 그래도 하도 털리니까 아빠가 한번은 그 중국 모자, 이중으로 산같이 된 모자를 쓰고 모자 사이에 돈을 넣었는데, 중국 사람들이 모자를 벗겨가지고 쓰고 가버려. 그래서 그거 잃어버리고 뭐."

모자 안에 들었던 돈은 잃었지만 그나마 사전 안에 숨겼던 돈은 건졌다.

"지금도 그 사전이 저 방에 있잖아. 아유, 암튼 털릴 대로 다 털리고 영어사전인가 그것만 쥐고 나왔는데 군인들이 '이거 미국말 배우는 책이지?' 그러니까 '아니요. 이거 영국말 배우는 책이에요' 그러고는 겨우 넘겼잖아. 그 사전을 싹 발라가지고 돈을 넣었었지."

피난길에 돈 말고도 몇 장 안 되는 가족사진도 지키지 못했다. 사진이라는 것을 처음 보는 중국인들은 마치 배우 사진이라도 된다는 듯 낚아채 가져갔다.

전쟁이 끝났다고 중국인들은 마음을 놓고 인종차별을 심하게 하니, 죽을 고비를 넘긴 것도 천행이라 하겠다. 한국 사람 일본 사람 모두 본국으로 돌아가고 우리 교인들도 다 떠나고 나니 뒤늦게 귀향길에 올랐는데, 일행은 수백 명이 되고 탈것은 없고 빈털터리들이 걸어서 걸어서 귀향길에 올랐다. 짐이래야 가지고 갈 정도였는데도 털리고 또 털렸다. 아마 우리 옛 사진들은 어느 산골 농가 벽에 붙어 있을 것이다.

자칫 큰일로 번질 뻔한 일도 있었다. 문익환이 신경을 떠나올 때 피난 길에 참외라도 깎아먹을 수 있을까 싶어 무심히 가방 속에 과도를 하나 챙겨왔는데, 그것을 보고 중국인들이 위협을 느낀 것이었다. 한 중국인이 문익환의 따귀를 때려 그의 안경이 산산조각 났다. 그 모습을 곁에서 지켜본 용길의 마음도 산산조각 났다.

피난길은 예상했던 것보다 훨씬 험난했다. 앞서 빠져나간 난민들은 기차를 탈 수 있었지만, 용길 일행은 피난 행렬의 막바지라 기껏해야 소 달구지에 짐 싣는 것이 고작이었다. 그들은 그저 걷고 또 걸었다. 국경을 넘기까지 어쩌면 그리도 강줄기가 많은지. 강을 맞닥뜨릴 때마다 문익환은 홀몸 아닌 아내를 업어 건네주고 나서 다시 돌아가 짐을 옮기곤 했으니, 못 해도 세 번은 왔다 갔다 해야 했다.

문익환이 이끌고 내려온 수백 명의 난민 무리는 만주 신경에서부터 한 달 남짓 걸어 전투지역을 무사히 뚫고 압록강에 다다랐다. 그리고 강물이라기보다 바닷물 같은 압록강 하류를 노 젓는 작은 배로 건너 신의주를 거쳐 평양 피난민수용소에 도착했다. 이곳에서 사흘을 묵으며 다른 난민들과 합류한 문익환은 5백 명을 이끄는 피난민 단장으로 임명되었다. 그들은 다 함께 기차를 타고 황해도 신막에서 내려 38선을 향해 또다시 길을 떠났다.

황해도 서부에 있는 사리원 피난민수용소에 도착하니, 살충제 세례가 그들을 기다리고 있었다. 모든 피난민을 향해 무차별로 DDT를 뿌려대는 것에 다들 기겁했으나, 오랜 피난길에서 누가 어떤 병치레를 하고 있을지 모르는 상황이었기에 어쩔 수 없었다.

박용길 부부와 난민 무리는 사리원에서 한숨을 채 돌리기도 전에 다시 걸음을 재촉했다. 하루속히 38선을 넘어야 했다. 그러지 않으면 소련 군에게 목숨을 잃을 수도 있었다. 38선은 한반도에 해방과 함께 생겨난 분계선이었다. 2차 세계대전에서 주도권을 장악한 연합군이 마지막 군 사작전의 과정에서 소련을 끌어들여 결국 미국과 소련이 한반도를 분할 점령하게 되었는데, 이때 한반도를 남과 북으로 쪼개기 위해 북위 38도를 기준으로 군사분계선을 그은 것이었다. 갖은 수난 끝에 국경을 넘어 내 나라 땅에 발 딛고 섰음에도 또 한 번 생사를 걸고 38선을 건너야 하다니, 박용길 부부와 난민들에게는 어처구니없는 노릇이지만 감상에 젖어 있을 시간이 없었다. 그들은 38선을 넘기 위해 만반의 준비를 하고 새벽을 기다렸다.

"새벽에 떠났던 생각이 나. 소련군들이 언제 달려올지 모르니까 새벽에 넘어가야 된다고 그래서 어두컴컴한데 길을 떠나왔는데, 남편이 한참 가다가 날 찾으니까 내가 없더래. 그래서 다시 뛰어왔더니 내가 글쎄 38선에 앉아서 밥을 먹고 있더라는 거야. 내가 배가 고프니까 못 참고 도시락을 길에서 풀어 먹었던 거지. 남편이 나 보고 여기가 어딘데 밥을 먹느냐고, 어서 가자고 잡아끌어서 넘어왔지. 그때 러시아 군인만 나왔어도 다들 죽고 난리가 나는 건데 러시아 사람들이 하나도 안 나왔어."

두 달여의 파란만장한 피난 여정이 드디어 끝났다. 28세의 문익환이 이끌고 내려온 무리는 생사고락을 함께하며 38선 이남에 무사히 도착했다. 난민들은 비로소 안도하며 고향 집과 가족들을 찾아 뿔뿔이 흩어졌다. 박용길은 기쁜 표정으로 떠나가는 사람들을 바라보며 전쟁 없이 산다는 것이 얼마나 행복한 것인지를 깨닫게 되었다.

남편과 함께 서울 운니동으로 향했다. 딸을 기다리고 있을 친정아버지가 계신 곳으로. 그렇게 친정집에 도착한 때가 1946년 8월로 들어선 시기이니, 부부는 해방된 지 1년이 지나서야 진짜 해방을 맞은 셈이었다. 그런데 용정에서 먼저 내려왔을 시댁 식구들이 서울에 없었다. 나중에 알고 보니 이미 그들은 김천을 향해 떠났다는 것.

"시아버지가 서울에 오니까 2천5백 원밖에 없더라는 거야. 당장 계실 곳도 없고. 다행히 연이 닿아서 동자동 조선신학원에서 방을 하나 임시로 내주셔서 그 방에 용정 식구들이 다 들었는데, 어떻게 잠잘 곳은 구했지만 가진 돈으로 일주일을 살아보니까 1천5백 원이 휙 나가더라는 거야. 그래서는 시아버지가 막노동을 하시고 그랬대. 주변 부탁으로 통역도 해주고. 그래서 그 쪼끄만 방에서 여섯이 살면서 그런대로 식구들이 굶지 않고 요기를 했다고 그래. 그렇게 잠시 계시다가 김천에 있는 황금동교회로 초청을 받아 가셨더라고. 황금동교회는 아랫지방에서는 그래도 제일 큰 교회였어. 유명한 목사님들이 많이 일했지. 그때 거기 송창근 목사가 담임이었고, 공덕귀가 전도사로 일했는데, 또 정대위 목사, 김정준 목사도 다 거기 일을 봤어요. 정대위 목사는 명동학교 정재면 선생의 아들인데 시아버지가 시무하던 용정중앙교회에서 전도사로 일할 때 시아버지 댁에 같이 살았기 때문에 인연이 깊거든. 근데 마침 송창근 목사가 조선신학원으로 옮겨가면서 뜻이 맞는 문재린 목사를 초청했을 거야."

운니동 친정에서 고단한 몸을 잠시 다독인 박용길 부부는 다시 김천으로 길을 나섰다. 그래도 더 이상 전쟁이 없고 피난길이 아니니 마음이 훨씬 가벼웠다. 그때까지는 몰랐다. 38선이 그어진 이 작은 땅에서 엄청난 동족상잔의 비극이 폭풍처럼 몰아치리라는 것을.

하늘의 처분

피난 여정의 끝에 박용길 부부와 용정 식구들이 김천에서 상봉하게 된 것은 실로 기적이었다. 하늘의 도움이 없었다면, 시아버지 문재린은 하늘나라로 가버렸을지 모르고 시어머니와 시동생들은 생사조차 확인되지 않았을지 모른다.

해방 직전, 함경북도 성진에 있는 일본 헌병대에 잡혀갔다가 겨우 풀려난 문재린은 일제로부터 해방된 것을 기뻐하고 하느님의 섭리에 감사했다. 그러면서도 남북이 갈라질지 모른다는 불길한 예감을 무시할 수 없었다. 문재린은 해방 이튿날 커다란 현수막에 '동포여! 하나가 되자!'라고 써서 교회 건물에 내걸었다. 그는 10월 1일에 서울에서 기독교대회가 열린다는 소식에 서울에 갔다가 정세를 알아보기 위해 이승만을 만났다.

문재린은 남한을 다녀오는 한 달 사이에 간도의 분위기가 확 달라져 있으리라고 미처 예상하지 못했다. 간도는 급속도로 공산화되고 있었다. 문재린이 이승만을 대면한 사실이 공산당의 귀에 들어갔다.

1945년 10월 18일 밤, 문재린은 총을 들고 담을 넘어 들어온 공산당원들에게 체포당한다. 취조관이 남한에 가서 이승만을 만나 무슨 사명을 받아 돌아왔느냐고 묻자, 문재린은 용정에 있는 하느님의 자녀들을 끝까지 섬기러 돌아왔을 뿐이라고 대답했다. 아내 김신묵은 매일 아침저녁으로 연길감옥 뒷마당을 찾아갔다. 공산당에게 잡혀가면 모두 죽는다는 흉흉한 소문이 돌던 때인지라, 감감무소식인 남편의 생사를 확인하는 방법이라고는 처형되어 버려진 시신들을 덮어놓은 거적을 하나하나 들춰보는 것뿐이었다. 때마침 문재린이 용정의 은진중학교에서 성경을 가르쳤던 제자들이 팔로군 중에 있어 이들이 존경받는 지방 유지들을 풀어주어야 공산당이 인심을 얻는다고 주장했다. 문재린은 목숨을 건져 1946년 1월 5일 석방되었다.

　그러나 3주 만에 다시 갇힌 몸이 되고 만다. 이번에는 소련군이 찾아와 트럭에 태워갔다. 이미 한 차례 지옥에 다녀온 아내 김신묵은 "나도 잡아가라, 나도 죽여라"라고 울부짖으며 트럭에 올라타려다가 발길질만 당한 채 길바닥으로 내동댕이쳐졌다. 연길에 있는 소련군 사령부에 수감된 문재린의 죄목은 미국 스파이였다. 그는 진흙이 옹기장이 손에 달렸듯 이 몸도 하느님의 손에 달렸다는 믿음으로 기도했다. 가족과 교인들을 보호해달라고.

　문재린은 감옥 안에서 그해 겨울을 넘기고 봄을 맞았다. 같이 잡혀 들어온 사람들은 모두 소련으로 이송된 터였다. 그렇게 4월의 막바지가 되었을 때 문재린은 하늘의 처분을 받았다. 석방이었다. 소련군 사령관은 문재린에게 무고한 사람을 붙잡아두어 미안하다는 사과까지 했다.

사자굴에 갇힌 다니엘의 옥문이 열리는 기적이 문재린에게 일어났던 것이다. 문재린이 돌아와 보니 김신묵은 심장병으로 몸져누워 있었다. 어쨌든 그들은 다시 만났다.

북간도에 간 조선 실학자들

생사를 넘나드는 고초를 겪어가면서까지 문재린과 김신묵은 왜 그토록 만주 북간도를 지키려 했을까? 1899년 2월, 함경북도 북쪽 끝에 위치한 오룡촌의 실학자 네 가정이 한날한시에 두만강을 건너 북간도로 이주했다. 함경도의 종성에 살던 문병규, 김약연, 남종구 가정과 회령의 김하규 가정이었다. 문병규는 문재린의 증조부이고, 김하규는 김신묵의 부친이었다.

이들이 두만강을 건넌 데에는 크게 세 가지 목적이 있었다. 함경북도는 본래 산골인 데다 수천 년 동안 농작을 한 탓에 땅이 이루 말할 수 없이 피폐했다. 강 건너 바라다보이는 간도의 땅은 참으로 기름졌다. 조선인들은 북간도 땅이 원래 우리 민족의 땅이므로 우리가 경작해 먹는 것이 마땅하다고 생각했다. 그러나 단순히 먹고살기 위해 건너간 것은 아니었다. 가장 중요한 목적은 옛 조상들의 땅을 되찾는 것이었고, 다음으로는 북간도에 이상촌을 건설해보자는 것이었다. 마지막으로, 나날이 추락하는 조국의 운명 앞에서 민족독립에 이바지할 인재를 양성하는 것에 세 번째 목적이 있었다.

　네 가문이 건너온 다음 해에 윤하현 가문이 합류했고 그는 윤동주의 조부였다. 다섯 가문은 부걸라재라는 곳에 자리를 잡아 주경야독을 하며 6백만 평의 땅을 일구었다. 부걸라재의 살림은 나날이 윤택해지고, 실학자들은 1908년, 이곳에 '동쪽의 나라, 조선을 밝힌다'는 뜻의 '명동明東학교'를 세웠다. 명동학교가 생기면서 부걸라재는 자연스럽게 명동촌으로 불렸다. 명동학교에는 함경도와 만주, 러시아에서까지 조선 아이들이 모여들었다. 교육의 사각지대에 놓여 있던 여성들에게도 배움의 문이 열렸다. 명동학교 개교 3년 뒤, 북간도의 첫 여성교육기관인 명동여학교가 설립된 것이다. 김신묵은 문씨 집안으로 시집온 뒤 시아버지의 배려로 3년간 명동여학교에 다니고 1회 졸업생이 되었다.

　명동학교 초창기의 가장 큰 어려움은 교사가 부족하다는 것이었다. 때마침 '신민회'에서 활동하던 청년지사 정재면을 소개받아 초빙했다. 기독교인이었던 정재면은 한 가지 조건을 걸었다. 학생들에게 성경을 가르치고 예배를 볼 수 있게 해주어야만 교사로 부임하겠다고. 조상 대대로 유학자 집안인 마을 어른들은 며칠을 두고 회의한 끝에 기독교와 함께 들어오는 신문명에 민족의 앞날을 걸어보기로 과감히 결단했다. 정재면이 교사로 부임하면서 명동교회가 세워졌고, 마을 어른들은 기독교를 받아들였다. 명동촌에서 자란 문재린은 평양신학교에서 공부해 목사가 되었다. 간도의 대통령이라 불리던 독립운동가 김약연도 목사 안수를 받았다. 코흘리개 동무 문익환과 윤동주는 이런 환경에서 나고 자랐다.

명동촌을 중심으로 북간도는 민족독립운동의 거점이 되었다. 1920년에 일어난 15만 원 탈취사건도 명동촌을 기반으로 이루어진 거사였다. 15만 원 탈취사건은 철혈광복단이라는 독립운동단체가 조선은행 회령지점에서 용정지점으로 이송하던 15만 원을 탈취한 사건이다. 이 15만 원은 당시 일제가 만주에 철도를 건설하기 위해 준비해놓은 30만 원의 일부로, 철혈광복단은 이 자금을 탈취해 무기를 구입할 계획이었다. 당시 작전에 가담한 작전원은 임국정·한상호·최봉설·윤준희·박웅세 등 행동대원들과 은행에서 근무하며 이와 관련한 모든 정보를 제공한 전홍섭까지 포함되었다. 그들은 명동에서 15리 정도 내려와서 개천 옆에 숨어 있다가 일본 경찰들을 공격해 15만 원을 탈취하는 데 성공했다. 이는 소총과 장총 수천 자루를 살 수 있는 엄청난 돈이었고 러시아에서 무기구입을 구두계약까지 마쳤다. 그러나 밀정 엄인섭의 고발로 조직원들의 정체가 탄로 나 도망치지 못한 한상호, 윤준희, 임국정 등 세 사람은 서대문형무소에서 처형당했다. 러시아로 피해 훗날 이 사건의 전모를 밝힌 최봉설은 김신묵의 제부였고 훨씬 더 훗날, 이들의 유해가 1966년 국립묘지에 안장될 때 문재린 목사는 추모예배를 집례했다.

3.1 만세운동과 15만 원 사건, 홍범도·김좌진이 이끄는 봉오동전투·청산리전투 이후로 북간도에서 일제의 탄압은 더욱 잔인해졌다. 독립운동의 온상인 북간도의 교회들은 불에 탔으며 교인들은 희생뇌었다. 이때 명동학교도 화마에 휩싸여 무너져 내렸다. 명동촌 옆 마을 장암동교회에서는 청년들을 교회로 몰아넣고 산 채로 불태우는 차마 눈 뜨고 못 볼 만행까지 저질러졌다.

그럼에도 북간도 기독교인들의 민족정신은 꺾이지 않았다. 문재린과 김신묵에게 북간도는 삶의 터전이었고, 신앙의 땅이었다. 해방은 되었으되, 조상들이 개척한 드넓은 땅과 정신적 유산을 등지고 떠나야 하는 상황이었다.

황금동 대가족

문재린이 부임한 경상북도 김천의 황금동교회 사택은 박용길이 시가 식구들과 처음으로 같이 산 곳이었다. 용정과 신경에서 피난 나와 식구들이 황금동교회에 모두 모여 살게 된 그해 늦가을, 맏아들 호근이 태어났다. 배를 끌어안으며 폭도들로부터 지켜낸 아들을 품에 안은 것이다. 호근의 이름도 시아버지가 지어주었는데, 그는 손자가 큰마음으로 목사가 되기를 바라는 마음에서 하늘 '호旲' 자를 넣었다. 호근을 키우며 시부모님과 유치원생인 막내시누이까지 챙기는 시집살이가 낯설고 긴장될 만도 한데, 용길은 시가 식구들 속으로 잘 스며들었다.

"그때 막내시누이 은희는 유치원 다니고, 둘째 시동생 영환도 아직 어린 학생이었어. 큰시누이 선희는 학교 선생님을 했고. 시아버지는 좀 엄하셨지. 그래도 어려운 건 몰랐어. 시어머니가 워낙 며느리의 마음을 잘 살펴주셔서 내가 의지를 많이 했거든."

김천에서 맞은 큰아들 호근의 첫돌
뒷줄 왼쪽에서 두 번째가 박용길의 친할아버지 박승희

　호근이 태어난 이듬해 6월 남편 문익환이 목사안수를 받았다. 박용
길은 원래 목사를 꿈꾸었다. 하지만 당시 여성들은 신학교를 졸업해도
목사가 될 수 없었다. 그녀는 목사가 될 수 없다면 목회자의 아내가 되
어 평생 교회에 헌신할 수 있기를 소원했다. 남편 문익환이 도쿄에서 신
학공부를 시작한 지 9년 만에 비로소 목사안수를 받았다. 신학공부를
마친 곳은 용정 은진중학교의 스승이었던 김재준 목사가 이끄는 조선신
학원이었다. 그녀는 자신의 꿈을 이룬 것처럼 기뻤다.

　김천에 내려온 이래 아기를 키우며 평화로운 시간을 보내던 어느 날
날벼락 같은 소식이 들려왔다. 아버지의 사고 소식이었다.

　아버지 박두환은 해방 후 광복군으로 재입대했다. 일제로부터 무장해
제를 당한 설움과 한을 평생 삭이며 살았던 아버지는 나라의 주권을 되

찾자마자 감격에 겨워 다시 군인이 되었다. 그런 아버지가 폭설이 있던 어느 겨울날, 대한민국의 군인으로서 사명을 완수하던 중에 세상을 뜨고 만 것이었다.

박두환 중령 순국

4281년 1월 23일 하오 5시, 박 중령은 춘천에서 원주로 부대를 옮기는 진두지휘 중 홍천 잠마치고개에서 자동차 사고로 63세의 일기로 순직하였다. 박 중령은 구한말 장교 중 생존한 사람 중 유일한 존재이며, 연로한 몸에 대풍설을 무릅쓰고 책임을 완수하려다가 순직한 그는 군인정신의 귀감이며, 불원한 장래에 완전독립을 목전에 두고 이런 분을 잃게 된 것을 애석해 마지않는다. 통위부(미

아버지 박두환의 장례식(1948. 1. 27.)

군정기의 국방과 경비를 전담하던 기구로 국방부의 전신이다)에서는 그의 생전의 공과 그 영을 위로하기 위하여 1월 27일 10시 승동교회에서 통위부장으로 하기로 결정되었다.[1]

용길에게 아버지 박두환은 언제나 든든한 버팀목이었다. 아버지는 딸들에게 한없이 자상한 분이었다. 특히나 이 딸에게는 다 자란 어른이 되어서도 '쪼꼬미', '쪼꼬망'이라는 애칭을 거두지 못했던 분이었다. 아버지의 갑작스러운 죽음은 말로 표현할 수 없이 깊은 슬픔이었다.

아버님은 광복군에 드셔서 서울 시내를 활보하셨는데, 1948년 정월 큰 눈이 내리는데 부동산과장으로 강원도로 출장을 가셨다가 덮개도 없는 차를 타시고 임무수행을 다녀오셨다. 서울로 돌아오는 길에 부하들과 함께 타고 오는 차가 눈길에 미끄러지자 아버지는 흰 눈 위에 붉은 피를 쏟으셨다. 할아버님을 남겨둔 채 먼저 가신 아버님의 마음은 어떠하셨으랴. 한국의 많은 군인들과 군악대가 모시며 가슴 아파들 하였으니 조금이라도 위로가 되셨으면 바랄 뿐이다. 선산에 묻히셨던 아버지는 1967년, 서울 시내 시가행진을 하고 국립묘지 제1묘역에 손자뻘 되는 젊은이들과 같이 묻히셨으니 원한이 없으시겠지 스스로 마음을 달래본다.

그해 7월, 그러니까 아버지가 돌아가시고 6개월 뒤에 둘째 딸 영금이 태어났다. 시아버지 문재린은 이번엔 김천에서 얻은 구슬이라는 뜻으로 영금瑛金이란 이름을 지어주었다. 이로써 식구들은 모두 열 명, 대식구가 되었다.

영금이 태어난 다음 달 시아버지는 식구들을 이끌고 서울의 신암교회로 목회지를 옮겼다. 신암교회 담임목사가 사임하면서 문재린을 추천한 것이었다. 시아버지도 가족들도 김천의 황금동교회 생활에 만족하고 있었지만, 자녀들의 교육을 위해서라도 서울로 옮기는 게 나으리라 보았기에 돈암동 신암교회의 청빙을 수락했다.

가족들은 신암교회 사택에 정착했다. 1947년에 조선신학교를 졸업한 문익환은 서울 을지교회 전도사로 일하다가 미국 프린스턴신학교 유학을 결심했다. 박용길은 남편의 선택을 말없이 존중했고 문익환은 1949년 8월 부산에서 배를 타고 미국으로 향했다. 그녀는 가족들과 함께 분주하게 생활하면서도, 아이들이 자라는 모습을 보지 못하는 남편을 위해 육아일기에 어떻게 지내고 있는지를 빼곡히 기록했다. 이듬해 남편 없이 전쟁을 겪게 되리라고는 꿈에도 생각 못 한 채.

1950년 3월 박용길은 신암교회 돈암동 사택에서 둘째 아들 의근을 순산하고 세 아이의 엄마가 되었다. 남편과 장거리연애 시절에 편지를 주고받던 때와는 또 다른, 더 애틋해진 마음으로 편지 왕래가 계속되었다. 그렇게 소중하게 일구어가던 가족의 평화가 1950년 6월 25일 새벽에 다시 깨졌다. 백일 된 의근을 데리고 운니동 할아버지를 방문하고 열흘이 지나서였다.

전쟁, 아이들의 울음소리

뜻하지 않은 일은 발생하고야 말았다. 6월 25일을 기하여 미리부터 군대를 양성한다던 북한괴뢰군이 단꿈을 꾸고 있는 남한을 침범하였다. 주일 오후, 소식을 들을 때는 설마 서울까지야 하고 생각하였으나 28일, 탱크 소리와 함께 괴뢰군이 입성했다. 인민공화국기가 집집마다 휘날리고, 사람들은 가슴에 붉은 것을 달았다. 세상이 빨개지는 듯하였다.

북한군이 입성하기 전날, 식구들은 잠시 운니동에 있는 박용길의 친정집으로 몸을 피했다가 며칠 뒤에 다시 돈암동으로 돌아왔다. 공산군의 트럭이 서울 거리를 휘젓듯 달렸고, 붉은 기가 달린 집들도 나날이 늘어갔다. 공산군이 활보하는 서울은 해방 직후 만주처럼 문재린 목사와 가족에게는 위험천만한 곳이었다. 가족들은 경기도 광주로 잠시 피난을 떠났다.

"그때 돈암동 집을 떠나는데 시어머니를 영금이랑 같이 서울에 계시도록 한 거야. 그때 시아버지가 왜 그랬는지 모르겠다고 당신의 기록에 쓰셨지. 집을 비워도 되는데 영금이까지 맡겨두고서는 아내를 왜 그냥 있게 했는지 말야. 그래서 호근이하고 의근이만 데리고, 다른 식구들이랑 피난을 나간 거야."

자신과 할머니만 놔두고 떠나는 식구들을 보며, 두 돌이 갓 지난 영금이 "오빠!" 하고 외치며 울음을 터뜨렸다. 영금은 할머니의 등에 업혀 닭똥 같은 눈물을 멈추지 못했다. 용길은 영금을 두고 집 떠날 때의 찢어지는 마음을 영금의 육아일기에 적어두었다.

너는 할머니와 단둘이 서울에서 지냈는데, 때때로 '오빠' 하고 헤어질 때의 일을 생각하며 울어대고, 오빠의 헌신을 만지며 '오빠 헌신!' 하더란다. 할머니는 비싼 참외도 사다 먹이며 정성을 들이셨으나, 네가 하도 울어서 때가 때이니만치 불길한 일도 생각하시며 초조한 날을 보내셨단다. 한 달 하고도 5일 후에 잠시 너를 만나기 위해 서울에 올라온 날, 성북경찰서 앞에 할머니에게 업혀 마중 나온 것이 어찌나 반가웠던지 너를 위해 가져온 수수 이삭으로 떡을 해주었다.

영금은 할머니와 단둘이 지내는 동안 먹을 것을 줄 때만 잠시 울음을 멈추었을 정도로 줄곧 울어댔다. 김신묵은 이런 손주가 안쓰러워 등에서 내려놓지 못했다. 비누 장사도 하고, 온갖 궂은일을 해가며 가족들을 기다렸다. 김신묵은 '내가 모두 먹여 살릴 터이니 돌아오기만 해다오'라고 소리치곤 했다.

유엔군의 개입으로 9월 28일 서울을 되찾으면서, 경기도에 머물던 식구들과 부산까지 피난 갔던 시동생들이 돈암동에 다시 전부 모였다. 유엔군과 국군은 기세를 더해 두만강과 압록강까지 북진하지만, 중공군을 맞닥뜨린 유엔군은 후퇴할 수밖에 없었다. 박용길의 가족들은 결국, 잠시 피하기가 아닌 본격적인 피난을 떠나기로 했다.

당시 인민군들이 후퇴할 때 많은 사람들이 납북되거나 살해되었다. 김신묵의 남동생 김진국도 이때 납치되어, 살았는지 죽었는지조차 알 수 없게 되었다. 선교부에서는 큰 배를 내어 교역자 가족 580명을 피난 시키기로 결정하고 문재린에게 피난 배 단장의 책임을 맡겼다.

용길의 가족은 인천에서 하룻밤을 머물고 다음날 아침 피난처로 떠 나기로 했다. 12월 23일 일요일, 떠나기 직전에 호근이로 인해 또 한 번 가슴이 철렁 내려앉았다.

배를 탄다고 부두에 나왔는데 엿을 줄려고 찾으니 네가 없지 않 니. 앞이 캄캄했다. 너를 두고 나오다니. 엄마는 네가 할머님과 고 모를 따라 먼저 나간 줄만 알고, 할머님은 네가 엄마와 나오는 줄 아셨단다. 만일 네가 잃어지면 어떻게 하겠니. 삼촌과 엄마가 허둥 지둥 인천 시내를 뛰어서 예배당 앞에 오니 자동차로 먼저 오신 할 아버님 옆에 앉아 있는 너를 볼 때의 기쁨을 어디다 비하겠니. 예 배당에서 엄마가 밥하느라 좀 안 보이면 너는 엄마를 찾으며 울었 다는데 엄마는 너만 못하구나.

용길은 이같이 당시의 생생한 심정을 호근의 육아일기에 기록했다. 미국의 남편에게 피난 소식을 알리는 편지를 부치려고 의근을 업고 우 편국에 간 사이에 식구들이 탄 자동차가 떠나버렸다. 그녀는 식구들이 호근을 챙길 것이라고 생각했고, 식구들은 호근이 안 보이기에 엄마를 따라간 줄로 알았단다. 우편국에서 일을 마치고 식구들에게 돌아와 다

같이 배를 타기 전에 마침 시어머니가 식구 수에 맞춰 엿을 사서 나누어주는데 하나가 남기에 살펴보니 호근이 여전히 안 보였던 것이다. 시아버지가 급히 교회 앞으로 돌아가 천만다행으로 호근이 그 자리에 그대로 서서 울고 있는 것을 발견하여 식구들에게 데려올 수 있었다. 그 겨울, 수많은 가족들이 피난길에 나서기도 전에 이렇듯 경황없이 헤어지고 잃어버리고 재회하면서 가슴을 쓸어내리거나 통곡해야 했다.

1951년 1월 4일, 서울은 다시 북한군의 손에 넘어가고 피난민들의 행렬이 이어졌다. 함경도 흥남 부두에서 얼음 바람을 뚫고 내려온 사람들만 해도 10만여 명. 셀 수 없는 난민과 이산가족이 이 땅에 생겨났고, 이들의 아픔은 민족의 한으로 세월과 더불어 지금까지 남았다.

그래도 가족은 계속된다

배를 타고 도착한 피난지는 제주도였다. 시아버지를 필두로 한 여러 교역자 가족들은 제주도 서부교회에 보따리를 풀었다. 교회 마당에서 풍로에 숯불을 지펴 밥을 해먹었고, 시부모님은 다른 피난민들을 돌보았다.

교회 안팎은 피난민들로 가득 차 발 디딜 틈 없이 비좁았다. 그나마 감사한 것은 아이들이 탈 나지 않고 잘 지내주었다는 것이다. 다섯 살

제주도 피난 시절 식구들과(1951)

거제도 피난 시절 문익환과(1952)

호근은 밥 먹고 뒷간에 앉으면 '콩나물죽이 맛있다'라며 콩나물 타령을
불러 피난민들에게 웃음을 주었다.

전쟁이 나자마자 문익환은 미국 프린스턴을 떠나 일본 도쿄로 갔다.
지인으로부터 6.25 소식을 전해듣고서 어떻게든 전쟁 속에 있는 가족
과 나라로 돌아가기 위해 유엔군에 자원입대했다.

"문 목사 생각에 아버지가 목사여서 공산당에게 잡혀 죽을 고비를
몇 번 넘긴 일이 있으니까 이제 아버님 어머님 다 돌아가시는구나 싶더
라는 거야. 그래서 그냥 곧바로 유엔군에 지원한 거지. 그래서 한국에
나올 줄 알았는데 일본 유엔군 극동사령부로 딱 떨어졌어."

문익환은 일본으로 들어가 유엔군을 통해 가족들을 초청하려 했다.

"1950년부터 수속하는 것이 1952년에나 들어갔어. 가족초청은 직계 가족만 되니까 나하고 아이들만 된다더라고. 그래서 처음에는 문 목사가 미군이 가족을 금방 비행기로 데려온다고 했거든. 그래서 거제도에서 부산으로 나와서 수속을 하는데, 그때 한참 눈병이 돌아가지고 여권 사진에 백인 우리 애들 눈이 다 나빴지."

사진으로 찍혀 나온 눈 상태가 보기에 온전치 못했다는 것이다. 세 자녀는 당시 유행하던 '도라홈'을 앓고 있었다. 도라홈은 트라코마라는 눈병의 일본식 표현으로, 눈에 핏발이 서고 고름이 나는 전염병으로 증상이 심하면 실명의 위험에 처할 수도 있었다. 특히 증상이 심했던 호근은 끝내 수술까지 받았는데, 어린 나이에 울지도 않고 잘 참았다고 할머니에게 맛있는 것을 상으로 받았단다.

그동안 박용길과 가족들은 거제도로 옮겨가 있던 상황이었다. 함경도에서 내려온 피난민들이 유난히 많았던 거제도 옥포교회에서 문재린을 초청한 것이었다.

문익환이 애타게 뛰어다니는데도 용길과 아이들의 일본행은 순탄치 않았다. 미군의 비행기를 기다리면서 시간만 흘러갔다. 결국 그녀가 독자적으로 요코하마교회의 전도사직으로 수속을 밟은 뒤에야 세 자녀와 함께 일본으로 들어갈 수 있었다.

일본에 살고 있던 용애 언니는 동생네 가족에게 함께 살자고 손을 내밀어주었다.

"그때 형부가 대사관에서 일하고 있었는데, 언니가 따로 사는 건 비용도 많이 들고 그러니까 같이 살자고 그래. 근데 우리 식구가 그 집보다 더 많잖아. 그 집은 네 식구고 우리는 나중에 성근이까지 낳았으니까 여섯 식구고. 그런데 언니가 생활비를 똑같이 나눴어. 우리가 반 내고 그 집이 반 내고. 나는 집세는 전혀 상관 안 했지. 거제도 교회 식구들도 집은 좁고 어떻게 같이 사느냐고 걱정을 해. 그런데도 우리가 그동안 오래 떨어져 있었으니까 언니가 그냥 우겨가지고서 같이 살았지. 그래서는 나중에 모두들 놀랬어. 저렇게 잘 산다고."

박용길이 아이들을 데리고 도쿄에 막 도착했을 때, 문익환은 정전회담으로 바빴다. 정전회담은 1951년 7월 10일, 개성에서 처음 열리고서 이후 판문점에서 수시로 열렸다. 통역관으로 회담에 참석했던 문익환은 협상 과정에서 남과 북의 신경전이 대단했다고 전했다.

"문 목사가 판문점에서 보니까 천막 같은 데서 회담을 하면, 양쪽에서 깃발을 걸잖아. 유엔군이나 미국이 기를 걸어놓으면 북쪽에서는 기를 조금 더 크게 만든대. 그러면 또 이쪽에서 좀 더 크게 만들고 서로 그냥 뭘 지지 않으려고 했다는 거야."

정전회담이라는 것이 사실상 서로의 기득권 싸움이니 신경전은 당연했다. 본 회담만도 150회가 넘고, 부속회담은 700회가 넘었다. 문익환은 정전협정 과정에서 강대국들 사이에 낀 약소국의 비극을 사무치게 체험했다.

"가, 갸, 거, 겨, 나, 냐, 너, 녀……."

문익환은 유엔극동사령부에서 미군들에게 한글을 가르치는 학교 교장도 맡고 있었다. 그는 한글 교과서를 직접 만들어 미군들을 가르쳤다.

"문 목사가 교장이고 정경모 씨랑 용애 언니가 선생이고. 뭐, 언니 목소리가 째랭째랭하니까 잘 가르쳤지. 미군들이 한글을 배우면 두세 달 만에 읽고 편지도 쓰고 그랬다잖아. 미군들이 한글이 이렇게 과학적인 말인지 몰랐다면서 많이 감동을 했었어."

정경모는 문익환과 함께 일했던 유엔군 통역관이었다. 정경모는 정전 협정 과정에서 미국의 실체를 깨닫게 되었고, 역사학자 브루스 커밍스와 소통하면서 민족의식에 눈을 뜨게 되었다. 몇십 년 뒤인 1989년, 그는 문익환 목사의 방북을 주선하고 동행하는 사람이 되었다.

아이들은 아이들대로 낯선 나라에서 새로운 언어를 익히며 적응해 갔다.

호근이는 미국 학교에 입학하였다. 미국 학교에서는 어머니가 자동차로 아이들을 통학시키기 때문에 나는 자동차 운전을 배우기 시작해서 한 달 만에 면허를 딸 수 있어서 매일 아침 호근이를 등교시키고 오후에는 데리러 가곤 하였다. 호근이는 말도 모르는 미국 학교가 어려웠는지 학교 가기를 싫어하다가 차츰 익숙해져서 점심은 학교에서 먹으면서 많은 그림을 그려오곤 하였다. 영금이는 일본 유치원에 다니기 시작했는데, 유치원에 가서 "나는 영금이라고 합니다" 하며 자기소개를 선생님에게 하는 등 활발한 편이었다. 아이들은 일본말을 동네 아이들과 같이 잘하였기 때문에 별 어려움 없이 동무들과 어울리게 되었다.

1950년대 초 용길 자매의 집 앞에는 늘 자동차가 두 대나 세워져 있었으니 일본인들도 부러운 눈으로 쳐다봤다. 일본 생활은 비교적 풍족했다. 남편이 미군부대에서 근무하니 그곳에서 다양한 물건들을 구입할 수 있었다. 그때의 호사스러운 생활을 나중에 문익환은 '발이 땅에 닿지 않는 생활'이었다고 기억했다.

용길은 주일이 되면 남편과 함께 아이들을 데리고 요코하마로 갔다.

"요코하마신학교에서 다리를 건너면 금방 교회가 있어. 내가 신학교 다닐 적에 4년을 거기로 새벽기도를 다녔다구. 그래서 일본으로 들어갈 때 그 교회에서 나를 초빙한 거야. 전도사로 다시 갔을 때도 내 집같이 일 보고 그랬지."

신학교를 다니던 시절, 눈만 뜨면 공덕귀와 손을 잡고 어두운 새벽을 가르고 달려가 마음껏 기도하고 찬송을 부르던 바로 그 안식처가 바로

운전을 배워 아이들을 등하교시키는 박용길

요코하마한인교회였다. 학교는 폭격으로 이미 온데간데없고 마당에 있
던 큰 나무만 가지가 꺾인 채로 자리를 지키고 있었다. 옛 추억들이 아
련히 떠올랐다. 기억으로만 간직해온 동창들을 직접 만나게 된 것에 감
사했다.

1953년 5월, 막내아들 성근을 낳았다. 막 낳았을 때 체중이 4.07킬
로그램이었으니 제법 튼실했다. 일본인들 사이에는 '아기는 작게 낳아
크게 키워야 한다'라는 말이 있어, 임산부의 배가 불러오기 시작하면 천
으로 배를 칭칭 감아 아기를 못 자라게 했기에, 이웃집에서 태어난 4킬
로그램이 넘는 큰 아기를 보려고 일본인들이 모여들기도 했다.

성근을 낳고서 안타깝게도 몸에서 이상이 발견됐다.

"뭔고 하니 난소에 혹이 생긴 거야. 그걸 떼어내느라 수술을 했지. 그
때는 개복을 하니까 큰 수술이었어. 내가 병원에 있는 동안 문 목사가
애들이랑 공원도 자주 가고 해수욕도 다니면서 사진이랑 많이 백여두
고 그랬어."

막내 성근이 태어난 해 여름, 정전협정 소식이 들려왔다. 1953년 7월
27일, 휴전이 선포된 것이다. 실제 전쟁은 1년 남짓이었을 뿐, 정전회담
만 2년 넘게 끌고 가서야 전쟁이 멈추었다. 그러나 민간의 피해는 3년
내내 계속되었고 이후에도 멈추지 않았다.

개척의 시대, 살림

"예수님을 따르던 여제자들의 용감무쌍한 그 믿음, 희생적인 봉사 생활을 지금도 생각했습니다. 이제 아득한 옛날 약 2천 년 전에 우리와 같은 부인들이 남존여비의 사상이 심한 유대 사회에 있어서 이와 같이 용감히 예수님을 믿고 따랐다는 사실은 실로 놀라지 않을 수 없습니다. 막달라 마리아가 예수님의 십자가 밑에까지 따라가고 다시 사신 예수님을 먼저 뵈옵고 전하였다는 것은 특별한 은사입니다."

1956년 박용길의 설교 「예수님의 여제자들」 중에서

여성 순교자를 기억하기

정전 이듬해, 문익환은 공부를 마치기 위해 다시 미국 프린스턴으로 떠났고 박용길은 네 아이와 함께 한국으로 돌아왔다. 거제도에 있던 시가 식구들도 서울로 돌아왔다. 시아버지 문재린은 캐나다선교부의 요청으로 강원도 순회전도에 나섰다.

전쟁은 멈췄어도 그 폐해가 너무 컸다. 초토화된 강토는 말할 것도 없고, 인명피해의 규모는 상상의 한계를 뛰어넘었다. 북에서 내려온 피난민들은 끝내 고향으로 돌아가지 못한 채 어디에서 어떻게 정착해야 할지 난감하기 이를 데 없었다. 차마 헤아릴 수 없는 가족의 해체와 죽음

도쿄에서 서울에 도착한 박용길과 아이들(1954)

의 기운이 한반도를 뒤덮었다. 한민족은 두 마음으로 갈라져 적이 되어버렸다. 6.25는 끝내 이 강산을 갈기갈기 찢어놓고 말았다.

이즈음 박용길의 귀에 참담한 소식이 들려왔다. 이북 지역에서 활동하던 요코하마 동창들의 순교 소식이었다. 해방 후 이북 지역을 장악한 공산군들의 기독교 탄압은 끔찍한 수준이었다. 38선 위쪽에서 기독교 신앙인으로 산다는 것이 위험했기에 많은 기독교인들이 남쪽으로 피난했다. 전도자와 목회자의 신분으로 북쪽에서 산다는 것은 순교를 각오하지 않으면 불가능할 정도였다.

요코하마신학교 동문 중에도 적지 않은 이들이 공산권에서 활동했다. 이들은 모진 탄압을 받았고, 끝내 순교자로 삶을 마감하고 말았다. 박용길은 이 벗들을 잊지 못했다. 박용길은 요코하마 동창 공덕귀 등과 함께 1960년대 후반에 순교자기념사업회를 만들었다. 이 여성 순교자들의 고귀한 마음이 잊혀서는 안 된다고 생각했다.

"그때는 뭐 사명감으로 했지. 이북에서는 그야말로 생명을 내놓고 순교들을 했는데 우리가 그거 기념사업 하나 못하랴 그래가지고 공덕귀하고 나하고 했지. 오랫동안 사람들에게 순교자 소식을 알리고 해마다 추모예배도 드리고, 다섯 명의 순교자를 기리는 책도 내고."

박용길과 공덕귀가 만든 책자 《순교여교역자》에 소개된 순교자들의 삶은 이러했다.

첫 장에 소개되는 김경순 전도사는 1919년, 정신여고 재학 중에 3.1 만세운동으로 옥고를 치렀다. 이후 요코하마에서 유학하면서 도쿄에서 공부하고 있던 유학생과 결혼했는데 남편은 이후 공산주의에 깊이 심취

했고, 그녀는 6.25 전쟁 후 함경도에서 남편 손에 붙잡혀 학살당해 철사에 팔이 묶인 채 우물 속에서 발견되었다.

김순호 전도사는 '기도의 사람'이었다. 용길에게 편지를 보내 문익환과 결혼하도록 마음을 움직였던 바로 그 사람이었다. 그녀는 매일 새벽 3시에 일어나 세 시간 이상 기도하고 하루를 시작했는데, 복숭아뼈에 생긴 군은살이 혹이 되도록 기도했다. 절대 거짓말을 못 하고 검소하기 이를 데 없어 어쩌다 옷 한 벌이 더 생기면 다른 필요한 사람에게 그냥 주어버렸다. 3.1 운동 때 역시 투옥된 바 있었고, 요코하마신학교 졸업 후엔 용정에서 활동했다. 해방 후 평양으로 건너가 선교 활동을 하던 중, 전쟁이 터진 이듬해 새벽기도회에 가는 길에 폭도의 손에 죽임을 당했다.

백인숙 전도사와 장수은 전도사는 자매처럼 한집에서 살며 늘 같은 방향으로 걸었던 사람들이다. 백인숙은 어머니의 결혼 강요를 피하려고 가출해 평양신학교에서 공부하며 무소유의 삶을 실천했다. 그녀는 요코하마 시절에 화장실 청소를 도맡을 정도로 봉사 정신이 남달랐는데, 한번은 서구식 세면실과 화장실의 구조와 용도를 잘 알지 못해 직원들이 쓸 물까지 전부 뽑아버리는 사고 아닌 사고를 치기도 했다. 장수은은 백인숙이 신의주의 한 집회에서 쩌렁쩌렁한 목소리로 설파한 것에 감동받아 무작정 그녀를 찾아갔다. 그때부터 두 사람은 서로의 것을 구분하지 않고 함께 먹고 입으며 독립운동과 선교 활동에 몰두했다.

여러 순교자 가운데서도 한의정 복음사는 박용길의 가슴에 유독 아련하게 남은 사람이었다. 한의정은 1898년 경북 대구에서 태어나 16세에 당시의 장로교 영수(조직을 갖추지 못한 교회를 인도하던 임시직) 정재호의 아들 정석주와 결혼했다. 1919년 만세운동 이후 시댁과 친정댁 모두 북간도 명동으로 이주했고 남편이 독립군으로 출정한 뒤 30년간 홀로 살았다. 그녀는 캐나다 여선교회 교역자로 일하다가 요코하마신학교 졸업 후 평양 예수교회 복음사로 봉직했다. 해방 이후엔 변장하고 다니면서 민족사상을 고취하고 공산당을 공격하는 강연을 자주 했다. 1949년에 검거되어 옥고를 치르다가 사변 직후 순교한 것으로 추정되었다.

요코하마신학교 시절, 한국 학생 중에서 한의정은 가장 맏이였고 박용길은 가장 막내였다. 두 사람은 모두가 잠든 고요한 밤에 창가에 앉아 소곤소곤 정담을 나누다가 날 새는 줄 모르기가 일쑤였다. 요코하마

북에서 순교한 여성들의 사진
장수은, 김순호, 김경순, 백인숙, 한의정(뒷줄 왼쪽부터)

시절, 용길이 한의정의 일본어 공부를 돕기 위해 방으로 찾아갈 때마다 그녀는 언제나 따뜻한 손으로 용길을 맞아주었다. 용길은 나중에, 한의정이 한준명 목사의 누나이고 명동여학교를 졸업한 뒤 명동소학교에서 문익환, 윤동주 등을 가르친 인연이 있다는 것을 알고는, 그녀와 함께 찍은 사진을 더 각별하게 간직했다.

순교자기념사업회는 순교자들의 정신을 살려내자는 일환으로, 1960년대에 우이동 노선버스 안내양들을 위한 프로그램을 지원하기도 했다. 일제강점기인 1920년대에 도입되어 1961년에 교통부 차원에서 공식적으로 제도화된 버스안내양은 스무 살도 채 안 되는 소녀들의 일자리였다. 집안의 생계를 위해 비인격적인 대우는 물론이고 생명의 위협까지 감수하며 돈벌이에 나섰던 버스안내양은 인권침해와 신변위험의 최전선에 놓인 직업이었다. 순교자기념사업회는 이 어린 여성들의 삶을 돌보며 인권의식을 심어주고자 했다.

순교자기념사업회는 2주일에 한 번씩 여신학생을 파견해 버스안내양들의 고충을 상담하는 것으로 프로그램을 시작했다. 또 다과와 함께 친교의 시간을 만들어 그녀들이 서로 유대감을 가질 수 있도록 도왔다. 프로그램에 참여한 안내양들은 순교자기념사업회에서 주관하는 예배에서 특송을 하기도 했다. 아쉽게도 이런 모임과 단합을 달가워하지 않았던 버스회사의 태도로 프로그램은 길게 이어지지 못했다.

1971년 박용길은 공덕귀와 함께 『에베소교회 연구』라는 번역서도 냈다. 요코하마신학교 마츠오 미기조 교장이 지은 이 책은 사도 바울이 전도 여행을 통해 세운 여러 교회들 가운데 가장 성서적이었다고 평가

되는 에베소교회를 연구했다. 용길은 그의 책을 번역하면서 속으로 갈등을 느꼈다.

> 이 저서를 우리말로 옮기는 데는 약간 용기가 필요했다. 일본에 대한 민족 감정이 여전히 우리 혈관 속에 생생하게 살아 있기 때문이다. 그러나 우리는 그의 신앙과 인품이 그런 장벽을 아무것도 아닌 양 무너뜨려주는 것을 가슴속에서 느낄 수 있었다. 그분은 분명 일본 사람 가운데서도 일본 사람이다. 그러나 그분은 일본 사람이기 전에 진실한 그리스도인으로 우리 앞에 벙글벙글 웃으며 서 있다. 그의 앞에서만은 우리가 민족 감정을 갖는 것이 쑥스러워지는 것을 느꼈던 것이다.[2]

이 책에서 마츠오 미기조는 바울의 전도는 교회의 세속과 무지, 욕심과 싸움, 그로 인해 발생하는 모든 분열을 타파하는 데 목적이 있다고 말했다. 또한 예수 그리스도의 복음은 오직 화해, 사랑, 나눔, 평화 그리고 정의에 있음을 주장했다. 박용길은 이 지점에서 저자와 하나였다. 그녀의 살림 정신은 곧 하늘의 사랑, 나눔, 평화의 실천이었다. 그녀는 살림의 실천을 현문경과 김신묵, 두 어머니에게서 배우고 이어갔다.

두 어머니

박용길의 친정어머니 현문경은 백당 현채玄采 선생의 장손주로 태어났다. 백당은 손주가 열한 살의 어린 나이에 어머니를 여읜 것이 안쓰러워, 일찍이 가마에 태워 학교에 보냈다. 현문경은 구한말 학부學部에서 일했던 할아버지의 손을 잡고 종종 궁에 들어갔는데, 그때마다 낭랑한 목소리로 책을 읽어 책 잘 읽는 아이로 이름났었다.

한학자이자 서필가였던 백당은 『유년필독』의 저자였는데, 국한문 혼용체로 쓴 이 책은 1907년에 발간된 대한제국의 학교 교육서로, 실상은 전 국민을 대상으로 한 민족교육서였다. 이런 할아버지 곁에서 어려서부터 책을 가까이했던 현문경은 정신여고 3회 졸업생이 되었다. 이어 한성사범학교를 졸업하고서 정신여고 교사로 일했다.[3]

늘 몸가짐을 정갈히 했던 어머니 현문경은 시간을 정해놓고 자녀들을 위해 기도했다. 가정예배를 드릴 때마다 딸들에게 이 말을 빼놓지 않고 일렀다. "너희들이 받은 감사는 반드시 다른 이에게 나누어주어야 한다. 배운 만큼 남을 위해 살아야 한다." 한국인으로서 정체성도 누누이 강조했다. "지금은 일본이 점령하고 있지만 우리는 조선 사람이다. 일본 사람이 되어서는 안 된다."

어머니는 이웃집 돌상에 놓을 활을 매 보내시고, 동전은 때를 빼서 반짝반짝하게 만들어 보내시곤 했다. 길가에 돌이 있으면 반드시 치워놓아 아이들이 교회 다니는데 넘어질세라 주의를 기울이셨다. 결혼식이나 졸업식에 가시면 축사를 잘하셨고, 혼인에는 남치마 입으시고 대반으로 앉으시는 등 남의 기쁨이나 슬픔을 자신의 일인 양 기뻐하고 같이 슬퍼하셨다.

교회에서는 성경공부 반사 일은 물론이고 풍금 반주도 도맡아하셨고, 오랫동안 권사 일을 보았다. 때로 서울에 올라오시면 시부모님을 받드느라 구경 좀 가시자고 해도 다음으로 미루셨다.

어머니는 대유동 유치원이나 학교를 위해 모금에 나설 때면 일제강점기였는데도 애국가를 즐겨 독창하셨고, 때로는 소인극을 하느라 상투를 틀고 교군 노릇도 하셨다. 마침 1934년 서울에 오셨을 때 새문안교회에서 희년축하예배가 열렸었는데 거기 참석하신어머니께서는 감격에 넘쳐서 '온 세상이 어두워 빛 없더니 이 세상의 빛은 예수'를 소리 높여 부르셨다고 한다.

어머님은 무슨 일이나 할 수 있는 일은 사양하지 말고 자청해서나서야 한다고 가르치셨다. 그 교훈은 우리 형제들에게 큰 유훈이다. 또 여자를 대학을 시켜서 무엇하느냐는 친척들의 반대를 물리치시고 딸들을 일본 유학까지 시키시며 매일같이 한국 신문을 보내주셨다.

흰 살결, 자은 손과 발, 터 없는 모습은 언제나 젊으셨고, 딸들과같이 다니면 형제 같다는 소리를 들으셨던 어머니는 시골에 묻혀사시면서 정신여학교에서 교지校誌가 오는 날이면 너무 좋아서 그날 밤은 잠을 못 이루셨다고 한다. 넉넉지 못한 살림에 자식들을 대학까지 보내시느라 그 뒷바라지에 편안한 날이 없으셨고, 교회와 사회봉사만을 유일한 낙으로 지내다가 가셨다.

많은 문하생들이 언젠가 남북이 열리면 대유동에 달려가서 송덕비를 세워야겠다고 벼르는 것을 볼 때, 피땀의 결정을 본 듯이 흐뭇함을 느낀다. 그러나 땅 위의 송덕비보다도 하늘에서 큰 상을 받으셨을 것을 믿는다.[4]

박용길의 타고난 담대함이며 두루 이웃을 보살피는 태도는 현문경의 성품을 이어받았다고 할 수 있다. '무슨 일이나 할 수 있는 일은 사양하지 말고 자청해서 나서야 한다'는 당부는 두고두고 영향을 미쳤을 것이다. 용길은 평소에 자신을 드러내지 않는 조용한 편이었지만 중요한 역할이 주어지면 마다하는 법 없이 그 소임에 최선을 다했다.

친정어머니와 일찍이 사별하고 나중에 용길과 함께 살게 된 시어머니 김신묵은 또 다른 어머니이자 본보기가 되어주었다. 김신묵은 갑오농민혁명으로 시국이 어지러웠던 1895년에 태어났다. 그녀는 모친의 권유로 아버지 몰래 국문을 익혔다. 아버지 김하규는 갑오농민혁명에 가담할 만큼 열정적인 실학자였지만 딸들을 교육하는 것은 허락하지 않았다. 김신묵은 어느 날 복음서를 읽고 있는 조카를 통해 성경을 접하게 되었고 예수라는 이름을 발견했다. 책장수에게서 복음서를 사기 위해 여름내 호박을 열심히 키워 호박씨를 팔아 1전을 만들었다. 그러나 돈을 받은 책장수가 김신묵에게 복음서가 아닌 잠언을 주고 갔기에, 아무리 찾아도 예수라는 이름은 나오지 않았고 답답하고 실망스럽기 짝이 없었다.

김신묵은 열일곱 살에 문치정의 맏아들 문재린과 결혼한다. 여자는 맏며느리로 시집을 가야 대접을 받는다는 아버지의 말씀에 순종했지만, 시조모까지 모셔야 하는 층층시하의 맏며느리 노릇은 만만치 않았다.

시집가자마자 김신묵에게 기적 같은 일이 벌어졌다. 시아버지 문치정이 갓 시집온 며느리를 여학교에 보내주기로 한 것이었다. 마을에 새로 생긴 명동여학교 첫 입학생이 된 김신묵은 이때부터 3년간 아우뻘 되는 소녀들과 나란히 앉아 공부했다. 머리를 얹고 학교에 다니는 것이 부끄러웠지만, 배움의 시간은 더없이 소중했다. 『유년필독』으로 공부하며 역사의식을 키웠고, 일생을 좌우할 기독교 신앙도 받아들이게 되었다.

김신묵이 맏며느리와 학생 노릇을 몸에 익혀가고 있을 때, 남편은 명동학교를 졸업하고 중국으로 유학을 떠났다. 1914년 며느리의 명동여학교 졸업식에 아픈 몸으로 소달구지를 타고 참석하셨던 시아버지도 그 열흘 후에 돌아가셨다. 시할머니와 시어머니, 세 명의 손아래 시남매들을 건사해야 했던 어린 맏며느리는 그저 울고만 싶었다. 농사며 가난한 살림에 식구들을 건사하자니, 손은 부르트고 눈꺼풀이 주저앉았다. 그런 김신묵을 지원했던 이가 바로 시어머니와 시할머니였다. 북쪽 지방은 고부간의 갈등이 남쪽만큼 심하지 않았다. 김신묵은 시어머니와 시할머니의 사랑을 받으며 여성들 사이의 연대와 협력으로 가정을 이끌고 세상을 보듬었다.

시어머니와 시할머니는 겨울이 되면 며느리를 캐나다선교부가 운영하는 용정의 배신여자성경학원에 보냈다. 겨울마다 한 달씩 숙식하며 공부하는 학교에 쌀까지 대주며 3년을 보내주었고 그간의 살림은 시어머니가 다 맡아 해주었다.

김신묵은 1916년에 간도여전도회의 창립회원이 되었고, 1921년에는 명동교회 여전도회 회장에 선출되었다. 농사일이 없는 겨울에는 학교에 가지 못하는 아이들을 모아 한글을 가르치는 야학을 하기도 했다. 이후 임국정의 노모 임뵈뵈가 창설한 한국평생여전도회에 입회한 후, 1931년부터 해방이 될 때까지 한국동만주평생여전도회 제2대 회장으로 지도력을 발휘했다.[5]

김신묵은 교회 여성의 역할이 얼마나 중요한 것인지 누구보다도 잘 알았다. 며느리에 대한 시어머니의 지지가 얼마나 큰 힘이 되는지도 잘 알았다. 시어머니가 된 김신묵은 젊은 며느리가 사회활동을 하며 자신의 역량을 펼칠 수 있도록 적극적으로 지원했다. 손주들의 육아와 살림살이의 많은 부분도 담당해주었다.

일본에서 한국으로 돌아와 부모님 댁에 있을 때 어느 날 아침 신애균 선생님이 우리 집에 들르셨다. 한국기독교장로회 여신도회 전국연합회가 시작되었는데 나에게 총무로 수고해달라는 요청이었다. 한국에 막 돌아온 길이고 아이들이 여럿이 있어 틈을 내기가 어려웠는데도 우리 시어머님 김신묵 권사께서 옆에서 찬성을 하시어 1956년부터 풀타임이 아닌 파트타임으로 제3대 총무로 일하기 시작하였다. 어머님은 만주 용정에서부터 경험이 많으셔서 나를 지도해주시고 마음 놓고 일할 수 있도록 아이들을 잘 돌봐주셨지만,

나는 며느리로서 미안하고 감사할 뿐이었다.

시어머니는 며느리가 결심을 앞두고 망설일 때 무조건 찬성하고 나섰다. 박용길이 총무로 임명받아 한국기독교장로회 여신도회에 첫발을 들여놓았던 1956년은 그녀가 서른여덟 살이 되던 해였다. 과거에 김신묵은 서른일곱 살에 평생여전도회 회장이 되었으니 그 원동력이었던 고부간 지지와 연대가 며느리에게까지 대물림되는 셈이었다.

실향민들이 개척한 한빛교회

남쪽에 와서도 가깝게 지냈던 만주 용정 출신 교인들은, 시아버지 문재린의 강원도 순회전도가 어느 정도 정리되어가자 그에게 교회를 시작할 것을 제안했다. 문재린과 피난민 가정들은 용정중앙교회 출신 김성호 장로의 집에서 1955년 2월 서울중앙교회를 창립했다. 이 교회가 훗날 한빛교회가 되었다.

초기 서울중앙교회는 이른바 실향민교회였다. 용정 출신 가정들이 기반이 되었다는 소문을 듣고 이북 지역 출신의 기독교인들이 더 모여들었고, 피난 시절 거제도 옥포교회에서 인연을 맺었던 사람들도 찾아와 함께 예배드렸다. 시어머니 김신묵과 며느리 박용길은 교회를 개척하고 교인들을 섬기는 삶에 본격적으로 뛰어들었다. 문재린이 설교하고 예배를 인도했고, 김신묵과 박용길은 교인들을 돌보고 교회의 살림살이를 챙겼다. 용길도 신학을 공부했으며 신앙의 깊이에 있어 목회자의 자질이 충분했지만, 교회와 교인들을 섬기는 일도 목사의 역할만큼 중대함을 잘 이해하고 있었다. 주일학교 교사, 회계 집사와 반주, 성가대 등 필요한 역할이라면 주저 없이 감당했고 성실하게 임했다.

서울중앙교회가 창립되고 얼마 지나지 않아 문익환이 미국에서 공부를 마치고 귀국했다. 그는 한신대 구약학 교수로 임용되었고, 문재린이 대구에 있는 한남신학교 학장을 맡게 되면서는 서울중앙교회의 담임목사직까지 겸하게 되었다.

한국 교회에서 목사의 아내는 예배만 드리거나, 눈에 덜 띄는 곳에서 봉사하는 경우가 대부분이었지만 한빛교회에서 박용길은 집사로, 김신묵은 권사로 불리며 활약했다. 박용길은 서울중앙교회 문이 열린 첫날부터 교회 살림과 활동의 일선에 섰다. 할 일이 많고 일손이 부족한 작고 가난한 개척교회이기 때문이기도 했지만, 북간도의 교회들이 남쪽의 교회에 비해 남녀 차별이 덜했고 사모의 역할에 제한이 없었다는 점도 영향을 주었다.[6]

박용길의 가정은 교회에서 받는 사례비보다 교회에 내는 헌금이 더 많았다. 회계 집사였던 그녀는 때로 몇 달 치 십일조를 당겨서 내기도 했으니, 남편이 다른 직장이 있다는 것이 다행스럽기도 했다. 그래도 검소함은 미덕이 아니라 필수요소였다. 워낙 대식구인 데다가 신학대학 교수의 월급봉투가 두툼하지도 않았다. 부지런하고 농사일에 익숙한 시부모님은 한신대 캠퍼스에 텃밭을 만들어 온갖 채소와 과일나무를 심고, 닭을 키워 달걀을 얻는가 하면 염소를 키워 젖을 짜 먹기도 했다. 웬만한 먹거리는 자급자족할 수 있었다.

용길은 자신의 옷이며 아이들 옷까지 모두 언니들에게서 물려받았다. 자녀들에게도 종종 여유가 없다는 말을 하곤 했는데, 하루는 영금이 그 이유가 궁금해서 물어와 가계부를 보여주었다. 가계부에 적힌 것이라고는 교육비, 교통비, 경조사비 그리고 헌금이 다였다. 가족들이 건강한 덕에 병원비 지출도 거의 없었다. 그런 와중에도 어려운 교인들이 있으면 조금이라도 보탬이 되어주려고 예산을 또 쪼개었다. 자녀들은 주일 아침이면 교회학교에 가고, 성가대에 참여했으며, 가정예배도 함께했다. 피아노를 잘 치는 둘째 아들 의근은 반주를 맡았고, 풍금에만 익숙했던 어머니에게 피아노 선생 노릇을 하기도 했다. 그녀는 아이들에게 종교생활에 대해 강요하기보다 스스로 판단하여 결정하도록 기회를 주었다.

서울중앙교회는 동부교회와 통합과 분리라는 과정을 겪으며 중부교회, 동부교회로 이름을 바꾸었다가 1965년 한빛교회라는 이름으로 새롭게 태어났다. '한빛'이라는 이름은 교인들의 투표로 결정했다. 하나의 빛, 큰 빛으로 세상을 비추는 교회를 일구자는 교인들의 기도가 담긴 이름이있다.

교회를 개척한 지 15년이 넘도록 마음 편히 예배드리고 친교할 수 있는 처소가 없어 열 곳이 넘도록 이사를 다녀야 했다. 북쪽에서 내려온 피난민이 중심이 되어 만든 개척교회이다 보니 교인들이 대부분 여유롭지 못했다. 아무도 선뜻 나서서 건축을 제안하지 못할 때 한빛교회 여신도들이 두 팔을 걷고 나섰다. 교회건축 기금마련을 위한 첫걸음으로 바자회를 연 것이었다.

교인들은 각 가정에서 옷과 책, 온갖 살림살이에 심지어 은수저까지 내왔다. 솜씨 좋은 이들은 먹거리를 만들어냈다. 장아찌를 담그고, 도넛도 튀기고, 지글지글 전도 부쳐가며 교인들과 이웃들의 발걸음을 불러 모았다.

바자회는 권사 김신묵과 집사 박용길을 환상의 짝꿍으로 만들어주었다. 김신묵 권사가 옷감을 시쳐 박용길 집사에게 넘겨주면 시쳐진 옷감은 재봉틀로 드르륵드르륵 박아졌다. 그렇게 식탁보며, 앞치마며 할 것 없이 아기자기하고 쓸모 있는 수예품들이 척척 만들어졌다. 교회의 처

한빛교회 예배당 건축을 위한 바자회에 온 문혜림, 문혜림의 친정어머니, 문재린 목사

소를 마련하리라는 포부를 품은 채 밤이고 낮이고 재봉틀이 신나게 돌아갔다.

여신도들의 화합이 만들어낸 바자회는 기대를 뛰어넘는 성과를 가져왔다. 총 수익금은 예배당 건축에 종잣돈이 될 수 있을 정도의 금액이었을 뿐만 아니라, 교회건축에 대한 교인들의 적극적인 참여를 불러일으키는 큰 동력이 되었다. 여신도들이 흘린 땀방울이 한빛교회에 뿌려진 단비가 된 것이었다.

한빛교회 건축은 1970년에 새로 부임한 이해동 목사의 열정으로 본격 추진되었다. 담임을 맡았던 문익환이 대한성서공회로부터 의뢰받은

미아리에 신축된 한빛교회 전경

신구교 성서 공동번역 작업에 몰두하기 위해 담임목사직을 사임한 상태였다. 젊은 목사 이해동의 열정과 한빛 교인들의 의기투합은 교회건축에 박차를 가했고, 지금의 한빛교회 자리에 신앙의 보금자리를 마련하기에 이르렀다.

수유리 캠퍼스의 부인들

　미국 프린스턴에서 유학을 마치고 1955년 돌아온 문익환은 한국신학대학교 구약학 교수로 임용되었다. 가족들은 한신대 캠퍼스 사택에서 살게 됐다. 처음에는 서울역 앞 동자동에서 살다가 1958년 한신대 캠퍼스가 수유리에 터를 잡으면서 함께 옮겨왔다. 서울의 중심에서 떨어진 북한산 아래 자리 잡은 한신대 캠퍼스 안에서 교수와 직원의 가족들은 평화로운 공동체를 일구었다. 아이들에게도 자연 속에서 또래들과 어울려 놀 수 있는 최적의 환경이었다.

　여러 교수님들도 각각 사택으로 들어오셔서 평온하고 재미있게 가르치고 배우며 생활하게 되었는데, 그때 사택에는 김재준 학장, 김정준 박사, 조선출 목사, 전경연 박사, 이여진 목사, 박봉랑 박사, 서남동 목사, 이장식 목사, 문동환 박사, 이우정 선생, 안희국 선생,

한신대 사택 앞에서 가족들

정웅섭 목사 등 여러 가정이 있었다. 우리 사모님들은 '한신부인회'
라는 것을 조직하여 매달 모여서 의논도 하고 여러 가지 일들을 해
나갔다.

박용길의 1962년 10월 4일 기록에 드러난 한신부인회의 주목할 만
한 점은, 민족과 나라를 위한 기도시간을 줄곧 놓지 않았다는 점과, 여
성들의 건강한 신앙생활에 대한 대화의 시간을 가졌다는 점이었다. 한
신부인회는 친목모임에 그치지 않고, 교회 여성의 역할과 책임에도 공동
관심을 두었다. 또한 외국인 선교사와의 소통도 중요하게 생각했다.

한국신학대학에는 외국인 선교사도 계시기 때문에 우리는 '동서

자매회'라는 것을 시작해서 선교사님들과 매달 모여서 토의하고, 일하며, 서로 도우면서 지냈다. 국제적인 모임이니만큼 예배도 드리고 여러 가지를 배우고 친목도 도모하며 유익한 시간을 가졌다.

동서자매회의 활동엔 박용길뿐만 아니라 시어머니 김신묵, 그리고 용길의 동서 문혜림이 함께 참여했다.

"한번은 한석봉을 주제로 연극을 했잖아. 할머니가 한석봉 어머니고, 내가 며느리 역할을 하고. 그 사진도 있어. 그리고 동서자매회 모임에서 요리강습이 있는 날에는 창근 엄마가 애플파이를 많이 구웠지."

박용길과 동서 문혜림

창근 엄마로 불린 동서 문혜림은 용길의 시동생 문동환이 미국 유학 시절에 만나 사랑에 빠져 결혼한 미국 여성이었다(미국 이름은 해리엇 페이 핀치벡Harriett Faye Pinchbeck). 문동환이 살아온 환경도, 생김새도 전혀 다른 미국 여성을 배필로 삼고 싶다며 처음 소개했을 때 가족들과 친지들은 당황했다. 유복한 가정의 딸로 자라 동양의 가난한 나라 남자와 백년가약을 맺겠다고 찾아온 한 여성의 결심을 그 시대 한국 어른들은 쉽게 이해하지 못했고, 교역자의 아내 역할을 잘 해낼 수 있을지 염려했다. 그러나 이내 아들의 선택을 믿고 존중하기로 했다. 시어머니 김신묵은 고운 한복을 손수 지어 갖다주며 문혜림을 며느리로 받아들인다는 마음을 전했다.

문혜림은 한국문화를 익히고 체화하려 했다. 한복을 입고 고무신을 신고 다녔으며, 아기도 등에 업어 키웠다. 매주 시부모님을 초청하여 서양식을 차려 대접했다. 박용길은 동서와 한 캠퍼스에 살면서 가깝게 어울렸다. 생일이나 명절에는 식구들이 다 같이 모여 잔치를 벌였고, 조카들을 위한 옷들을 직접 만들어 선물하곤 했다. 문혜림은 훗날, 기지촌여성선교센터 '두레방'을 설립하여 기지촌 여성들의 인권을 위해 일했다.

이웃의 아픔, 특히 여성들의 어려움에 깊이 공감했던 박용길은 경기여고 동창들과도 모임을 만들었다. '원광회'는, 일본에서 돌아온 직후 조직한 경기여고 동창회 '해바라기회'에서 가슴 아픈 사연을 들은 것이 계기가 되어 만들어졌다.

"우리 친구 아들이 물에 빠져 죽었는데, 그 친구가 오죽 가슴이 아프겠어? 아들애 이름에 '으뜸 원' 자가 들었는데, 그 아이 이름을 따서 시

전쟁 후 구호 활동을 벌이는 원광회 회원과 박용길

아버지 문재린 목사님이 원광회라고 이름을 지어주셨어. 그 아이의 빛이라고 해서 원광인 거지. 거기서 장학 사업을 했고, 또 집을 얻어가지고 엄마가 아이들을 돌볼 수 없는 가정의 애들을 돌봤거든. 그니까 탁아원이지. 또 어려운 사람들 위해서 양복 만드는 기술도 가르쳤는데 내가 원광회 총무를 봤어."

우리나라 최초의 탁아기관이 생긴 것은 1920년대 초반이지만 1950년대까지도 사실상 가정 밖 육아시설은 흔치 않았다.

"1955년이니까 그때만 해도 탁아원이니 그런 게 찾아보기 힘들 시기였는데, (엄마가 일을 할 동안에) 아이들 먹이고, 잠재우고 그런 일 맡아주는 게 굉장한 일이잖아. 우리 동창회원들이 다 애기엄마들이라서 애기 기르고 직장에 나가는 게 얼마나 힘든지 아니까 시작한 거야. 그때 우리가 탁아를 굉장히 잘했어. 초동교회에다가 큰 집을 장만해가지고 할 적엔 아주 활발하게 했어. 똥오줌 가리기 시작할 때서부터 유치원 갈 때까지 맡았으니까 많을 때 사오십 명이나 있었어."

원광회는 단순한 측은지심을 넘어 탁아원과 더불어 양복기술자 양성 등을 통해 여성 스스로 경제력을 가지고 독립적인 생활을 할 수 있도록 돕는 것이 목표였다. 박용길은 지역 여성 살리기에도 팔을 걷어붙였다.

"초창기에 한신 들어와서는 생계가 어려운 사람들을 모아가지고 뜨 개질을 가르쳤어. 그리고는 만들어진 것을 내가 전부 팔아서 그 사람들 한테 임금을 지급했지. 58년엔가 그때였는데, 수유리 사는 사람도 오고 주변에서도 소문 듣고 찾아오고. 처음에는 혼자 하다가 가까운 사람들 이 한 번씩 와서 도와줬지. 그래서 매일같이 가난한 여성들이 우리 집 에 오고, 어떤 사람은 집에 가져가서 해오고. 그땐 레이스 실로 장갑을 많이 짜고, 핸드백도 짜고, 또 쿠션도 짜고. 그러니까 굉장히 공이 많이 들어가는 거야 그게. 나중에는 실력이 늘어서 거실에 까는 큰 매트도 짜고."

이 편물방의 이름은 '코스모스클럽'이었다.

"물건이 없어서 못 팔았을 정도도 인기가 좋았지. 그때 창근이 외할 머니(문혜림의 친정어머니)가 딸한테 편물방 소식을 듣고는 굉장히 좋게 생 각을 해서 미국에서 딸 보러 한국에 나올 때 이런저런 스타일의 장갑들 을 전부 프린트해서 온 거야. 우리가 그거를 전부 떠가지고 굉장히 많이 팔았어. 그걸 미국 보내면 미국에서 팔아오기도 하고. 창근 엄마랑 창근 할머니가 많이 도와줬지. 한 가지 짜면 그때 돈으로 오백 원, 칠백 원 정도였는데도 편물방 식구들은 그렇게 번 돈으로 반찬값을 많이 보탤 수 있었어."

마음이 아픈 사람들을 위로하여 회복을 돕고, 부당한 고초를 겪는 사람들의 손을 잡아주는 이러한 '살리기'야말로 그녀가 나눈 '살림'이 었다.

박용길과 문익환

여신도회가 시작한 일

1953년에 창립된 한국기독교장로회 여신도회는 초창기부터 적지 않은 어려움을 안고 있었다. 한국 장로교가 교권을 둘러싼 싸움과 신학의 차이로 예수교장로회와 기독교장로회(이하 기장)로 분열된 데 그 탄생의 기원이 있기 때문이다. 김재준 목사는 송창근 목사와 함께 1940년 서울에 조선신학교를 설립해 미국 프린스턴신학교에서 접한 자유주의적인 신학을 가르쳤다. 그는 자신을 비판하는 목소리에 대해, 신앙의 양심과 학문의 자유를 억압하는 근본주의 신학으로부터 벗어나 이제 한국 교회도 세계 신학의 본류와 교류해야 한다고 밝혔고, 이것으로 교단에서 제명당했다. 결국 새로운 교단을 형성해야만 했던 상황에서, 개혁적 장로교회가 한국 땅에서 새로운 출발을 하게 된 것이었다.[7]

남성들의 교권 싸움에 반대하며 어떻게든 화합을 이루고자 했던 여신도회도 어쩔 수 없이 분리되었다. 초창기 기장 여신도회(이전에 '여전도회'로 불림)는 창립과 동시에 개교회 회원확보와 조직구축에 전념했다. 3년여 동안 조직의 기초를 다진 여신도회는 본격적인 사업에 돌입하게 되는데, 바로 이때 박용길이 결합했다.

새로 시작하다 보니 여신도회에는 일이 많았다. 특히 여름에는 출장이 잦아 집을 비울 때가 많았고, 점차 일정이 늘어 2박 3일, 3박 4일이 되었다. 아무리 시어머니가 "너를 도우마!"라고 먼저 약속해주었어도 넷이나 되는 어린 자녀들을 맡겨놓는 것이 면목 없었다.

부모님을 모시면서 3남 1녀, 네 아이를 기르는 데 전연 마음을 쓰지 못했다. 어머님께서 문 목사 형제들을 기르실 때 베틀 밑에 앉혀놓고 가르치신 일이나, 시할머니께서 돼지를 기르실 때도 말을 하시며 기르셨다는 이야기를 듣기도 했기 때문에 체벌이라는 것은 상상도 못 했고 나무라는 일도 없었다. 나는 원래 싫은 소리나 누가 듣기 거북한 소리를 하지 않는 성질이라 아이들 하는 대로 내버려두기 일쑤였다. 아이들이 조부모님 밑에서 잘해나가리라는 믿음이 있었다고 할까?

그래도 엄마로서 살뜰하게 숙제 한번 못 봐주고 여러 가지 사회활동을 핑계로 아이들에게 정성을 들이지 못한 것이 늘 후회로 남는다.

학부모가 학교를 방문해야 할 때 할머니가 나타나는 경우가 다반사였기에 아이들의 친구들은 박용길이 친엄마가 아니라고 오해도 했다. 손주들에 대한 할머니의 교육 방식은 한마디로 하면, 선택도 스스로 하고, 결과에 대한 책임도 스스로 지게 하는 방식이었다. 이를테면 밥상에서 편식을 해도 손주들을 나무라지 않았다.

박용길이 제3대 상임총무로 취임하는 1956년부터 여신도회는 지역과 계층을 뛰어넘는 사업들을 계획하고 조직하는 데 관심을 기울였다. 회원들의 다양한 구성을 중요시하여 만들어진 게 청유부靑幼部이다.

지금까지의 뒤떨어진 늙은 부인만이 모이는 부인전도회라는 인습을 타파하고 젊은 소녀와 애기전도부(유아·어린이를 어머니가 대신 회비를 내고 가입시키는 것)를 각각 조직하여 전도사업의 방향과 방법을 지도함으로 소녀는 소녀, 애기는 애기, 청년은 청년들에게 사랑을 베풀고 복음을 전해주는 일에 정신과 물질을 바치도록 하는 모임을 가지게 하며 현재 늙은 부인들만이 움직이는 우리 여신도회 사업의 후계자를 기르는 동시에 애기로부터 늙은이까지 일련결속─蓮結束하여 그리스도교 여성의 본분을 다해보려는 것이며, [...]⁸⁾

청유부를 설립하여 애기전도회·소녀전도회·청년전도회 조직을 각 지회에 권장했던 것은, 기혼 여성·중장년 여성 중심의 전도회에서 유아·청소년·청년에 이르는 모든 연령층의 이야기에 귀를 기울이고 후진 양성에도 중요한 가치를 둠으로써 시대의 흐름에 맞춰 가는 전도회로 확장하리라는 의지를 보여주었다. 박용길은 상임총무직을 수행하는 둘째 해부터 청유부장의 임무를 겸했다. 12~19세 회원들을 대상으로 한 소녀회 조직을 위해《How to Begin》이라는 영문책자를 번역하여 여성 청소년들의 신앙교육 자료로 쓰게 했고, 이미 교역자 간담회,《새가정》만화 연재나 어린이 작품 모집 등을 통해 조직되고 있던 각 지회를 직접 돌아다니며 활동을 강화해나갔다.

1959년에는 여성 청소년들을 위한 전국 규모의 캠프를 교육부와 공동으로 처음 개최했다. 6박 7일간 한국신학대학에서 '그리스도를 배우자'는 주제로 열린 이 캠프에서 박용길 총무는 단순히 신앙생활과 성경공부만을 강조하지 않았다. '성경 읽는 법', '노래와 율동', '시사해설', '여

소녀전도회원들과 함께한 수양회

전도회 이야기와 외국 소녀들의 소식', '실존주의와 허무주의', '농촌과 도시의 유기적 관계' 등의 교과목들이 배치되었고, 수공예·영화의 밤·소풍·낮잠 등의 프로그램도 포함되었으며, 신애균·공덕귀·주재숙·이주선·고혜영·김영희·박봉랑·조성여·윤보선·서남동·신연식·김철손 등이 박용길과 함께 지도자로 이름을 올렸다. 청소년들이 최고의 강사진과 더불어 각종 정치·철학·역사를 이해하는 관점을 연습하고, 젊은 기독교인으로서 짊어져야 할 사회적 역할을 모색하는 기회였다. 캠프를 마친 후 한 참가자는 여신도회에 편지를 보내 '저는 지금 어두운 조국의 현실을 생각하며 "너희는 세상의 빛이라"는 주님의 말씀을 다시 음미합니다'라고 전해왔다.

여신도회는 소외된 지역, 도심과 달리 혜택받지 못하는 지역을 끌어안기에도 무게를 실어 대외전도사업을 벌였다.

회원들이 시간을 내어 찾아가 집회를 인도하고 경제적으로도 원조를 하여 일하게 되면 농촌교회를 돌보는 여신도회가 힘이 나서 일하게 되고, 돌봄을 받는 교회도 여러 가지로 발전하고 또 그리스도의 사랑을 직접 체험하게 되어서 많은 효과가 있다.[9]

여신도회는 농촌 지역에서 구하기 어려운 비품과 소·염소 등을 지원하여 실제적인 자립이 가능해지도록 도왔다. 이는 6.25 전쟁으로 폐허가 된 가정경제를 일으키기 위한 활동이었다. 전쟁 복구가 가장 시급한데도 교세 확장에 주력하는 외국 선교사들의 선교방식을 향해 개선을 요구하기도 했다.

그들은 예수님의 여제자였다

박용길의 상임총무 취임 첫해, 여신도회는 《그달의 양식》을 발행했다. 지회 회원들의 교육서이자, 효과적인 월례회 운영과 회원 간 친목을 위한 지침서였던 이 정기간행물은 여성 신학자로서 박용길의 역량을 유감없이 보여주었다.

《그달의 양식》은 달마다 주제별로 설교를 실어 언제 어디서든 회원들끼리 예배할 수 있도록 도왔고, 전국에 흩어져 있는 지회들을 서로 연결하는 통일성 있는 프로그램을 공유하게 해주었다. 필진은 박용길을 비롯해 이우정·이희호·주선애·김옥길·이주선 등 당시의 내로라하는 여성 신학자와 여성 지도자들이 전체의 3분의 1을 차지하고 있었고, 김재준·길진경·문익환·서남동 등 개혁신학의 입장을 표방했던 남성 신학자들도 주요 필진에 속했다.

《그달의 양식》 창간호에 실린 박용길의 「예수님의 여제자들」은 '예수가 여성의 지위를 존중했다'는 여성주의적 입장을 일찍이 강력하게 드러낸 유일한 설교라고 평가받는다.[10] 흔히 예수의 제자라고 하면 열두 명의 남성 제자들을 떠올리지만, 그녀는 이 설교문에서 '예수님의 여제자들'이라는 표현을 거리낌 없이 사용하는 근거가 성경에 있다고 설명한다.

그 뒤 예수께서는 여러 도시와 마을을 두루 다니시며 하느님 나라를 선포하고 그 복음을 전하셨는데 열두 제자도 같이 따라다녔다. 또 악령이나 질병으로 시달리다가 나은 여자들도 따라다녔는데 그중에는 일곱 마귀가 나간 막달라 여자라고 하는 마리아, 헤로데의 신하 쿠자의 아내인 요안나 그리고 수산나라는 여자를 비롯하여 다른 여자들도 여럿 있었다. 그들은 자기네 재산을 바쳐 예수의 일행을 돕고 있었다.

루가복음 8장 1~3절, 『공동번역성서』

박용길의 설교에 따르면, 성경에 기록되어 있는 이 여성들은 예수의 곁을 지키며 모든 살림과 안위를 챙겼다. 이들은 '마음을 다하며 성품을 다하며 뜻을 다하며 힘을 다하여 주 너의 하느님을 사랑하라'는 계명을 지켰다. 그럼에도 성경에서는 4복음서를 통틀어 딱 한 군데에서만 '여러 여인들이 자신의 재산을 바쳐 예수의 일행을 따라다니며 돕고 있었다'고 언급했음을 박용길은 지적했다. 그녀는 이 여성들을 두고 '숨은 봉사자', '믿음의 부인들'이라고 표현했다. 무덤에서 부활한 예수가 이 여성들로 하여 자신의 부활을 세상에 증거하도록 하기 때문이다.

예수님을 따르던 여제자들의 용감무쌍한 그 믿음, 희생적인 봉사 생활을 지금도 생각했습니다. 이제 아득한 옛날 약 2천 년 전에 우리와 같은 부인들이 남존여비의 사상이 심한 유대 사회에 있어서 이와 같이 용감히 예수님을 믿고 따랐다는 사실에 실로 놀라지 않을 수 없습니다. 막달라 마리아가 예수님의 십자가 밑에까지 따라가고 다시 사신 예수님을 먼저 뵈옵고 전하였다는 것은 특별한 은사입니다.

예수님께서 이렇게 중대한 사명을 부인들에게 더욱이 '마리아'에게 맡겨서 전하게 하셨으니 예수님께서 부인들의 지위를 존중히 여기신 것을 짐작할 수 있습니다. 그리하여 천국 복음이 전파되는 곳곳마다 대혁신이 생기는 중에 특별히 부인들의 새로운 진출이 있음을 볼 수 있습니다. 우리 한국의 부인들도 전력을 다하여 주를 봉사하고 십자가의 길에 서서 세상 끝까지 주와 동행할 수 있기를 바라는 것입니다.[11]

박용길의 설교는 1956년 한국 교회에서 선포된 다른 설교들과 확연히 구분되었다. 유대 사회를 관통했던 남존여비를 간과하지 않은 채 여성의 관점으로 성경을 해석하고 이것을 모티프 삼아 신앙인으로서 여성의 주체성을 명확하게 촉구했다.

또한 《그달의 양식》을 통해 월례회의 운영방침도 매우 구체적으로 제시했다.

여신도회 월례회를 되도록이면 예배 후에 하지 마시고 따로 날을 정하여 충분히 순서를 진행하도록 하시는 것이 좋은 줄 압니다. 월례회는 늘 같은 방법으로 하시는 것보다는 좀 더 새롭게 진행하도록 힘쓰시기 바랍니다. 출석을 부르면 대개 성경 절수를 암송하므로 대답하는 회가 많으실 줄 압니다. 또 다른 방법으로는 성경 읽기를 장려하는 의미에서 한 달 동안 읽은 성경 장수를 대답하셔도 좋겠습니다.

각부의 사업 보고는 반드시 받도록 하시면 각부 부장들이 힘이 나고 일을 많이 하시게 될 것입니다. 월례회 후에는 간단한 오락으로 재미있는 시간을 보내고 헤어지도록 하십시다.

여신도회 정기총회에서 발표하는 박용길 서기

친교를 위한 오락프로그램으로 성경 빨리 찾아 읽기, 편 나누어 찬송 부르기, 혹딱 놀이, 하나둘셋 놀이, 반지 돌리기를 비롯해 열 가지를 제시해놓았는데, 직접 진행할 때는 필요한 소도구들까지 손수 제작했다.

《그달의 양식》은 평신도들이 성경을 신학적, 사회선교적 관점으로 읽도록 길잡이가 되어줌으로써 여성으로서 역량을 계발하고 여신도의 위상을 한층 높이는 데 막중한 일익을 담당했다.

1950년대에 나온 가정잡지

박용길은 한국 교회 연합활동에도 역량을 발휘했다. 기장 교단으로부터 한국기독교교회협의회 가정생활위원회(이하 교회협 가정위)의 운영위원으로 파송되어 《새가정》의 출판과 운영에 참여했다. 여신도회 청유부원들이 자신의 글을 발표할 수 있는 문도 더 활짝 열렸다.

《새가정》은 '생명을 살리고 평화를 전하는 기독교 가정'을 모토로, 국내의 7개 교단 여성들이 연합한 교회협 가정위에서 발행하는 월간지이다. 기독교 유일의 가정잡지이자 여성잡지인 《새가정》은 1954년에 창간된 이래로 지금까지 계속 발간되고 있다. 특정 교단의 신앙이나 권력에 치우치지 않는 에큐메니컬 정신을 따르는 이 잡지는, 여성들이 중심이 되어 보수와 진보를 따지지 않고 서로의 의견을 존중하고 조율하며 발행되고 있다.

각 교단에서 파송된 운영위원들은 《새가정》의 일을 내 일처럼 여겼다. 어떤 운영위원은 잡지를 들고 다니면서 구독자를 모집하거나 판매하고, 또 어떤 운영위원은 버스에서 내릴 때 읽고 있던 잡지를 빈자리에 두고 내리기도 했다. 누구라도 《새가정》과 소통하기를 바라는 마음에서였다.

박용길은 여신도회에 첫발을 들여놓은 1956년에 교회협 가정위로 파송되었는데 새가정사 운영위원회가 막 시작된 시기였다. 이때부터 1978년까지 20년이 훌쩍 넘어가도록 몸담았으니 《새가정》에 대한 애정이 각별할 수밖에 없었다. 1963년 이주선 위원장과 공동운영위원장을 맡게 되자 공간 마련을 위한 기금마련 프로젝트를 시작하였다. 교단 연합사업으로 책을 발행한 지 거의 10년이 되었는데도 재정 사정이 좋지 않아 그때까지도 직원들이 좁고 불안정한 임대사무실에서 일하고 있었던 것이다.

> 특별히 박용길 위원 댁에서 모임을 가졌을 때는 새가정사 기금으로 부동산(가옥)을 구입하기로 결의를 하였으며, 이것이 결실이 되어 1964년 11월 7일 420,000원에 시내 성북구 수유리에 위치한 국민주택 575호를 구입하였다. 이렇게 해서 새가정사에 처음으로 자산이 형성되었으며, 이것이 밑거름이 되어 오늘의 가정생활위원회의 기본자산이 형성되었다.[12]

박용길은 기금마련의 박차를 가하기 위해 회비를 한 번씩 더 내기도 했다. 새가정사 운영위원회는 책을 발행하는 비용 말고는 어떤 운영비도 지출하지 않았다. 회의가 있을 경우 다른 기관들이 관례적으로 지급하는 위원들의 교통비는 물론 모임에 필요한 진행비도 일체 공금을 사용하지 않고 자비를 사용했다.

박용길은 운영위원으로 활동하기 전부터 새가정사에서 주관하는 다양한 주제의 좌담회에 참석했고, 여러 편의 글도 썼다. 1955년에 새가정사에서 주최한 '주부들의 좌담회'에서는 박용길이 다른 이들의 말을 조용히 다 듣고 나서야 조심스럽게 입을 떼곤 했다는 기록이 있다. 《새가정》에 기고한 글들을 보면, 지혜롭게 멋을 내는 패션 팁을 제시하는가 하면, 남편에게 건네는 글, 그리고 아래에 소개되는 애광원 방문기도 포함된다.

거제도 장승포 거리를 피난 당시에 지내던 일들을 회상하면서 거닐게 되었다. 아주교회 김 목사님의 인도로 장승포 포구에서 올려다보이는 푸른 산 위에 희고 아담한 많은 건물들이 조화를 이룬 아름다운 애광원을 찾게 되었다. 자동차가 다닐 수 있는 넓이에 구불구불한 비탈길을 올라가니 여러 건물들 사이사이로 갖가지 예쁜 꽃들이 피어 있고, 울창한 나무들 사이에 어린이들의 집답게 그네며 미끄럼 등 놀이기구들이 마련되어 있었다. 많은 어린이들이 금방 바늘을 뺀 듯한 예쁜 옷들을 입고 그네도 뛰고 선생님 손을 붙잡고 재미있게 놀고 있었다.

어린이들은 140명인데 대개가 아주 어려서 애광원에 들어와서 자란 어린이들이라 한다. 전쟁고아는 남녀의 수가 비슷한데 유기고아는 여자의 수가 남자의 꼭 배나 되는 것을 볼 때 아직도 우리 주위에는 남존여비사상이 뿌리 깊이 박혀 있는 것을 알게 된다.

우리나라에서는 양자를 하면 본부인이 아기를 낳는다는 미신이 있어서 아이를 입적시키지 않고 있다가 자기 아이가 나면 장자로 입적시키는 경향이 있어서 양자로 데려가려면 꼭 입적시킨 후에야 어린이를 내준다고 한다. 외국으로 입적시킬 때면 원장님이 한 달쯤 친히 데리고 지내면서 외국생활에 필요한 것을 훈련시켜서 보내신다고 한다.

어린이들의 방 이름은 전부 날개 돋친 것으로 부른다고 한다. 나비, 범나비, 참새, 꾀꼬리, 종달새, 독수리, 남자벌, 여자벌. 잘 자라서 훨훨 독립해서 날아가라는 뜻일까? 아이들에 대한 원장님의 기대 같은 것이 느껴졌다.

같이 가신 문 목사가 마당에서 노는 사오 세 되는 어린이를 안아주었더니 "나도 나도" 하고 손을 벌려 그 많은 아이들을 안아주느라고 땀을 뺐다. 원장님을 어머니라고 부르는 귀여운 꼬마들이다. 한 여성의 충성과 피 끓는 봉사가 이루어놓은 위대한 사업을 보면서 하느님께서 약한 그릇을 빼내서서 크게 쓰시는 놀라운 역사를 볼 수 있다.

맑게 개인 하늘 푸른 바다, 희망의 동산을 내려오면서 이 땅의 어두움을 뚫고 한 가닥 비쳐오는 햇살을 보는 것 같았다.[13]

1952년, 김임순 원장이 전쟁고아들을 돌보기 위해 거제도에 설립했던 시설인 애광원은 1980년대 초반에 지적장애인을 위한 시설로 전환되어 지금까지 운영되고 있다.

여성 장로와 함께 기도를

1975년 박용길은 한빛교회의 첫 여성 장로로 안수받는다. 여성 장로가 드물었던 당시, 박용길의 장로 임직은 한빛교회 안에서뿐만 아니라 기장 교단에서도 중요한 의미를 지녔다.

기장 교단의 여장로제는 1956년에 채택되었다. 이는 교단창립 후 3년 만에 결정된 사안으로, 근본주의적 신앙을 추구하던 교단 내 일부 목회자들의 반대 때문에 미뤄진 것이었다. 따라서 기장 교단이 여장로제를 채택했다는 것은 근본주의 신학을 부정하는 것이며, 율법주의를 거부하는 실천을 뜻했다. 그러나 이듬해인 1957년에 세 명의 첫 여성 장로를 배출했음에도 이후 개교회의 여성 장로 배출이 몹시 미미해, 거의 상징적인 결의였다고 봐야 할 정도였다.

기장 교단의 여목사제도는 여장로제가 채택되고 18년 뒤인 1974년에 이르러서야 통과되었다. 기장 여목사제도는 박용길이 여신도회 총무로 일하던 시절, 여장로제 채택 직후 바로 추진했던 일로, 교단 내에 뿌리박혀 있던 남성 중심의 문화에 일침을 놓은 개혁이었다.

박용길이 장로로 선출되었을 때의 소회는 각별했다.

우리 교단에 여장로제도가 생기고 여장로님이 여러 분 생겨났어도 나하고는 거리가 먼 일로 생각하여왔다. 막상 당선되고 나니 두려움도 앞섰다. 당회에 참석하면서 나는 교인 3분의 2에 해당하는 여성 교인들의 대표가 되었구나 생각하면서 여성 교인들의 뜻을 펴나가야겠다는 다짐을 하게 되었다. 40년 전 유학 시절, 일본 교회에 여장로님이 계신 것을 부러워하던 원을 푼 것같이 느껴졌다. 지금까지 교회 안에서 마르다(식사 준비 등 돌봄의 의미)의 역할만을 해오던 여신도들이 교회 밖으로도 눈을 돌려서 옳고 그른 것을 판단하고 물리칠 것을 물리칠 수 있는 살아 있는 믿음의 생활을 하도록 서로 깨우치고 앞으로 나가는 일에 힘쓰고 싶다.

박용길은 교인들로부터 무려 90퍼센트가 넘는 전폭적인 지지를 받아 장로로 선출되었다. 1955년 한빛교회 창립 때부터 회계·서무·주보 발간을 맡아 봉사해왔다. 여성이고 전 목회자의 부인이라는 것은 교인들에게 아무런 문제가 되지 않았다. 자기주장을 내세우기보다 조용히 남의 말을 경청하고 교인들을 일방적으로 가르치려 들지 않으면서도 때때로 놀랍도록 담대하고 용감하게 사람들을 이끌기도 했다. 어려서부터 학교 행사 때면 독창, 연극과 낭송을 도맡았고 오락부장을 맡아 흥을 돋우는 일도 잘했다. 북간도 교회의 전통이 면면히 이어지는 한빛교회에 남녀평등의 분위기가 비교적 잘 정착된 편이라는 것도, 전 목회자의 사모가 장로로 선출되는 데 힘을 실어주었다.[14]

한빛교회에서 가장 오래도록 시무하면서 박용길 장로와 함께 교회를 섬겼던 유원규 목사는 서두름이란 찾아볼 수 없는 분이었다고 회고했다.

"아마 우리 교회에서 제일 느리게 식사하는 분이 장로님이었을 겁니다. 웬만해서는 그 속도를 흉내 낼 수 없을 정도였죠. 그건 평정심이 보통 아닌 분이라는 뜻일 겁니다. 이런 장로님은 늘, 싸워서 열을 얻는 것보다 싸우지 말고 하나를 이루자고 하셨어요."

박용길은 장로가 된 이후에도 지위나 나이를 내세우지 않고 평화롭고 민주적인 분위기를 조성하는 데 힘써, 실제로 이후 이우정과 안계희가 장로로 임직하여 함께 일하면서부터는 교회 안의 작은 싸움조차 사라졌다고 한다. 1988년에는 기장 여장로회 회장으로 선출되어 교회 여성들의 지도력 향상을 위해 보다 광범위하게 영향력을 발휘했다.

한빛교회가 만들어지고 모든 역사의 굴곡을 맞닥뜨릴 때마다, 목회자의 아내로서 집사로서 장로로서 정성껏 적어 내린 기도문이 교회와 사람들 마음에 가득 울리며 긴 세월이 지났다.

함께 활동했던 한빛교회 여장로들. 이우정, 안계희, 박용길(왼쪽부터)

1960년 4월 19일 우리 한빛주일학교 교사이시던 김창필 집사가 경무대 앞에서 부정선거를 규탄하다 쓰러져 4.19 국립묘지에 잠들고 계신 것 새삼 떠올리면서, 불의를 용납 못 하는 의로운 죽음은 한빛교회의 자랑일 수밖에 없어 감사를 드립니다. 그리고 민주화운동에서 자유언론투쟁을 벌이던 동아투위의 조민기, 안종필, 김인한 세 교우가 희생되신 것을 추모합니다.

그동안 30년이 넘도록 우리나라의 민주화와 통일을 위한 가시밭길을 걸을 때 언제나 우리 교회가 큰 몫을 담당하게 하신 것 감사드립니다. 귀한 일꾼들이 감옥에서 석방되는 날에는 으레 한빛교회에 모여서 회포를 풀고 서로를 격려하는 모임을 가지는 것이 자연스럽게 이루어졌습니다. 그리고 1975년 8월 17일 고난받는 자들을 위한 갈릴리교회를 해직교수들이 시작할 때에 당국의 방해를 받아 모일 장소가 없어서 고생할 때에 우리 교회를 묵묵히 예배 장소로 제공하였고, 목사님을 비롯하여 여러 교우들이 고난받는 자들의 친구가 되어주신 일 어찌 잊을 수 있겠습니까. 한빛교회에는 손해 보는 일이 많을 것을 생각지 않고 기쁜 마음으로 고난받는 이들을 돌보아온 우리 교우들이었습니다.

우리나라는 세계 유일의 분단국으로 많은 서러움을 지금도 겪고 있지만 조상 대대로 내려오는 슬기와 지혜, 흰옷을 즐겨 입던 때 묻지 않은 민족으로 되돌아가 반드시 모든 어려움과 외세의 압박을 뛰어넘어 하느님의 백성으로 만방에 빛을 발하는 우리나라가 되게 하시옵소서.

오늘 이 예배가 주님께는 영광이요, 우리에게는 기쁨이 되고 온 가족이 하나 되는 다짐을 새롭게 하는 기회가 되게 하시옵소서. 더 열심히 기도하고 꿀송이보다도 달게 주님의 말씀을 사랑하며 한마음 한뜻으로 한빛, 큰 빛, 영원한 빛으로 어두운 세상을 비추는 교회가 되도록 힘주시옵소서. 우리 교회는 교사들 선생님들이 많이 모인 교회입니다. 우리 사회에 나가서 좋은 길로 인도하는 직책도 감당해야겠습니다. 오늘 주님의 귀한 종을 단에 세우셨사오니 그 말씀이 우리의 생명 양식 되게 하시옵소서.

우리 마음속에 성령이 임하셔서 뜨겁게 역사하셔서 우리 모두 꺼지지 않는 횃불로 타오르게 하시옵소서.

하느님의 어린양 예수 그리스도의 이름으로 간절한 간절한 기도를 드립니다.

2002년 2월 한빛교회 창립 47주년 기념예배 기도문 중에서

죽음의 시대, 편지

이게 누구 손이지

어두움 속에서 더듬더듬

손이 손을 잡는다

잡히는 손이 잡는 손을 믿는다

잡는 손이 잡히는 손을 믿는다

문익환의 시 「손바닥 믿음」 중에서

4월 19일 깨어난 사람들

박용길이 여신도회와 지역 여성 선교 활동에 주력할 때, 대한민국은 민주공화국을 세워나가기 위한 험난하고도 먼 여정을 시작하고 있었다. 미국의 지지를 받으며 대통령이 된 이승만은 선거법을 고치고 부정선거까지 감행하며 대한민국 제4대 대통령이 되었다.

국민들은 크게 분노했다. 불법선거에 항의하는 대규모 시위가 전국에서 벌어졌고, 이 과정에서 경찰의 최루탄 발포로 마산상고생 김주열이 사망했다. 마산 앞바다에서 발견된 김주열의 주검은 4.19 혁명을 불러왔다.

1960년 4월 19일, 대학생과 고등학생들이 거리로 쏟아져 나와 경무대(지금의 청와대)로 몰려들었다. 부산·광주·인천·목포·청주에서 수천 명의 학생들이 거리로 쏟아져 나왔다. 박용길과 가족들이 살고 있는 서울의 변두리 수유리에도 4.19의 그날은 찾아왔다.

전국 곳곳에서 4.19 시위가 한창이던 그 시각에 박용길은 종로에 있는 한 교회에서 활동을 마치고 의근을 만날 참이었다.

"바로 그날, 초동교회에서 내가 카네이션 강습회를 하고 있었어. 그런데 뭐, 사람이 죽었다는 소리가 들려오더라구. 그래서 금방 정리를 해버리고 나왔지. 그날 의근이가 어항을 사달라고 했던 날이어서 그걸 사가지고 의근이가 들고 둘이 손잡고 종로 4가 쪽으로 걸어가는데 막 트럭이 지나가더라고. 근데 거기에 아이들이 까만 옷(교복)을 입고 많이 탈라고 전부 다 서 있는데, 갑자기 총소리가 나는 거야. 그러니까 그 아이들이 전부 다 보도로 떨어진다구. 그걸 보고 사람들이 또 전부 다 엎대, 엎대! 하고 소리치는 거야. 우린 어항까지 가지고 엎드리고 그랬단 말이지. 그런 걸 보면서 정신없이 집에를 갔는데, 글쎄 그날따라 막내시누이가 제시간에 집에 들어오지 않은 거야. 시어머니가 길에 나가서 마냥 기다리고 있으니까 막내시누이가 겨우 늦게 와서는 그냥 울면서, '어쩌면 좋아. 아이들이 총 맞아서, 총을 맞아서', 막 횡설수설을 해. 학생들이 나무에 기대어 있는데 그냥 와서 총을 쏘래. 그러면 대학생들은 저도 다쳤으면서 쓰러진 고등학생들 먼저 구해주라고 했다는 거야."

박용길의 막내시누이 문은희는 당시 연세대학교 의대생이었다. 서울역 앞에 있던 세브란스병원에서 4월 19일 실습 중이었던 그녀는 느닷없이 사망자며 부상자들이 몰려 들어오는 것을 보며 혼비백산한 것이었다. 이날 시위로 서울에서만 자정까지 1백여 명이 죽고, 수백 명의 부상자가 발생했다. 경찰의 발포는 곧 계엄령 발령 신호였고, 부정선거에 대한 항의 시위를 하던 어린 학생들과 시민들은 무자비한 공권력에 하릴없이 스러져갔다. 한빛교회 청년 김창필도 이날 목숨을 잃었다.

"창필이가 밤이 깊었는데도 집에 들어오지 않으니까 그 아버지가 병원마다 찾아다녔지. 그러다가 마침 수도육군병원에서 찾았는데, 이미 총상으로 죽어 있는 거야. 나중에 보니까 문 목사 앞으로 유서까지 다 써놓고. 자기가 주일학교 부장 맡는데 감당 못 하고 간다는 유서를 말이야."

김창필은 죽기를 각오하고 시위 현장에 뛰어들었고 그 각오는 현실이 되어버렸다. 문익환과 한빛 교인들은 오로지 정직함으로 살았던 이 청년 그리스도인의 장례를 몹시도 애통해하며 치러주었다.

"나는 잘 몰랐어. 이승만이 박사라고 하고, 교회 장로라고 하고, 또 독립운동을 했던 사람이니까 우리나라를 민주주의로 끌고 나갈 사람이라고 생각했지. 근데 문 목사가 자꾸 날 놀려. '당신은 이승만 박사 지지하지?' 그러면서. 그래서 뭐가 있는가 보다 했지."

이승만 정권 시절, 박용길의 둘째 형부는 자유당 국회의원이었고, 셋째 형부는 외교관이었다. 박용길은 친정 식구들과 남편 사이에서 역사를 바라보는 시각 차이로 마음의 갈등을 겪고 있었다. 민족주의적 신앙으로 헌신하는 삶을 살아왔지만 그때까지 뚜렷한 역사의식을 갖고 있지 않았던 그녀는 4.19 혁명을 겪으며 민주주의와 정의로운 국가에 대해 깨우쳐가기 시작했다.

4월 19일 이승만 독재정권을 향해 정의를 외친 학생들의 저항은 곧 일반 시민들에게도 번져갔다. 연일 거리시위가 일어났고, 4월 25일에는 대학교수 2백여 명이 이승만의 하야를 요구하며 죽음을 불사하는 제자들을 지지하고 가두행진에 나섰다. 이승만은 결국 1960년 4월 26일 하야를 발표했고, 역사는 이승만을 끌어내린 저항을 '1960년 4월, 학생이 중심세력이 되어 일으킨 민주주의혁명'이라고 기록했다.

1960년 6월 22일, 내각책임제 개헌안이 국회에서 통과되고 23일 공포되었다. 이에 따라 8월 12일에는 '민의원·참의원 합동회의'를 통해 대통령에 윤보선이 선출되고, 8월 19일에는 민의원 장면이 국무총리로 선출되었다. 이어 8월 23일 내각이 구성됨으로써 제2공화국이 출범되었다. 그러나 제2공화국은 이듬해 벌어진 5.16 군사쿠데타로 그 명맥을 1년도 채 유지하지 못했다.

이제 세상으로 나갈밖에

1961년 박정희는 5.16 군사쿠데타를 일으켜 정권을 잡았다. 1972년 10월 유신헌법을 발표하여 독재정치의 강력한 통치체계를 구축했다. 유신헌법은 어떤 집회나 시위도 허용하지 않으며 정부를 비판할 경우 무조건 처벌할 수 있는 악법이었다. 유신정권은 총 9회의 대통령 긴급조치를 선포하면서 민주세력들을 탄압했다.

유신헌법에 대한 저항은 1973년 봄, 종교계가 들썩이면서 본격적인 움직임이 시작되었다. 1973년 4월 22일 새벽, 남산야외음악당에서 열린 '남산부활절연합예배'에서 한국기독교교회협의회(이하 교회협)와 진보 기독교 세력들은 이날을 민주주의의 부활의 날로 선포하고자 했다. 사실 남산야외음악당에서 부활절연합예배를 드릴 때 유신체제를 반대하는 전단을 배포하려고 했으나 경찰의 삼엄한 분위기에 미수로 그치고 말았다. 그러나 이들의 계획이 뒤늦게 발각되면서 기독교장로회의 박형규, 권호경을 비롯한 젊은이들이 연행되었다.

한국기독교장로회 여신도회는 한국교회여성연합회(이하 한교여연)와 함께 구속자들의 선처를 요구하는 탄원서를 법무부 장관에게 보냈고 구속자 가족 돕기 모금을 시작했다. 한빛교회 여신도회는 사건이 터지자마자 고통받는 이들에 대한 연민으로 5천9백 원의 성금을 모았다. 박용길은 기독교계가 유신정권에 저항하는 첫 순간부터 기도와 행동으로 동참했다. 올바른 그리스도인으로 살기 위한 결단과 실천이라는 믿음을 지닌 채.

비판 세력이 확산될 기미를 보이자 정부는 1974년 3월, 이른바 전국민주청년학생총연맹(이하 민청학련) 사건을 터뜨렸다. 대학생들이 4월에 민청학련의 이름으로 동시다발로 "민중, 민족, 민주 선언"을 발표하고 연합 시위를 벌이기로 계획한 것이 사전에 발각된 것이었다. 사실 민청학련이라는 이름의 단체는 없었고 그 이름으로 선언문을 발표하기로 했을 따름이었다. 정부는 3월 말부터 학생 253명을 잡아들여 군법회의에 송치했다. 박정희 정권의 눈엣가시인 학생운동권을 와해시키기로 작심한 사건이었다.[15] 박정희는 10년 전, 진보적인 인사들을 제거하기 위해 조작했던 인혁당(인민혁명당) 카드를 다시 꺼내든다. 정부는 '민청학련의 배후에 인혁당이 있다'며 학생들이 북의 지령을 받아 움직인 것으로 조작했다. 정부는 이들의 배후로 지목한 인혁당 관련자 여덟 명에게 사형을 선고했다.

여덟 명에 대한 사형선고가 내려지던 7월 9일, 박용길은 여신도회 사무실에서 실행위원회에 참석하고 있었다. 기독교회관 301호 좁은 방에서 여신도회 임원들이 모여 앉아 회의하고 있는데, 갑자기 사무실 문이 벌컥 열리면서 한 부인이 뛰어들었다.

"어머님네들! 논밭 팔아서 귀하게 키운 하늘같이 맑은 우리 아들이 오늘 사형선고를 받았습니다. 어머님네들, 우리 좀 도와주십시오, 제발 좀 도와주십시오!"

이 다급한 목소리의 주인공은 김지하의 어머니 정금성이었다. 여신도회는 실행위원회를 중단하고 정금성과 마주 앉았다. 그리고 정금성의 절박한 얘기를 모두 듣고 두 눈이 퉁퉁 붓도록 함께 울었다.

부서진 번개불
까맣게 속이 타는 빛의 씨알들
처럼

왜 자꾸만
기도가 하늘에서 쏟아질까
이 작은 방에

쓰리고 아픈 눈물에 젖은 기도들이
뼈 마디마디 울리는 기도들이
하늘도 되돌려주는 기도들이

이젠 세상으로 흩어질밖에 없어라
어두워오는 하늘 아래
파아란 횃불로 타오르려고
문익환, 「301호실」

여신도회 사무실 301호는 민청학련 군법회의 재판이 있던 날부터 구속자 가족의 사랑방이 되었다. 구치소를 오갈 때, 시위가 있을 때, 재판이 열릴 때, 또 맡겨둘 물건이 있을 때, 그마저도 아니면 그냥 지나가다가 다리가 아플 때조차 구속자 가족들은 여신도회 사무실을 찾아왔다. 여신도회는 구속 학생을 위한 기도회를 열고, 나라를 염려하는 검은 리본 달기 운동도 전개했다. 박용길은 이때부터 구속자들과 가족들을 어머니의 마음으로 돌보며 민주화운동에 참여하기 시작했고 사회문제를 비판적으로 바라보는 눈을 갖게 되었다. 다시 말해 문익환 목사가 감옥에 가기 전에 이미 민주화운동의 긴 여정에 발을 들여놓은 것이었다.

민청학련 사건은 '구속된 자들과 함께 드리는 정기 목요기도회'를 탄생시켰다. 목요기도회는 초교파적인 목회자들의 기도회로 시작되었다가 민청학련 사건으로 구속자 가족들이 참여하면서 언론 통제가 심하던 시절, 구속자 가족들과 종교인들이 만나 소식을 나누며 서로 연대하는 모임이 되었다.

1974년 7월 18일 오후 2시. 22명이 기독교회관에서 교회협 인권위원회에서 활동했던 한빛교회 이해동 목사와 수도교회 김상근 목사가 주축이 되어 첫 예배를 드리고 매주 목요일에 모이게 되었다. 문동환, 허병섭 목사를 비롯한 많은 목회자들과 신부들이 함께했다. 이렇듯 민청학련 구속자들의 석방운동, 민주주의 회복을 이끌어내는 운동의 중심이 된 목요기도회는 교회협 인권위원회, 정의구현사제단, 여러 교회들까지, 뒷받침해주는 세력이 점점 커졌다.

박용길은 여신도회 사무실과 교회협 인권위를 하루에도 몇 번씩 오르내리면서 전태일의 어머니 이소선, 김지하의 어머니 정금성, 박형규의 부인 조정하, 윤보선의 부인 공덕귀 등과 함께 구속자석방과 인권회복을 위한 운동을 벌였다. 이러한 움직임의 결과로 1974년 9월 '구속자가족협의회'(이하 구가협)가 만들어졌다. 구가협은 구속자석방과 인권회복을 외치는 첫 번째 가족인권운동단체였다.

기장 여신도회뿐 아니라 한교여연도 구가협의 활동을 적극적으로 지지하며 동참했다. 여신도회와 한교여연에 구속자 가족들이 찾아와 그날의 일들을 다 쏟아놓으면 여성들은 가족들의 얘기를 꼼꼼히 받아 적어 캐나다에서 온 선교사 구미애에게 넘겼고, 구미애 선교사는 그 기록을 영어로 번역해 재빠르게 해외로 알렸다. 박용길은 구속자 가족들과 함께 웃고 울면서 민주화운동에 한 걸음 한 걸음 들어갔고, 교회 여성으로서 인권선교에 대한 사명감을 깊이 자각해나갔다.

독재정권의 최악의 만행은 끝내 저질러지고 말았다. 1975년 4월 8일, 대법원은 인혁당 관련자 여덟 명에 대한 사형판결을 확정한 후 만 하루도 채 되지 않아 형을 집행했다. 민주주의를 열망했던 무고한 젊은이들, 이수병·도예종·서도원·하재완·김용원·우홍선·송상진·여정남은 끝내 '마땅히 죽음으로 죗값을 치러야 할 간첩'으로 둔갑되어 형장의 이슬이 되고 말았다.

정권은 고문의 흔적을 감추기 위해 주검까지 빼앗았다. 서도원 선생의 가족은 함세웅 신부가 있는 응암동성당에서 마지막 미사를 올리려 했으나, 경찰에서 관을 실은 차를 고향 창녕으로 몰고 가버렸다. 이

수병 선생의 주검은 손톱·발톱·발뒤꿈치와 등에 시커멓게 탄 자국이 남아 있었는데 그것을 함세웅 신부가 흑백사진으로 찍어 외신에 공개했다.

송상진 선생의 시신은 10일에 가족들에게 인도되었는데 가족들은 조촐하게나마 장례식을 치르는 게 소원이었기에 응암동성당으로 시신을 운구했다. 당국은 구가협 회원들과 민주인사들, 그리고 외신이 몰려들 것이 뻔한 장례식을 막기 위해 엄청난 병력을 동원했다. 운구 행렬을 막는 경찰과 함세웅 신부가 싸우기 시작했고, 목요기도회에서 소식을 들은 30여 명의 인사들도 응암동 로터리로 달려왔다. 1968년부터 시작했던 성서번역 작업의 막바지에 집중하고 있던 문익환도 연구실 밖으로 나왔다. 독재정권의 야만에 속이 타들어갔지만 신학자로서 맡은 바 소임을 다해야 한다는 책임감에 행동을 자중하고 있던 그를 인혁당 사건이 끌어낸 것이었다.

"사형언도를 내리고 24시간도 되기 전에 막 처형해버렸는데, 그때 시체를 제대로 공개 안 했어. 너무너무 참혹하게 고문을 당했기 때문에 그 모습을 가족들이 보면 들고 일어날까 봐 관에다 넣어가지고 막 화장을 시켜버리는 때였거든. 우리는 시체를 가져다가 성당에서 미사라도 드리고 화장하겠다고 기독교에서는 문 목사 형제가 나서고, 또 천주교에서 문 신부 형제가 달려들었어. 뭐 문정현 신부가 얼마나 날쌘지 차에 올라타고 매달리고 그러다가 차 바퀴에 다리가 깔렸지. 지금도 다리를 절잖아요. 그때 정부는 크레인까지 동원해서 시체를 빼 오려고 했고 끝내 성당으로 못 오고 화장터로 가버렸어."

문익환과 문동환 목사, 문정현과 문규현 신부, 기독교와 천주교의 문씨 형제들은 용감했다. 누명을 쓰고 무참한 죽임을 당한 것도 원통한데, 장례식을 못 하게 시신을 빼돌린다는 것은 도무지 용납할 수 없었다. 네 명의 성직자들은 뭔가에 사로잡힌 사람들처럼 두려움 없이 싸웠고, 구속자 가족들과 목요기도회 참석자들도 시신들을 빼돌리는 차량을 막기 위해 온몸을 던졌다. 이해동 목사의 부인 이종옥은 응급차에 시동을 걸지 못하게 하려고 껌을 씹어 차 열쇠 구멍에 쑤셔 넣기도 했다. 또 가지고 있던 신문지를 둘둘 말아 버스 후미 배기구를 막기도 했다.

국제법학자협회는 이날을 '사법사상 암흑의 날'로 선포했고, 그로부터 27년 뒤 2002년 9월 의문사진상규명위원회는 인혁당 사건을 중앙정보부의 조작 사건이라고 발표했다. 국민들의 뇌리에서 인혁당 사건이 사라지기도 전인 1975년 8월, 박정희 정권의 만행이 또 터졌다. 장준하의 죽음이었다.

"장준하가 세상을 떠났는데, 그건 확실히 타살이거든. 요 귀 뒤에 요기를 뚫어서 죽였어. 추락사라 그러는데 아무튼 안경도 안 깨지고, 커피 가지고 갔던 보온병도 안 깨지고, 시계도 안 깨지고 뭐 순전히 거짓말이지. 죽여다가 거기에 놓은 거니까. 근데 김용환이라는 이가 유일한 목격자라잖아. 그래서 문 목사가 그 사람을 데려다가 녹음을 했어. 근데 이 사람이 횡설수설 뭐, 거짓말을 할라니까 그랬지. 그런데 타살인 것이 얼마나 확실한고 하니 장준하 부인보고 사인을 밝히지 않겠다고 각서를 쓰면 시체를 내주마 그랬으니까."

8월 18일 새벽, 장준하의 시신은 가족들의 요청에 따라 상봉동 자택으로 옮겨져 정밀 검안이 실시되었다. 세 명의 의사는 시신의 양팔 겨드랑이에서 억지로 잡아끌고 갈 때 생기는 선명한 피멍과 허리 부분에서 의문의 주삿바늘 자국을 발견했다. 의사들은 추락사일 리 없다는 결론을 냈지만, 긴급조치 9호가 두려운 나머지 끝내 진실을 발표하지 못했다. 친구 윤동주를 떠나보냈던 문익환 목사는 이렇게 또 한 명의 친구를 잃고 말았다.

장준하는 1973년 12월 유신헌법의 개정을 촉구하며 '개헌 청원 백만인 서명 운동'을 이끌어냈던 사람으로, 생애 아홉 번째로 투옥을 당했다가 1년여 만에 병보석으로 출감했다. 그의 죽음은, 초교파신앙운동단체인 복음동지회에서 교분을 쌓으며 조국의 안위를 함께 고민했던 막역지우 문익환의 삶을 송두리째 뒤흔들었다. 문익환은 장준하의 장례위원회 위원장을 맡았다.

"장준하 사진을 하나 요만한 걸 가지고 오셨드라고. 장준하 장례식을 치르고 나서. 그러고는 장 위에다가 그 사진을 놓고는 여기를 드나들 적마다 얘기를 하는 거야, 친구하고. '네가 살아 있었으면 지금 뭘 하지? 네가 살아 있었으면 지금 무슨 생각을 하지?' 그러면서."[16]

삼일절 쉰일곱 돌맞이

장준하의 죽음은 문익환을 변화시켰다. 곁에 있던 박용길도 그 파장으로부터 자유로울 수 없었다. 문익환은 장례를 치르고 한참이 지난 후에도 장준하의 사진을 보며 대화를 나눴다.

"준하, 네가 살아 있었다면 쉰일곱 돌을 맞는 삼일절을 그냥 넘기지 않겠지? 군사독재의 쇠사슬에 눌려서 말 한마디 못 하고 질식할 것 같은 이때, 그때에도 사람이 살고 있었다는 것을 후세에 남겨야 하지 않겠는가?"

문익환은 민주구국선언문을 쓰기 시작했다.[17] 1976년 2월부터 삼일절에 발표할 선언문을 주변의 동지들에게 제안하여 동의를 받았다. 이문영 교수는 초안 수정을 도왔고, 윤보선은 유신헌법 철폐, 긴급조치 해제, 현 정권 퇴진과 관련된 내용을 더 선명하게 강조할 것을 요청했다. 때마침 선언문 발표를 준비하던 김대중과 비밀리에 연락하여 내용을 조율하여 그의 이름도 올릴 수 있었다.

오늘로 삼일절 쉰일곱 돌을 맞으면서 우리는 1919년 3월 1일 전 세세에 울려 퍼지던 이 민족의 함성, 자주독립을 부르짖던 그 아우성이 쟁쟁히 울려와서 이대로 앉아 있는 것은 구국 선열들의 피를 땅에 묻어버리는 죄가 되는 것 같아 우리의 뜻을 모아 민주구국선언을 국내외에 선포하고자 한다.

8.15 해방의 부푼 희망을 부수어버린 국토분단의 비극은 이 민족에게 거듭되는 시련을 안겨주었지만 이 민족은 끝내 희망을 버리지 않았다. 6.25 동란의 폐허를 딛고 일어섰고, 4.19 학생의거로 이승만 독재를 무너뜨려 자유민주주의에 대한 신념을 가슴에 회생시켰다.

그러나 그것도 잠깐, 이 민족은 또다시 독재정권의 쇠사슬에 매이게 되었다. 삼권분립은 허울만 남고 말았다. 국가안보라는 구실 아래 신앙과 양심의 자유는 날로 위축되어가고 언론의 자유와 학원의 자주성은 압살당하고 말았다. [⋯]

이리하여 이 민족은 목적의식과 방향감각, 민주주의에 대한 신념을 잃고 총파국을 향해 한 걸음씩 다가서고 있다. 우리는 이를 보고만 있을 수 없어 여, 야의 정치적 전략이나 이해를 넘어 이 나라의 먼 앞날을 내다보면서 민주구국선언을 선포하는 바이다.

1. 이 나라는 민주주의의 기반 위에 서야 한다.

2. 경제입국의 구상과 자세가 근본적으로 재검토되어야 한다.

3. 민족통일은 오늘 이 겨레가 짊어질 지상의 과업이다.

이것이야말로 3.1 운동과 4.19 때 쳐들었던 아시아의 횃불을 다시 쳐드는 일이다. 이것이야말로 통일된 민족으로 정의가 실현되고 인권이 보장되는 평화스런 나라 국민으로 국제사회에서 어깨를 펴고 떳떳이 살게 하는 일이다.

민주주의 만세!

1976년 3월 1일

함석헌·윤보선·정일형·김대중·윤반응·안병무·이문영·서남동·
문동환·이우정[18]

이것이 바로 문익환이 친구 장준하의 죽음을 두고 자신을 향해 끝없이 던지고 또 던졌던 물음에 대한 답이었다. 민주구국선언문은 명동성당 삼일절 기념미사에서 발표됐다.

"그때만 해도 선언서에 이름을 넣었던 분들하고 다 가깝게 지낼 때니까 서명을 받아서 명동성당에서 발표를 했거든. 삼일절이면 늘 명동성당에서 미사가 있으니까, 기독교 쪽에서도 협력하곤 했는데, 그날은 미사 마지막에 이우정 장로가 '이것은 우리의 기도입니다' 그러고선 3.1선언을 낭독한 거야. 거리 집회에서도 아니고 그냥 성당 안에서 그걸 발표했다고. 근데 박정희가 보니까 김대중 이름이 있으니까 다 잡아들여라 그런 거지. 그때 문 목사, 나, 호근이가 다 잡혀 들어간 게 뭔고 하니, 나는 선언서를 붓으로 정서를 했어. 아무래도 어두운 데서 읽게 될지 모른다 해서 크게 쓰려고 밤새워 내가 붓글씨를 썼고, 호근이가 미사 때 나눠줄 선언서 타자를 친 거야. 호근이가 인제 군대 제대를 하면서 돈을 모은 걸로 타자기를 사왔는데, 그때만 해도 잘 칠 줄도 모를 때라 그냥 뚜벅뚜벅 쳐가지고 등사를 돌려서 사람들한테 나눠주게 된 거지."

타자로 친 선언문은 한빛교회 이해동 목사에게 전해졌다. 이해동 목사는 다른 사람을 연루시키지 않기 위해 부인 이종옥과 밤새워 등사기를 밀어 사람들에게 나눠줄 선언문을 인쇄했다. 선언문이 낭독된 후, 3.1 민주구국선언 관계자들은 모두 연행되었다. 박용길, 문호근도 북부

서로 붙잡혀 갔다. 그리고 문익환도 험한 곳에 아내를 홀로 보낼 수 없는 마음에 부르지도 않은 북부서로 자진해서 아내를 따라나섰으니, 집에 남아 있는 두 아들 의근과 성근, 갓 시집온 맏며느리 정은숙은 초조하고 걱정스러운 마음이 이만저만이 아니었다. 선언문 명단에 문익환의 이름이 빠졌던 이유는, 선언문에 참가했던 이들이 문익환이 목사로서, 학자로서 십 년 가까이 공들인 성서번역의 마지막 확인 작업을 완수할 수 있도록 배려해야 한다고 의견을 모았기 때문이었다. 그리고 또 하나의 이유.

"처음에는 목사님이 선언서를 기초했다는 사실은 아무도 몰랐지. 관계자들 빼고는. 그래서 선언서에 이름 올린 사람들이 인제 문 목사한테 '당신은 8.15에도 뭐 좀 해야 할 것 아니야. 8.15에도 글을 좀 써야 하니까 이번엔 빠지고 당신 이름은 다음에 써먹어야지' 그래가지고 문 목사만 이름이 빠진 거예요."

선언문 관계자들은 문익환에게 또 한 번의 임무를 부여할 참이었던 것이다.

"암튼 그래서 목사님이 쓰지 않은 것으로 얘기하자 다들 그렇게 했는데, 우리가 어설프게 짰기 때문에 사람들 말이 다 다르잖아. 그런 데다가 이제 나한테 자꾸 당신 남편 문 목사가 그거 기초했죠? 하고 물어보더라구. '네' 그럴 수도 없고 '아니오' 그럴 수도 없고 이제 어중간해. 거기는 화장실을 갈래면 꼭 따라 나오는데, 어떤 방에 보니까 문동환 박사가 있더라고. 그래서 그냥 안 되는 줄 알면서도 무조건 뛰어 들어간 거야. 뛰어 들어가서 손을 탁 잡으면서 이거 다 형님이 했대는데 어떡하죠? 그랬더니 문 박사가 '인제 할 수 없죠.' 그렇게 대답하더라구."

어떻게 버텨볼 양으로 시동생과 상의하려고 기지를 내어 뛰어 들어갔다가 박용길은 기운이 빠진 채 되돌아 나왔다.

"나를 따라왔던 사람이 어이가 없었나 봐. '그 방엔 왜 들어갔어요?' 하길래, '아니 우리 동생이 있어서 반가워 들어갔죠.' 내가 그러니까, '누가 들어가라 그랬어요?' 하는 거야. 그래서 내가 또 '언제 들어가지 말라고 했어요?' 그래버렸지. 그러니까 인제 할 수 없었는지. 그 이튿날부터는 방마다 문을 다 잠그고 '취조 중 출입금지'라고 붙였더라고. 내가 그렇게 맨들어놓은 거야. 암튼 나는 다 털어놔버렸지. 뭐, 쓰기는 내가 쓰고 아들이 타자 치고 뭐 그런 거 다 얘기해버리니까 조사할 게 없지. 그래서 난 나중에 뭐 거기 침대가 있는데 드러누워서 마냥 자고. 그러면 안 된다는데 조사받다가 밤 되면, '밤인데 자야죠' 하면서 누워버리니까 저렇게 만날 드러누워 있어서 어떡하나 저희들끼리 그런다구."

30년 전 삼팔선 한복판에 앉아 도시락을 꺼내 먹었던 배짱이 그렇게 발휘되었다. 문익환이 주동자로 밝혀진 것은 실상 시동생 문동환의 이 실직고 때문이었다. 취조받던 안병무가 심장이 약했고 어두운 취조실에서 정신적인 고통을 이겨내지 못하고 있다는 소식이 문동환에게 들려온 것이었다. 안병무를 우선 살리고 봐야겠다는 다급한 마음에 형의 이름을 대버린 것.

박용길은 다 털어버렸으니 끝인가 싶었는데, 이번엔 중부경찰서에서 데려갔다. 정작 그들이 원했던 이름은 따로 있었다.

"자꾸 배후조종을 누가 했냐고 물어봐. 박정희가 이거를 전부 김대중 씨한테 뒤집어씌우려고 물어보는 건데 나는 그거는 전혀 모르니까, 아배후는 무슨 배후냐고, 우리 남편이 그런 건데. 난 자꾸 그랬잖아. 뭐 이게 또 사실이니까. 그래가지고 난 열흘 만에 나오고 목사님은 뭐 그야말로 감옥으로 가버리는 거지. 그러니까 76년 3월 2일에 검거되어가지고 그때부터 감옥 시작이야. 감옥."

정치인과 종교인, 지식인들이 발표한 3.1 민주구국선언은 국내외에 큰 파장을 일으켰다. 재야와 정치인, 신교와 구교, 한국 교회와 세계 교회가 연대하여 움직이기 시작했다. 민주화운동 세력이 하나로 뭉치는 계기가 되었으며, 한국의 민주화운동에 세계인의 눈과 귀가 쏠리게 되었다. 박정희는 이 사건을 발판 삼아 김대중과 민주화운동의 싹을 제거하려 했다. 그러나 박용길을 비롯한 가족들이 혼연일체가 되어 이끌어낸 3.1 민주구국선언 투쟁은 박정희 정권의 몰락을 부르는 불씨가 되었다.

3년 전 문익환은 첫 시집 『새삼스런 하루』를 펴내며 '늦봄'을 자신의 호로 삼았다. 윤동주와 벗하며 시를 쓰고 싶어 했던 문익환이 쉰다섯에 드디어 첫 시집을 내면서 '뒤늦은 생의 시작'이라는 의미로 붙인 호였다. 훗날 문익환은 아내 박용길에게 '봄길'이라는 호를 선물하였다. 늦봄이 걸으니 봄길이 열리고, 봄길이 열리니 민주화가 움튼다는 것일까. 부부의 1976년 봄은 이렇게 시작됐다.

구치소 뒷산에서 새벽송을

3.1 민주구국선언 이후 처음 맞는 부활절 새벽, 박용길·이희호·이종옥·김석중·이우정·공덕귀·문혜림·박영숙 등 남편을 감옥으로 보낸 부인들과 이 가족들을 응원하기 위해 의기투합한 여성들은 서대문구치소 뒷산에 오른다. 3월 2일 연행된 이래 한 달이 넘도록 면회가 허용되지 않고 있었다.

구속자 가족들이 수도교회에 모여서 하룻밤을 새우고 새벽에 서대문구치소 뒷산에 올라 부활절에는 부활 찬송을, 성탄절에는 크리스마스 찬송을 불렀다. 구치소 안에서는 화답하는 노래와 함성이 터졌다. 돌아오는 길에 연행당하기도 했으나 구속자들이 기쁨으로 화답하여 큰 힘이 되었고, 잊지 못할 추억으로 남았다. 긴급조치를 가족들은 '기그조지'라고 불렀다. 그리고 우리는 연행되어 가면서도 이렇게 외쳤다. "더 이상은 못 참겠다. 구속자를 석방하라!"

꽃 한 송이 볼 수 없고, 고개 들어 마주할 것이라고는 한 뼘 남짓한 조각 하늘뿐인 4월의 추운 구치소 안. 하루아침에 가족들과 생이별을 한 수감자들에게 창살 틈으로 흘러들어온 가족들의 새벽송은 멀리서 찾아오는 마음의 봄이었다. 어스름한 새벽, 스산한 구치소 뒷산에 올라서 있는 부인들에게 감방 속 남편들의 화답은 결코 꺾이지 않고 함께 싸워야 할 충분한 이유를 주었다.

이해동 목사의 부인 이종옥은 이렇게 말했다.

"원래 늘상 부르는 부활절 찬송이 부르기가 좀 힘들어요. '사셨네, 사셨네' 하면서 소리를 질러야 하니까. 그래서 구치소에 있는 분들이 대부분 갈릴리교회 식구들이니까 늘 우리가 부르던 '갈릴리 해변서 떡을 떼사'를 불렀죠. 그랬더니 그걸 듣고 안에서 '우리 가족들이구나!'라고 생각했다는 거예요. 우리가 또 외신기자들을 동원해서 가니까 구치소에서 난리가 난 거죠. 서대문경찰서에서 다 쫓아 나오고 우리는 막 도망가고. 저랑 박용길 장로님은 그날이 부활절이라서 교회에서 맡은 일이 있으니까 둘이서 손을 잡고 그냥 골목으로 골목으로 막 달려서 도망을 가는데[…]."

한빛교회 사모와 장로는 서로 손을 꼭 붙들고 앞만 보고 내달렸다. 3.1 여성들의 출정은 성탄절에도 예외 없이 이어졌다.

날씨는 추워지고 예수님이 탄생하신 크리스마스가 다가왔다. 뜻하지 않게 사랑하는 가족들이 헤어져서 성탄을 지내야 한다. 가족들은 머리를 맞대고 의논 끝에 새벽 찬송을 부르기로 결정을 보았다. 24일 저녁에 서울구치소 가까이에 있는 수도교회에서 모여서 밤을 새우기로 하고 새벽에 걸어서 서울구치소가 마주 보이는 높은 언덕으로 살그머니 올라가니 구치소 불빛이 보인다. 저 속에 우리 가족들이 갇혀 있구나. 반가움과 함께 〈고요한 밤 거룩한 밤〉을 조용히 부르기 시작했다. 눈물이 솟아오르는 감격이었다. 환희의 노래 〈기쁘다 구주 오셨네〉도 목청껏 불렀다. 그리고 모두가 한 목소리로 "메리 크리스마스, 메리 크리스마스" 목청껏 소리쳤더니 서울구치소 쪽에서도 웅성거림과 함께 함성이 들려왔다. 우리의 노래를 들은 것이다. 얼마나 기쁘고 보람찬 일이었는지[…].19)

서대문구치소 뒷동산에서 울려 퍼진 여성들의 노래는 구속자들을 향한 단순한 위로의 노래가 아니었다. 갇힌 자와 기다리는 자 모두에게 새 하늘과 새 땅이 허락되기를 간절히 바라는 기도였다. 불의와 탄압에 결단코 지지 않으리라는 의연한 다짐이었다.

보랏빛 투쟁, 씩씩한 사랑

3.1 민주구국선언 구속자와 가족들은 54일 만에 비로소 재회했다. 박용길은 첫 면회에서 남편의 뜻밖의 모습에 많이 놀랐다.

"참 이상하더라구. 다른 사람들은 스트레스를 받아서 스스로 벽에 머리도 찧고, 짓궂은 장난으로 괴롭힘을 당하는데, 문 목사한테는 취조하는 사람이든지 간수든지 그냥 금방 매혹을 당하는 거야. 문 목사는 손찌검도 한번 안 당하고, 배짱이 있으니까 뭐 저녁에 이젠 고만 자자고 그러구. 인제 취조 고만 하자구 태평으로 그랬지. 사람들이 그런다잖아. 문 목사야 물어보지 않은 것까지 다 얘기한다고. 인제 (친)언니들이 나 보고 당돌하다 그러거던? 난 그게 무슨 소리인가 그랬어. 근데 지금 생각하면 안기부 가도 그렇고 북한에 가도 그렇고 어디를 가든지 그냥 해대는 거 보면 그게 당돌한 건가 봐."

3.1 민주구국선언 다음날 박용길이 붙들려갔을 때 밤마다 이제 자야한다고 아무 데나 드러누워버렸다는 것과 문익환도 다를 게 없었다. 구치소에서 조사받다가도 피곤하면 그저 "그만하고 자자" 하면서 수사관을 다독이고, 물어보지 않은 것까지 미리 알아서 다 말해버렸단다.

1976년 5월 4일, 3.1 민주구국선언 첫 공판이 열렸다. 민주투사들과 독재정권의 법정투쟁의 서막이었다. 사법부는 각 가족에게 다섯 장씩 방청권을 배부했다. 하지만 방청권의 대부분을 경찰들이 먼저 확보하여 사실상 가족이나 일반 방청객이 들어갈 수 없는 상황이었다. 가족들은 공개 재판을 요구했다. 재판정 밖의 분위기를 눈치챈 문익환은 "가족들이 없는 비공개 재판을 받을 수 없다"며 검사의 신문에 응하지 않았다. 변호사와 다른 피고인들도 재판을 거부하며 버텼다. 그사이 가족들은 재판정 밖에서 온몸으로 시위했다.

첫 재판에서 우리는 입에다 검은 테이프를 붙이고 침묵시위를 했다. 십자가 모양으로 붙인 검은 테이프는 이 땅의 민주주의가 생명을 잃었다는 것을 상징하는 것이었다. 또한 방청권을 나눠준다는 것에 대해서도 우리의 입을 막는 처사라고 항의를 하는 뜻이었다.

이날의 검은 십자가 침묵시위는 김대중의 부인 이희호가 생각해낸 것으로, 이것을 시작으로 구속자들의 부인들은 매주 새로운 시위 아이디어를 고안해냈다.

2차 공판일, 가족들은 방청권을 모두 모아 불태웠다. 끝내 가족들은 재판을 방청하지 못했지만, 기소되어 법정에 들어간 이우정이 공판 내용을 한 글자도 놓치지 않고 알려주었다. 가족들은 남편들의 모습을 오직 호송 차량에 오르내릴 때만 볼 수 있었다.

재판정에서 피고들이 실려 가면 우리는 먼저 구치소 문 앞에 대기하고 섰다가 일제히 박수를 치며 노래를 부르기도 했다. 경찰차를 두드리기도 했다. 가족들은 번번이 재판을 거부했기 때문에 나중에 이우정 선생의 보고를 들을 때면 우리는 '백만 불짜리 입'이라고들 했다.

당시 국내 언론은 정부로부터 통제당했기에 3.1 민주구국선언 재판에 관련한 어떤 기사도 보도하지 않았다. 가족들은 어떻게든 눈에 띄는 방식으로 이 사건과 재판과정을 국민과 해외언론에 알리려고 애썼다. 매주 토요일마다 이어졌던 5차 공판이 끝날 때까지 가족들의 시위 방식도 점차 기발해졌다.

가족들은 똑같이 보라색 한복을 해 입고 재판 때마다 법원과 시청 앞까지 행진을 하며 찬송가를 불렀고, 시위를 계속하였다. 부채

십자가를 옷에 꿰매 붙이고 시위하는 부인들(1976. 6. 12.)

에다 '공명재판을 하라'고 써서 들고 다니며 시위를 하였고, 하얀 우산을 사다가 석방하라는 글씨를 써가지고 우산을 펴들고 시위를 덕수궁 앞까지 갔는데 거기서 모두 빼앗겨버리고 말았다.

기독교에서 보라색은 고난과 승리를 뜻하는 색이었다. 부인들이 똑같이 보라색 옷을 입고 〈우리 승리하리라〉라는 노래를 부르며 행진하는 모습은 애절하고도 씩씩하여 보는 이들에게 경외감마저 불러일으켰다. 사람들을 놀라게 하는 일은 법정 안에서도 벌어졌다.

부인들이 가슴에 크고 붉은 십자가를 달고 법정 안으로 들어갔는데 웃옷을 걸치고 들어가서 일제히 옷을 벗으니 붉은 십자가가 나타났다. 방청을 거부하던 가족들이 재판정에 처음으로 들어갔는데 피고인들은 놀라서 "중세기의 기사님들이 들어왔나" 하고 이야기를 하였다고 한다. […] 한번은 우리가 보라 옷을 똑같이 입고 종합청사를 향하여 걸어갔는데 가보니까 뒷문이 모두 잠겨 있지 않은가? 일 보러 온 사람들이 이상하다고 수군댔다. 지금 생각해도 여자들 몇이 걸어온다고 종합청사 문을 다 잠갔다는 일은 이해할 수가 없다.[20]

그렇다고 기동경찰들이 가족들을 조심스럽게 대한 것도 아니었다. 그래도 한복 입은 중년 여성들을 어쩌랴 싶어 시장에 가서 3천 원짜리 나일론 한복을 사서 입었다. 한여름에 땀을 뻘뻘 흘리며 한복 위에 빅토리 숄까지 두르고 시위를 했다. 그럼에도 몸싸움이 벌어지면 경찰들은 엄마뻘 되는 여성들의 머리를 잡아채고 밀쳐내기를 겁 없이 해댔다. 집에 돌아와 보면 하루하루 늘어나는 멍이 온몸을 영광의 상처로 가득하게 만들었다고 이종옥은 기억했다.[21]

부인들의 재기 넘치는 시위 방식을 박용길은 날짜별로 꼼꼼히 기록해두었다.

제1회 5월 4일 검은 십자가를 입에 붙이고 침묵시위
제2회 5월 15일 방청권 태움
제3회 5월 29일 공정재판 부채를 들고
제4회 6월 5일 양산(민주인사 석방하라)

제5회 6월 12일 붉은 십자가를 달고

제6회 6월 19일 보라색 한복 가두시위

제7회 6월 26일 재판정 연좌시위

제8회 7월 3일 보라색 양복(원피스)

제9회 7월 10일 '민주주의 만세' 수놓음

제10회 7월 19일 '민주회복' 붓글씨

제11회 7월 24일 빅토리 숄 짜서 두르고 시위

박용길은 무엇이든 버리지 않고 모아두었다. 다녀온 행사의 전단뿐 아니라 배지, 편지 등도 꼼꼼하게 수집했다. 3.1 민주구국선언 당시의 투쟁사를 비롯한 민주화운동사의 기록가로 자신의 역할을 자연스레 만들어가고 있었다. 뜨개질 솜씨도 중요한 몫을 해냈다.

사랑하는 가족들을 죄 없이 감옥에 보내고 애타 하는 많은 가족들이 길가에서, 교도소 마당에서 보내는 일이 많아지자 그 시간을 유용하게 보내기 위해 고안해낸 것이 빅토리 숄이다. 고난과 승리를 의미하는 보라색 실로 V자 모양의 숄을 짠 것이다. 기둥 네개를 올려 잣 무늬를 넣어 짜노라면 무료한 시간을 이용해서 생산품이 나오게 되므로 일거양득의 효과를 얻었다. 잣 무늬의 기둥 네개는 '민주회복'이라는 네 글자를 뜻했다. 빅토리 숄은 영치금을 넣는 데도 한몫을 할 수 있었다. 가족이 감옥에 가지 않은 분들까지 협조해주서서 큰 도움이 되었다. 나중에는 정부에서 청계천 상인들에게 보라색 실을 팔지 못하도록 압력을 가하기도 했지만 실을 파는 상인들은 보라색 실을 숨겨두었다가 경찰들 몰래 대주곤 했다. 또 해외에서 실을 공수해다가 만들어 다시 해외로 내보냈다. 가족들은 난관을 뚫고 목적한 바를 이루는 저력을 발휘하여 잊지 못할 추억으로 간직하고 있다.

빅토리 숄은 세 줄 뜨고 한 코 건너뛰기 방식으로 뜸으로써 3.1 민주구국선언을 상징하고자 했다. 하나를 뜨려면 모두 1만 코를 떠야 했기에 가족들은 뜨개질 안에 민주회복을 향한 1만 번의 기도를 담으며 마음의 평안을 찾을 수 있었다.

3.1 사건 부인들이 주축이 된 구가협 회원들은 시위가 있는 날이면

KNCC 인권위원회 사무실에서 보라색 실로 빅토리 숄을 짜고 있는 가족들(1976. 여름)

빅토리 숄을 몸에 두르고 나갔고, 가방엔 늘 뜨개실과 바늘을 담고 다니다 아무 때고 꺼내서 짜고 또 짰다. 빅토리 숄은 한국 독재정치의 인권 말살을 국내를 넘어 세계에까지 알리는 데 중요한 매개체가 되었다. 미국과 캐나다 등에도 숄을 판매하여 수익금을 구속 학생들의 영치금으로 사용했다. 문혜림은 미국 교회를 순회하며 빅토리 숄을 소개하고 판매하는 역할을 도맡았다.

구가협 회원들은 빅토리 숄뿐 아니라 반지, 목걸이도 제작하고 인권 손수건도 만들었으며 대규모 바자회도 열었다. 바자회가 열릴 때면 박용길의 서예작품이 인기가 좋아 수익을 올리는 데 일익을 담당했다. 바자회 수익금은 전국의 양심수·장기수는 물론이고 일반 재소자에게까지 따뜻한 옷과 담요를 보내는 데 쓰였다.

한번은 강릉교도소에 수감 중이던 김종완 님이 단식을 하신다는 소식이 들려왔다. 우리 가족들은 추운 겨울인데도 다 같이 강릉으로 달려갔다. 소장 면담을 요청하여 소장실로 들어가서 재소자가 단식을 하면서까지 요구하는 일은 들어주어야 하지 않겠느냐고 하며 일제히 의자에 앉아서 뜨갯감을 내놓았다. 보라색 숄을 뜨는 사람, 내복을 뜨는 사람, 양말을 뜨는 사람, 소장실에서 이들이 좀처럼 일어설 줄 모르는 농성을 시작한 줄 알고 당황해하는 모습이었다. 우리는 우리가 뜻한 바가 이루어지자 겨울 바다를 찾아 나섰다. 하얀 눈이 덮인 바닷가에서, 아무도 들리지 않는 바닷가에서 자기의 소원을 외치는 것이다. "양심수를 석방하라", "우리의 남편을 가족 품으로 돌려보내라". 마음껏 찬바람을 들이마시며 떠들고 나니까 속이 후련하여졌다. 그리고는 옆에 있는 횟집에 들어가 맛있고 신선한 생선회를 잔뜩 먹고 나니 기분이 그만이었다. 감옥 안에서는 손발이 얼고 귀가 얼어서 진물이 나는데 우리는 이렇게 편하게 즐겨도 되는 일인가 생각에 잠기기도 하면서 서울로 돌아왔다.[22]

3.1 사건의 재판은 세계적인 관심의 대상이었다.

"이제 전직 대통령 윤보선, 또 국회부의장 하던 정일형, 또 뭐 대통령 후보 김대중, 이런 거물급들이 잡혀 들어가니까 세계 여론화가 되어버린 거야. 거기다가 재판하러 가면 '민주 교실 가자!' 그러고들 모두들 방청했다고 하니까. 그렇게들 재밌었대, 재판이."

공판 내내 피고인들은 박정희 정권의 반인권적 악법을 낱낱이 폭로하기 위해 치밀하게 준비했다. 피고인들이 하나같이 박사, 정치인, 목사들이니 진술들이 어찌나 논리적이었던지, 하나같이 정치학 강의를 들려주는 듯했다. 외신기자들에게까지 인기를 끌었던 3.1 사건 공판들은 곧 '민주 교실'이라는 별명을 얻게 됐다.

재판장 안이 민주 교실이었다면, 재판장 밖 마당은 아이들의 자유 놀이터였다. 가족들 중에는 아직 자녀가 어린 가정들도 있어서 공판이 열리는 날이면 아이들은 어김없이 엄마를 따라와 저희들끼리 어울려 놀았다. 엄마가 당당하니 아이들도 위축될 이유가 없었다. 아버지들의 선고재판이 있던 날이면 가족들은 아이들에게 큰 종이에 글을 쓰게 했다.

철부지 아이들은 형량이 높은 것을 금메달이라고 좋아하였다.

> 아버지 7년 타서 만세
> 5년 타서 만세
> 우리 아빠 만세
> 양정모 선수가 금메달 탄 것처럼
> 구치소 생활 기똥차
> 아버지 내가 대학생이 되었을 때 만나요. 계속 투쟁하세요.
> 아빠, 큰아버지같이 금메달 타시지 왜 은메달을 타셨나요?[23]

박용길과 구가협 회원들은 하루가 멀다 하고 시위 현장이나 기도회에 참석했다.

명동성당에서도 기도회가 자주 열렸다. 정의구현사제단이 맹활약을 하였다. 기독교회관에 모였다가 명동성당으로 가려고 문밖으로 나왔더니 경찰들이 우리를 다짜고짜 중형차에 태우는 게 아닌가? 나와 함께 완력으로 강제로 태워진 사람 중에는 이해학 목사 부인 김형자, 김지하 시인 어머니 정금성, 김한림 구가협 총무 등이 있었다. 물론 기도회에 못 가도록 시간을 보내기 위한 방해공작이었다. 차를 타고 돌고 또 돌면서 우리는 〈무릎 꿇고 살기보다 서서 죽기를 원한다〉, 〈우리 승리하리라〉, 〈봉선화〉 같은 노래를 소리 높여 열심히 불렀다.

선거 공판이 끝난 후 기독교회관에 모여서

　어두운 밤길을 한도 끝도 없이 드라이브를 하다가 어이없게도 기도회가 끝날 시간까지 그렇게 돌고 도니, 차에서 내리면 저녁이라도 같이 먹고 헤어지겠다는 작은 소원도 이루어지지 않은 채 어딘지도 모르는 길가에 한 명씩 한 명씩 버려지곤 하였다.

　경찰들의 방해와 단속이 심해질수록 구속자 가족들은 더 똘똘 뭉쳤다. 떼로 다니며 강원도부터 거제도까지 교도소 순방을 다니는가 하면, 거리에 서서 노래도 불렀다.

　"대한문 앞에서 열 몇이 서서 쭉 노래를 부르면, 그때 공덕귀 선생이 키가 제일 크니까 맨 끝에 서고 쭉 한 줄로 서서 노래 부르면 구경꾼들이 모여들어요. '이야, 여자들이 똑같은 옷 입고 저기서 노래 부른다!' 그러면서. 그러면 실컷 노래도 부르고. 암튼 뭐 그렇게 극성을 떨면서 안 해본 게 없지 뭐. 그런데 누구 원망하는 사람도 없고 협력을 잘하니까 그렇게 즐거울 수가 없어 데모가. 그러니깐 남편들은 그 안에서 신나고. 그땐 우리 세상이었어. 꿀릴 데가 하나도 없었어. 하하하."

가족들은 목청 높여 속풀이를 한바탕하고 나면 웃음이 절로 났단다. 무슨 합창단인가 싶어서 구경하던 사람들이 전후 사정을 알고 나면 물었다.

"가족들이 갇혀 있는데 뭐가 그리 즐거워요?"

그러면 박용길은 대답했다.

"우리가 뭐 죄지었나요?"

가족운동이 없었다면

박용길은 구속자석방운동을 하며 세상을 새롭게 보게 되었고, 3.1 민주구국선언 사건을 겪으면서 민주화운동 투사로 거듭나게 되었다. 전직 대통령이어서 구속되지 않았던 윤보선의 아내 공덕귀도 구가협 회장을 맡을 정도로 열성을 다했다. 구가협은 3.1 사건을 겪으면서 1976년 10월 '양심범가족협의회'로 다시 태어난다. 처음에는 구속이라는 당장 닥친 상황에 집중했지만, 구속을 넘어 오랜 기간 갇혀 살아야 하는 무고

한 수인들이 점차 늘어나면서 장기적인 대응과 싸움을 위한 단체로 전환해갔다.

단체명을 정하는 데에는 약간의 의견 차이가 있었다. '양심범'이라는 말에는 범죄자라는 의미가 담겼으니, 갇힌 사람이라는 '수인'이라는 말을 사용하여 '양심수'로 쓰자는 의견이 제안되어 박용길을 포함해 많은 회원들이 '양심수가족협의회'라는 이름을 사용했던 것이다. 최종 이름은 '양심범가족협의회'로 결정되었지만 계속해서 '양심범가족협의회'와 '양심수가족협의회'가 함께 사용되다가 1980년대에 들어서면서 '양심수가족협의회'로 정착되었다. 가족들은 '구가협'이라는 이름과 의미도 쉬이 버리지 못해 나중에 '민주화실천가족운동협의회(이하 민가협)'가 생겨나기 전까지는 경우에 따라 구가협으로도 불렸다.

박용길은 1980년부터 85년 12월 민가협이 창립되기 전까지 양심범가족협의회 회장을 맡았다. 양심범가족협의회 선언문에는 '우리의 일곱 가지 약속'이 들어 있었다.

1. 권력의 부당한 박해를 두려워하지 않고 비굴한 태도를 취하지 않는다.
2. 어떠한 어려움이 있더라도 '양심범과 그 가족들의 모임'을 지킨다.
3. 개별적인 구제운동을 하지 않으며 회원 한 사람에 대한 박해는 전체의 모임에 대한 박해로 간주한다.
4. 결정된 합의 사항에는 최선의 노력을 기울여 적극적으로 참

여한다.

5. 모임의 비밀을 지킨다. 정보, 수사기관의 질문과 심문에는 일체 침묵을 지킨다.

6. 전원이 한 가족의 정신으로 단결한다.

7. 정보, 수사기관원의 위협과 고문에 대하여 우리는 양심선언으로써 우리의 양심을 지킨다.

남편 문익환이 감옥에서 옥고를 치르는 동안 박용길은 밖에서 가족들의 투쟁조직을 이끌며 성장해갔다. 모든 집회나 시위의 맨 앞줄에서 가장 겁 없이 싸웠다. 양심수 가족들은 가족 모임을 통해 혼자가 아님을 확인했다. 여성들이 중심이 되어 굳건히 싸운 가족운동은 1970, 80년대 민주화운동을 가능하게 만든 기저의 원동력이었다.

박용길은 민가협 창립과 함께 고문으로 추대되었을 당시, 구가협과 양심범가족협의회의 활동을 돌아보며 다음과 같이 기록했다.

1. 구속자들에게 영치금과 가족들을 돌보는 일

2. 구속자 가족들의 경조사에 방문, 협조한 일

3. 각종 성명서를 발표하고 수차에 걸쳐 단식농성으로 석방을 촉구한 일

4. 병자나 사건이 일어났을 때 각 교도소를 방문하고 격려한 일
   (진주·대전·안동·공주·서울·안양·성동·전주·청주·광주·목포·군산·순천·부산·김해·마산·원주·강릉 등)

5. 재판이 있을 때마다 방청하고 가족들을 격려한 일

6. 어려움을 당한 광주를 방문한 일

7. 목요기도회에 참석하고 목요기도회 때마다 가정방문한 일

8. 미 대사관 내에서 카터 미 대통령 방한 반대 시위를 하고 11명이 구속 처분받은 일

9. 해외에서 협조하여준 분들을 위해 해마다 성탄축하장을 보낸 일

10. 구속자들을 돕기 위한 기장 여신도회 바자회에 참여, 그 수익금으로 구속자들에게 영치금 보낸 일

신앙공동체의 실험 갈릴리교회

갈릴리교회는 문동환·서남동·안병무·이문영·이우정 등 해직교수들과 문익환이 주축이 되어 창립한 실험적인 예배 공동체였다. 갈릴리교회가 추구한 것은 진보신학을 바탕으로 고난받는 민중들과 소통하는 깃이었다. 기존의 교회 범주를 벗어난 여리모로 획기적인 신앙공동체였다. 1975년 8월 17일 갈릴리교회의 창립 예배에서 설교를 맡은 교회협의회 원로 이해영 목사는 이렇게 말했다.

"그리스도를 따르는 자란 항상 세 가지를 준비해야 한다. 첫째는 바른

말을 할 준비요, 둘째는 감옥에 갈 준비, 셋째는 억울한 누명을 쓰고 십자가를 질 준비를 해야 한다."

갈릴리교회는 창립과 동시에 갈 곳을 잃었다. 매 주일 흥사단 사무실을 빌려 예배를 드리기로 계약했는데 빌딩 출입문이 아예 닫혀 있었던 것이다. 갈릴리 교인들은 급한 대로 명동에 있는 한일관이라는 음식점에서 예배를 드렸다. 기관원들도 마치 식사하기 위해 들어온 것처럼 음식점에 앉아 눈총을 주며 교인들의 대화를 엿들으려 했다. 결국 어려운 사정을 헤아려준 한빛교회에서 모임을 갖게 되었다. 이 과정에서 한빛 교인들은 교회를 드나들 때마다 기관원들의 감시와 검문을 받는 번거로움을 감내했고, 이웃들은 동네를 어슬렁거리는 기관원들 때문에 한빛교회를 기피했다. 이후 전두환 정권 시절, 한빛교회에서의 예배마저 기관원들의 제지를 당해 한때 이문영 박사 자택에서 예배드렸다.

갈릴리교회는 떠돌이 교회 신세도 마다하지 않았다. 정권이 교수들을 대학에서 쫓아낸 것이 역설적으로 이들을 갈릴리교회로 모이게 하여 민주화운동에 더 집중하도록 부추겼다. 해직교수들이 만든 갈릴리교회에서 민중신학이 탄생하고 3.1 민주구국선언이 도모된 것이다. 놀랍게도 당국의 탄압이 심해질수록 갈릴리교회를 찾아오는 양심적 지식인, 종교인, 노동자, 학생들의 발길은 끊이지 않았다. 가장 많이 찾아온 이들은 양심수의 가족들이었다.

갈릴리교회 예배 시간마다 고난의 현장 보고가 있어서, 양심수들의 가족들이 면회하고 온 보고를 하고 같이 기도드리는 시간을 가졌다. 매주 드리는 헌금으로 영치금도 넣고 예배 후 다과를 나누면서 가족을 위로했다.

갈릴리교회는 고난받는 이들, 집을 철거당해 거리에 나섰은 도시빈민, 해고된 노동자, 구속자 가족들이 소식을 주고받으며 서로 힘이 되어주는 안식처였다. 아무도 돌봐주지 않았던 간첩, 사상범으로 분류된 좌익사범의 가족들에게도 그 문을 열어주었다.[24]

예배 방식도 기존의 관습적인 틀을 벗어났다. 참여자들과 설교자가 다 같이 마주 보고 빙 둘러앉았고, 예배라고 찬송가만 부르지도 않았다. 다른 종교의 성직자들이 자신들의 방식에 맞춰 기도하기도 했고, 양심수 가족들이 남편과 아버지, 자식들의 석방을 간절하게 기원하는 글을 낭독하기도 했다. 목사가 아닌 평신도가 설교하기도 했다.

사랑의 하느님, 우리가 놓인 현실을 생각하면서 간절한 기도를 드립니다. 어둠이 지나면 새벽이 오게 마련이고 추운 겨울이 지나면 새봄이 오게 마련입니다. 그래서 우리는 진달래, 개나리가 활짝 필 봄을 기다리고 있습니다. 오순도순 뜻을 같이하는 사람들이 어려움을 뚫고 갈릴리에 모여서 오늘도 간구를 드립니다. […] 우리의 주위는 어둠이 깔렸고 썩은 냄새가 가득 차버렸습니다. […] 많은 젊은이들이 3년 군대에 가서 피나는 훈련을 받고 와서는 또다시 군복을 갈아입고 초전박살을 외치며 뛰어다니고 매월 15일마다 노란 기를 들고 호각을 불며 뛰어다녀 우매한 백성들이 공포에

떨게 되었습니다. 서로가 믿지 못하고 주위를 살피게 되었습니다. […] 이를 보다 못해 주의 종들이 올바른 소리를 하다가 옥고를 치른 지 일 년 반이 되어갑니다. […] 친구와 스승이 갇혀 있어도 무슨 말을 어떻게 했는지 알려고도 하지 않는 무기력한 교회, 무기력한 국민이 되어버렸습니다. […] 하느님께서 버리지 말아주시고 다시 한번 건져주셔서 우리나라도 믿고 사랑하며 살 수 있는 나라로 만들어주시옵소서. 세계에서 가장 예수를 잘 믿는다는 나라가 이렇게 부패한 것은 우리가 예수를 잘못 믿은 것이 아닙니까? 정의가 강물같이 흐르는 나라로 다시 세워주시옵소서. 승리를 약속하시는 예수님의 이름으로 빕니다. 아멘.

박용길, 1977년 2월 13일의 갈릴리교회 기도문 중에서

박용길은 특히 이종옥과 갈릴리교회에 각별한 정성을 쏟으며 오전에는 한빛교회에서 교인들과, 오후에는 갈릴리교회에서 양심수 가족들과 예배드렸다.

3월 1일 민주구국선언 사건으로 이해영 목사를 제외한 여러분들이 재판을 받고 형을 사는 동안, 또 풀려난 후에도 1980년 5월 17일부터 다시 징역을 사는 동안 갈릴리교회는 부인들이 중심이 되어 이끌어 나갔다. 설교는 많은 주일 김신묵 권사님이 담당하셨다.

1983년부터는 세 번째 감옥을 살고 나온 문익환 목사가 '고난받는 이들을 위한 갈릴릴교회'라는 이름을 내걸고 교회의 책임을 맡게 되었다. 이때부터 박용길은 갈릴리교회 예배 반주도 하고, 문익환과 함께 손 주보도 만들며 모임에 더 적극적으로 나섰다. 그러나 두 사람이 함께 갈릴리교회를 이끄는 것도 그리 오래가지 못했다. 문익환의 감옥 안 생활이 더 길어진 탓이었다. 그나마 손발을 맞추던 이종옥마저 독일로 떠나는 바람에 갈릴리교회의 일들은 하나부터 열까지 박용길의 몫이었다. 맡은 일이라면 아무리 사소한 것이라도 허투루 하지 않는 그녀는 갈릴리교회를 지키기 위해 사력을 다했다.

"한 주일에 한 번이니까 하다못해 우리가 교회협에 설교 목사님을 좀 파견해달라고 할 수도 있었는데 그걸 못하고 그냥 나하고 문 목사만 죽을힘을 다 쓴 거야. 같이 시작했던 사람들이 문 목사가 맡았다고 하니까 마음을 놓고는 신경을 안 쓴 거지. 주일 오전에 한빛교회에서 예배드리고 교회 일을 마치면 오후에는 내내 갈릴리교회 일을 보니까 주일을 하루 종일 바친 거야. 어떤 때는 나도 설교를 했는데, 그런 날은 설교도 차분하게 못 하는 거야. 모임의 처음부터 끝까지 이리저리 뛰어다니면서 다 챙겨야 하잖아. 아무튼 갈릴리교회 때문에 굉장히 고생을 했는데 남은 건 없어. 나중에는 사람들이 왜 갈릴리교회가 문을 닫았나 생각할지 모르겠는데, 아무튼 난 너무너무 갈릴리교회 때문에 희생이 많았어."

갈릴리교회는 1990년 4월 1일, 마지막 예배를 드렸다. 15년을 넘게 이어오던 갈릴리교회가 정리된 결정적 계기는 남민전(남조선민족해방전선 준비위원회) 사건 구속자들이 1988년에 모두 만기 출소했기 때문이었다.

간혀 있는 사람들이 풀려나 석방운동이 불필요해진 것은 감사한 일이었다. 다만, 박용길은 어려운 시절을 함께한 이들이 말없이 한 명, 두 명 떠나면서 그들과 함께 갈릴리교회의 발자취에 대한 보고대회조차 갖지 못하고 문을 닫은 것이 못내 서운했다.

편지가 할 수 있는 일

박용길이 감옥 안의 남편을 만날 수 있는 날은 별로 많지 않았다. 형이 확정되기 전 서울구치소에 수감 중이었을 때는 매일 면회가 허용되었지만, 최종적으로 형이 확정되고 지방 교도소로 이감되면서 면회가 한 달에 한 번만 허용되었기 때문이다.

박용길은 감옥에 있는 남편에게 감옥 밖의 소식을 전하면서 그가 자칫 우울해하거나 외로워하지 않도록 활력을 불어 넣어주고자 했다. 편지를 통해 사소한 일상사를 공유함으로써 늘 함께임을 환기시키려 했다.

그리운 당신께 1977. 4. 25.
정말로 오래간만에 자세한 소식을 들을 수 있어서 기뻤습니다. 모두들 연애편지 공개하라고 하는 바람에 모두에게 읽혀지고 말았습니다. 건강히 보람 있게 나날을 보내신다니 하느님께 감사를 올립니다. 워낙 건강관리를 잘하시니까 걱정을 빼기로 하고.

성경(문익환 목사가 작업한 공동번역성서)을 받아드니 당신 손이 하나하나 거친 구절이라 마음에 스며드는 감이 듭니다. 이해동 목사가 건강진단과 감기 기운으로 세브란스에 잠시 입원을 하였어서 제가 13일 저녁 기도회를 맡았는데 설교가 필요 없고 성경을 읽는 것으로 너무들 좋아했어요.

잠언과 시편을 읽었어요. 교회에서 20권쯤 사다가 다음 주일 팔기로 했습니다. 안양으로 오신 윤 목사님이 원하신다고 해서 제가 사온 것 먼저 드렸지요. 외경 포함한 것은 벌써 다 나가서 5월을 기다려야 한다고 합니다. 가나다(캐나다)에 우선 한 권 보내고 큰삼촌 청주로 오셔서 한 권 보내드렸죠. 창근 엄마가 4남매 데리고 와서 토요일 밤 자고 있어요. 아이들도 다 잘 지내고 있고 은숙이는 29일부터 5월 4일까지 공연이 있습니다. 5월이 되는 길로 내려가려고 생각하고 있는데 아마 2일이 되겠지요.

구매물도 면회 때만 된다고 하니 내려가도 흔적을 남길 수가 없어 되도록 우편을 이용하려고 합니다. 마당에도 목련이 떨어지고 연초록 잎사귀가 아름답고 벚꽃이 한창입니다. 아직은 야들야들한 잎사귀가 아름다워서 제발 흉하게 되지 않기를 바라고 있습니다. 보라색 앉은뱅이 꽃이 곳곳이 활짝 피고 모란도 봉우리가 커가고 작약도 예쁘게 자라고 있습니다. 노란 개나리도 활짝 피었다가 지기 시작하구요. 아침에 소운 엄마, 할머니, 황필이 잠깐 놀러오셨는데 신일중고등학교 건너편에 좀 큰 집으로 이사 가려고 계약을 하였답니다. 은희 고모는 연세대 강의를 많이 맡고 한얼이가 유치원 다니는 것 때문에 퍽 바쁘게 지내서 제가 가지 않으면 못 만납니다. 갑길 언니는 온강이 시어머님이 오셨기 때문에 혜강이 집에 가 계시다고 합니다. 교회는 다 평안하고 강 집사님 아직도 병원에 계시고 문 권사님도 아직도 출석 못 하십니다. 박윤수라는 전도사를 5월 8일 주일부터 한빛교회에서 모시기로 하였고 이광일 선생이 청년들을 맡기로 했습니다. 주례하실 분이 모두 들어가 계셔서 김희숙 씨가 퍽 애타 했는데 장 선생 따님 5월 1일 이대 소강당에서 결혼식을 올립니다. 영금이 부활절 방학 소식이 아직 안 왔고 독일에 있는 양수가 십일조를 우리 집으로 보내겠다고 또 소식 왔습니다.

나의 코스모스에게 1977. 10. 14.

오늘 아침 시편 131편을 읽다가 "젖 떨어진 어린 아기, 어미 품에 안긴 듯이 내 마음이 평온합니다"라는 구절을 만나 얼마나 기뻤는지 모른다오. 바로 그것이 지금의 나의 심정. 그러니 나 때문에 너무들 마음을 안 쓰는 게 좋을 거요. 저번 접견 때 어머님이 어찌나 성성해 보였던지 몰라. 당신은 좀 안 돼 보였지만. 그저께는 당신이 와서 꽤나 걱정을 하고 갔나 보죠? 보안과장, 소장님까지 와서 병문안을 하고 가셨으니. 어제 링거에 이뇨제를 넣어서 한 대 맞았더니 오늘 아침에 일어나보니 다리에 부기가 완전히 가셨군요. 당신이 내 말을 믿는 것을 남들은 무어라고들 하나 본데 웃기지 말라고 하시오. 나는 지금까지 몸이 안 좋으면 언제나 좀 안 좋다고 했지 그걸 감춘 적이 없었으니까 한 번도.

박용길이 문익환에게 매일 보낸 편지를 날짜순으로 정리해 만든 스크랩북

결혼 전 연애편지에 그랬듯, 문익환은 젊은 시절부터 문태평이라는 별명을 달고 살았다. 심지어 감옥생활을 하면서도 "감옥이 좋다, 좋다"라는 말을 입에 달고 살 만큼 낙천적이었다. 교도관들까지 전부 자기편으로 만들어버릴 정도였다. 그러던 그가 오랜 번민 끝에 돌연 극단적인 결단을 내렸다.

"문 목사가 76년에 감옥에 처음 들어가고 나서 1년쯤 지나서 단식을 한 거야. 자기가 희생제물이 되어야겠다. 나라를 위해 죽어야 되겠다. 그런 생각을 하고서는……."

1977년 6월 1일은 문익환의 59번째 생일이었다. 생일 이틀 전 문익환의 단식 소식을 들은 박용길과 세 아들은 전주교도소로 내려가 특별 면회를 했다. 가족들을 앞에 두고 문 목사는 "나는 죽는다"로 시작하는 「마지막 시」를 포함하여 세 편의 시를 받아적도록 불러줬다. 큰아들 문호근은 당시 문익환 목사의 단식기를 다음과 같이 기록했다.

오늘로 보름째 단식이신데 저렇듯 건강하신 것을 보니, 우리도 좀 마음이 놓였다. 우리는 캐나다에 계신 가족 이야기, 요즈음 읽으시는 책 이야기, 새로 번역한 성경 이야기, 딸 결혼 이야기, 조카 영미가 보낸 편지 이야기, 한빛교회와 교인들 이야기, 같이 성경 번역하시다가 작년에 돌아가신 선 신부님 이야기를 하였다. 면회는 끝났다. 우리들은 차례로 아버지를 얼싸안았다. 넓고 푸른 수의 속에 감춰진 앙상한 그 몸을. 어머니가 마지막으로 그의 가슴에 얼굴을 묻고 울음을 삼키고 계셨다. 우리는 눈물을 감추면서 어머니를 모시고 나왔다. 밖에는 전주의 여러 목사님들, 서울에서 급히 달려오신 친지들이 근심스러운 얼굴로 우리를 맞이하였다. 다음날에는 더 많은 분들이 교도소 밖에 와주셨다. 함석헌 선생, 안병무 박사, 박세경 변호사, 이우정 선생, 은명기 목사, 이해동 목사, 이재정 신부, 김상근 목사, 백기완 선생, 조아라 장로 들의 모습도 보였다. 그분들은 여러 가지 말씀으로 우리에게 설득할 방법을 알려주셨다.

며칠 후 시어머니 김신묵이 캐나다에서 서른여섯 시간 비행기를 타고 와 박용길 가족의 면회에 동행했다. 어머니는 아들에게, 팔순을 넘은 아

워싱턴에서 열린 양심수 석방을 위한 시위에 참여한 문재린과 김신묵(가운데)

버지 문재린이 몇 달 전 워싱턴에서 지팡이를 짚고서 김상돈, 김재준 목사와 3.1 민주구국선언 사건의 구속자석방 시위에 나섰는데, 그때 할복할 계획으로 품에 칼을 준비하고 갔다가, '온 세상이 한마음으로 기도하니 하느님이 들어주시리라는 믿음'으로 할복 계획을 철회했다는 이야기를 전하면서, 단식에 대해 다시 생각해볼 것을 조언했다.

"지금 기독교인이 몇백만인데 하느님이 멸망시키겠니?"

문익환은 자신이 스무하루째 하고 있던 단식의 의미를 반추해보고는 마침내 마음을 움직였다. 그 뒤 박용길은 성광교회 목사 사택에 미물면서 문익환에게 죽을 끓여다 주기도 하며 회복을 지켜봤다.

"근데 사실 나는 하나도 당황하지 않았거든. 그저 씽씽하고 단식하면서도 계단도 오르내리고. 또 밖에서는 사람들이 그렇게 매일같이 와서

예배드리고 농성을 하고 그 야단들을 하는데 어떻게 거기서 그렇게 자기 혼자 세상 떠날 수가 있어? 언젠가는 수습되리라 생각을 했지. 하나도 조마조마하지 않았어."

박용길은 남편의 모습에 담대하게 임했고 평정심을 잃지 않았다. 심지어 이우정이 문익환의 단식을 말려야 한다고 강하게 주장할 때는 '남편이 알아서 할 터인데 왜 제삼자가 나서서 그렇게 말하느냐'며 버럭 화를 내기까지 했다. 남편이 결국은 올바른 결정을 하게 되리라는 믿음은 그토록 깊었다.

문익환은 1977년 9월 2일에 남북통일과 민주주의를 위한 금식기도로 두 번째 단식을 시작했다. 그날 면회를 다녀온 박용길은 집으로 돌아와 남편에게 편지를 썼다.

> 1977. 9. 2.
> 두 손 들고 흔드시며 들어가시던 씩씩한 모습을 떠올립니다. 오늘부터 하시는 금식기도를 멀리서 기억하면서 성원을 보냅니다. 어려운 고비 고비를 예수님을 생각하시고 이겨나가시겠죠.

이번에도 남편의 뜻을 먼저 나서 꺾고 싶지 않았던 아내는 나흘 뒤에 다시 편지를 쓴다.

> 1977. 9. 5.
> 당신께서 금식기도 시작하신 지 나흘이 되는군요. 두 손을 흔들

며 들어가시는 건강한 모습을 마음에 새기고 있습니다. 2일 저녁 기도회에서 당신의 뜻이 전달되었어요. 기도의 불길이 이어져 나갈 것입니다. 9월 당신의 편지가 기다려지지만 8일 목요일은 제일 힘드실 때니까 15일 목요일에 쓰시는 것이 역시 좋겠군요. 부부일체라고 하는데 저는 당신의 큰 뜻과 경륜을 이해하지 못하는 것 같아 마음이 쓰입니다.

단식은 일주일이 고비임을 잘 아는 아내는 일주일이 되던 날, 다시 남편의 면회를 다녀왔고 그날 밤에도 편지를 쓴다.

1977. 9. 8.
모든 것이 정상이라고 들었지만 음식을 끊으신 지 한 주일인데 어찌 걱정이 안 되겠어요. 더구나 아버님 어머님이 같이 30일을 하신다고 하니 모두 섭섭해합니다. 모두가 하나가 되어 나가는 이 마당에 문씨 집안이 희생할 필요가 없다고들 합니다. 9월 9일 저녁기도회를 계기로 금식기도가 시작되었는데, 당신이 금요일 저녁부터 하셨으니, 금요일 점심까지로 그치시고 바통을 넘겨주시라는 것입니다. 당신의 뜻한 바가 있는데 또다시 말씀드리는 것은 괴롭지만, 제가 여러분의 의사를 전합니다. 우리 모두 생각도 많이 하고 기도도 한층 더 간절히 합니다.

어떤 고난도 이겨내리라고 문익환을 신뢰하면서도 마음 한편으로 애처로움을 감출 수 없었다. 한 달이라는 기한을 정해놓은 단식이었으나, 밖에서 릴레이 금식기도를 하겠다고 하고 어머니까지 같이 금식하겠다고 하자 마침내 문익환은 일주일 만에 단식을 중단했다.

매일매일 하루도 거르지 않고

문익환은 수감된 지 만 2년이 되어 가는데도 석방될 기미가 보이지 않았다. 3.1 민주구국선언이 국내 민주화운동에 끼친 영향력을 당국에서 상당히 의식하는 듯했다.

"쭉 그냥 전주로 면회를 다녔는데, 77년 12월 30일인가 보다. 그러니까 동아투위(동아자유언론수호투쟁위원회) 사람들이 망년회를 하는데 우리 가족을 초청해서 거기에 다 갔어. 근데 거기서 자꾸만 사람들이 '박 장로 집에 좀 가보세요, 집에 좀 가보세요' 그래. 이우정 선생인지 누군지 자꾸만 집에 좀 가보래. 그래서 '아니 집에 아무도 없는데 뭘 자꾸만 가보라고 그러나' 그랬더니, 아니 그래도 집에 좀 가보라고 그래."

박용길과 가족들은 사람들의 성화를 못 이겨 모임 중간에 집으로 돌아갔다. 집은 여전히 적막하기만 했다. 그런데 이튿날 새벽, 남편 문익환이 집 안으로 성큼 들어서는 것이었다. 1977년 12월 31일, 형집행정지로 출소한 그는 그 추운 겨울 새벽에 꿈결처럼 나타났다.

문익환이 석방되던 날(1977. 12. 31.) ⓒ권주훈

"그날 찍은 사진에 자유의 새벽이라고 쓴 거 보니까 새벽이야. 아무런 기별을 못 받았으니까 제대로 입고 나올 옷도 못 넣어줬거든. 그랬더니 수감자 옷을 그대로 입고 나오셨더라고. 그마저도 작아진 것을 입고는, 하하. 그때 박형규 목사가 그랬잖아. 자기는 들어가기는 그렇게 많이 들어갔어도 길어야 열 달이래. 일 년을 채운 일이 없대. 근데 문 목사는 처음 들어가서부터 스물두 달, 참."

가족들은 기쁨의 한편으로, 22개월을 살았음에도 석방으로 풀려난 게 아니라 형집행정지로 나온 것이기에 언제 또 끌려 들어갈지 모른다는 사실에 가슴이 조마조마할 수밖에 없었다.

설마 했던 것이 현실이 되었다. 문익환은 풀려난 지 10개월 만에 다시 붙들려갔다. 막내아들 성근의 결혼식이 있었던 1978년 10월, 사돈들을 초대해 집에서 식사를 함께하고 며칠 지나지 않아서였다. 그가 쓴 '유신체제 6주년을 맞이하여'라는 성명서로 형집행정지처분이 취소된 것이었다. 서대문구치소와 안양교도소에 수감된 문익환은 이듬해 박정희가 사망하여 유신체제가 종식되면서 석방되었다. 재수감된 지 1년을 훌쩍 넘긴 이듬해 12월에 집으로 돌아온 것이었다.

1979년 12월 8일 0시를 기해 긴급조치 9호가 75년 5월 13일 선포된 후 4년 7개월 만에 해제되었다. 최규하 대통령은 7일 오후 국무회의 의결을 거쳐 대통령 공고 제67호로 대통령 긴급조치 9호를 8일 자로 해제한다고 선포했다. 이에 따라 전국 교도소에서 복역 또는 수감 중이던 문익환 목사, 함세웅 신부 등 68명이 석방됐다.[25]

문익환은 이후 네 차례 더 수감되어 10년이 넘는 세월 동안 총 여섯 번의 감옥생활을 했다. 3.1 민주구국선언 이후로 자유의 몸으로 산 날보다 갇힌 몸으로 산 날이 더 많았다. 부부의 대화는 첫 수감 때부터 편지 왕래로 계속 이어질 수밖에 없었다.

아빠께 1977. 4. 9.
당신은 어려운 일도 잘 견디시고 늘 좋다고만 하시기 때문에 사람들이 그렇게 믿는 저를 조금 머저리라고 생각한답니다. 당신 수첩에서 예쁜 나비 우표가 나와서 붙입니다. 요사이 봄비가 자주 내리고 마당에 목련이 처음으로 활짝 피어서 사진을 찍어두려 합니다. 두 번째 맞으시는 부활절. 뜻깊은 날이기를 빕니다. 구약성경이 8일에 나온다고 했는데 가보아서 곧 보내려고 합니다.

결혼 전 연애 시절에, 미국 유학 시절에 주고받던 편지는 이렇게 다시 시작되었다. 첫 번째 수감 중에 씌어진 위 편지에서 드러나듯 박용길은 문익환의 공동번역성서를 받아본 뒤에 매일 이것을 읽으면서 남편과 공감하려 했고 그리움을 달래려 했다.

그리운 사람에게 1977. 5. 14.

오랜만에 손이라도 실컷 잡고 있어야 하는 건데 워낙 공적인 입장에서 생각하고 말해야 하는 계제가 되어버려서 아쉬운 생각 금할 길이 없소이다. 나의 건강 때문에 모두들 지나친 염려를 말기 바라오. 아직 요가를 할 수 있으리만큼 완전하지는 않지만 어제는 가볍게 뛸 수 있을 정도는 되었소. 다음 주간에는 우리 결혼 33주년이 돌아오겠는데 너무 센티하게 되지 마시오. 20년, 종신형을 살고 있는 사람들도 수두룩하니까. 사실 식구들을 위해 기도하다가 다른 갇혀 있는 사람들을 위해 기도하게 된답니다. 문득 새로운 깨달음이 마음속에서 눈을 뜰 때면 내가 어쩌다가 이런 복된 자리에 있나 싶은 생각을 하곤 하지요. 한 달째 제2 이사야를 원전으로 읽고 있는데 이 생활이 너무 즐겁고 보람된 것이어서 바깥사람들, 특히 당신을 그리지도 않게 되면 어쩌나 그런 생각마저 든다니까요.

감정의 표현이 풍부한 시인 문익환과 달리 박용길은 무심해 보일 수도 있을 만큼 고요한 편이었지만 그 호수와도 같은 평정심이야말로 문익환을 지탱시켜주는 버팀목이었다.

당신께 1977. 9. 5.

[…] 무엇에나 예민하고 감수성이 있던 당신께서 "나에게 관심이 없어"하시던 말을 되새겨보고 있습니다. 너무도 예술적인 데가 없고 메말라 있는 현실적인 자신을 돌아보고 있습니다. 하느님과 교통하는 귀한 시간을 방해하는 편지가 되지 않기를 바라면서 두서없이 몇 자 적었습니다. 하느님의 크신 도우심을 진심으로 빕니다. 할렐루야 용길 드림.

슬픔과 그리움의 감정이 북받치는 표현보다 천연덕스럽게 늘어놓는 집안 돌아가는 이야기가 감옥 안의 사람에게 활력과 안정감을 주리라는 것을 박용길은 알아채고 있었던 것 같다.

당신께 1977. 9. 18.

밤사이 안녕하시죠? 지금 아침 예배 후 간단히 점심을 어머님과 김 장로님과 피아노 앞에서 나누고 피아노를 좀 치다가 펜을 들었습니다. 여러 모임에서 갑자기 부탁을 하기 때문에 의근이에게 배우고 있습니다. 페달 밟는 것부터 자꾸 올갠같이 되니까요. 지난번 편지가 한 주일 걸렸다더니 이번에도 여러 날 걸리나 봅니다. 총회가 끝나면 면회 전에라도 한 번 더 내려갔다 와야겠다고 생각하고 있습니다. 과실즙도 못 하게 되니 그냥 앉아 있는데 가서 소식이라도 알고 와야겠어요. 기도하시는 분들을 매일 붓글씨로 쓰고 있습니다. 붓과 친하려는 생각도 있고 요사이 훨씬 붓글씨와 가까워지고 있습니다. 10월 1, 2, 3일이 연휴가 되니 4일에나 가게 되겠지만 […]. 하루하루 영으로 교통하는 보람찬 나날이길 바랍니다. 건강하세요. 용길.

남편을 두 번째 감옥에 보내고 또다시 겨울이 찾아왔다.

  당신께 1978. 12. 6.
  당신 가까이 가서 뵈지 못하고 담요만 넣고 돌아왔습니다. 12월 편지를 언제 주시려는지 그동안 소식을 알 길이 없군요. 연탄재가 밖에 수북이 쌓여 있는데 당신께 미안한 생각이 드는군요. 벌써 세 구멍을 때고 있어요. 얼마 전에는 당신 친구분들이 몇 분 오신다고 해서 네 구멍을 때보았죠. 배추, 무가 어찌나 싼지 이번 겨울에는 20통만 담그고 날배추로 좀 보관했어요. 사식이나 다른 것 사 잡수시는 것 불편하시지나 않은지요. 아무쪼록 푹 쉬시는 좋은 기회가 되시기를 바랍니다.

계절이 바뀔 때마다 감옥 밖의 사람은 감옥 안의 사람에게 더 마음이 쓰이지 않을 수 없었다.

당신께 1978년 마지막 날

오늘이 31일, 이 해도 다 갔습니다. 우리 가정에는 많은 일들이 축복 가운데 이루어졌었지요. 그러니까 환갑 해에 지금 또다시 그곳에 계시는 것도 축복으로 받아들이고 싶습니다. 빨갛게 차디찬 손이 눈에 어른거리지만 제 손이 닿지 않는 곳에 계시니 주님께 부탁할 따름입니다. 새해에는 10일께까지 기다리지 않고 날 좋은 날 바우(장남 호근의 아들) 데리고 가고 싶습니다. 조정하 님이 닭고기를 넣으셨다는데 금년으로 단식요법 끝내시고 새해에는 더욱더 건강하셔야지 않겠습니까? 매일매일 하루도 거르지 않고 날아갈 소식을 매일매일 하루도 거르지 않고 받으시길 바라면서 이만 당신의 해인 무오년 만세.

두 번째 구속 - 1978년 마지막날

박용길의 편지

이날부터 박용길은 매일 하루도 거르지 않고 편지를 썼다. 편지가 검열에 걸리면 전해지지 않을 수도 있기에 마치 암호처럼 둘만 아는 표현을 써 검열을 피해갔다. 편지에는 날짜와 번호를 매겨 누락 여부를 서로 확인할 수 있도록 했다.

박용길은 편지 한 통 한 통마다 온갖 정성을 쏟았다. 힘과 위로를 주고픈 마음에 꽃잎을 직접 말려 편지지에 문양을 디자인해 붙이거나 노래와 시를 옮겨 적기도 했다. 계절에 맞는 사진을 어디선가 발견하면 따로 모아두었다가 편지지에 붙여 보내주곤 했다. 여신도회 일과 가족운동 일을 돌볼 때와 마찬가지로 꾸준하고 성실하게 마음을 담아 보냈다. 편지는 부부의 외로움과 그리움을 달래면서, 그들이 각자 처한 자리에서 뜻을 굽히지 않고 의로운 길을 계속 가도록 북돋는 믿음의 증표 같은 것이었다.

1979년에 일어난 일들

1977년 초, 미국의 카터 행정부와 박정희 정권은 주한미군 철수문제와 한국의 인권문제로 갈등관계에 있었다. 미국과의 견고한 동맹이 필요했던 박정희는 김대중과 긴급조치 위반자들을 일부 석방하는 제스처를 취하며 카터의 방한카드를 따냈다. 한국의 인권단체들은 카터의 방한을 환영할 수 없었다. 카터의 방한 자체가 박정희의 독재정권을 인정한다는 뜻으로 해석될 수 있기 때문이었다. 카터의 방한 반대 시위가 곳곳에서 벌어졌다. 첫 출발은 1979년 6월 11일, 구가협 가족들과 학생들이 벌인 미국대사관 시위였다.

카터 미 대통령 방한 반대 시위가 미 대사관 앞뜰에서 열렸다. 우리는 '긴급조치 9호로 인권탄압을 하지 말라'라는 플래카드를 들고 카터의 방한 취소를 촉구했다. 가족들 10여 명이 젊은이들과 짝지어 두 사람씩 구류를 살았다. 나는 홍성엽과 같이 서대문경찰서에서 열흘간의 구류를 살았는데 조금도 굴하지 않고 노래 부르고 구호를 외치곤 하였다. 즉결심판을 받고 풀려나왔는데 경찰서에서 구류 살기는 아마 처음이었는지도 모르겠다.

홍성엽은 민청학련 사건으로 교내에 벽보를 붙이다가 형을 살았던 연세대 학생이었다. 미 대사관 앞뜰에서 열린 이날 시위는 경찰이 투입될 때까지 15분간 진행됐고, 시위에 참여한 사람들은 전원 연행됐다. 박용길은 시위자들 중 25일이라는 가장 긴 기간 구류를 선고받았고, 열흘만에 풀려났다. 이날을 기점으로 카터가 방한한 29일까지 전국 곳곳에서 방한 반대 시위가 일어났다.

구가협의 미 대사관 시위는 이때가 처음이 아니었다. 카터 방한 5년전, 미국 대통령 포드가 다녀갔을 때도 구가협은 미 대사관 시위를 했다. 포드의 한국 도착 전날인 1974년 11월 21일, 구가협 회원들은 여신도회 사무실에서 만반의 준비를 하고 광화문으로 달려갔다. 구가협은 '포드는 유신체제를 지지하는가?'라는 내용의 플래카드를 펴들고 구호를 외치기 시작했다. 예상치도 못한 시위대에 대사관 철문은 철컹 달혀버리고 어느새 기동대원들이 달려와 회원들을 경찰차에 짐짝처럼 실어갔다. 회원들은 그날도 어김없이 이곳저곳에 하나둘씩 버려졌다.

드디어 박정희 정권의 종말이 오고야 말았다. 1979년 10월 26일 저녁, 박정희는 궁정동 안가 만찬장에서 중앙정보부장 김재규의 총을 맞고 사망하였다. 그의 죽음에 한반도는 한편에는 국가 원수의 죽음에 대한 슬픔의 눈물, 다른 한편에는 군부독재가 끝나는 것에 대한 기쁨의 함성으로 뒤덮였다.

박정희의 죽음이 뉴스를 통해 흘러나오던 날, 김신묵은 집 밖으로 뛰어나가 소리쳤다.

"박정희가 죽었다! 박정희가 죽었다!"

박용길도 마찬가지였다.

"기뻤지, 그럼. 아, 인제는 다 끝나나 보다 했지. 유신이고 뭐고 다 끝나고 뭐 긴급조치고 뭐고 다 없어진다고 그래서 기뻤지."

하지만 이 기쁨은 오래가지 못했다. 박정희의 헌법기관이었던 통일주체국민회의가 비상계엄령을 발령하고 국무총리 최규하를 꼭두각시 대통령으로 지명하려고 발 빠르게 움직인 것. 민주세력과 재야인사들은 1979년 11월 24일 시국선언 집회를 열었다. YWCA 위장결혼식. 긴급조치가 완전히 해제되지 않은 상황이었고, 여전히 모든 집회는 허락되지 않았기에 결혼식으로 위장한 집회를 기획한 것이었다.

5백여 명의 하객이 참석한 YWCA 위장결혼식의 신랑은 홍성엽이었고, 신부는 윤정민이라는 가상의 인물. 카터 방한 반대 시위 때 박용길과 함께 구류를 살았던 그 청년의 친어머니가 신랑의 혼주로 자처해 참석했다. 신랑이 입장하고 신부가 입장할 순서가 되자 주최 측은 '통일주체국민회의에 의한 대통령 선출 저지 국민선언'과 '거국민주내각 구성을 위한 성명서'를 배포했다. 이어 '대통령 직선제', '유신헌법 폐지', '양심수 석방' 등을 골자로 한 문민정부 수립을 촉구하는 선언문이 낭독됐다. 주례인 셈이었다. 결혼식이 끝나자 장내에는 박수와 환호가 터져 나오고 집회는 작전대로 수행되었지만, 이어진 거리시위 현장은 공권력의 거친 진압으로 아수라장이 되었으며 수많은 사람들이 연행되고 고문당했다.

　1979년 12월 8일, 긴급조치 9호가 해제되면서 대부분의 양심수들이 석방됐다. 문익환도 이때 다시 가족의 품으로 돌아왔다. 그러나 그 사이 또 다른 검은 속내의 군부세력이 제2의 정권찬탈을 꿈꾸며 쿠데타를 준비하고 있었다. 긴급조치 9호가 해제된 지 나흘 만에 '12.12 사태'가 벌어졌다. 제2의 군사쿠데타의 주인공은 10.26 정변과 관련해 합동수사본부장을 맡은 보안사령관 전두환이었다. 전두환은 정승화 육군참모총장을 제거하고 최규하를 끌어내린 뒤, 제5공화국을 출범시켰다.

전대미문의 음모

1980년 1월 방학 기간임에도 대학가에서는 학원 민주화를 요구하는 투쟁으로 시끄러웠다. 4월로 접어들면서 노동자들의 생존권을 요구하는 싸움도 시작되었다. 박용길이 회장을 맡고 있던 양심범가족협의회도 4월 15일 성명서를 발표하고 계엄철폐를 주장했다. 5월 15일 서울역에서는 35개 대학 7만여 명의 학생들이 성난 시민들과 함께 '비상계엄해제', '언론자유보장'을 외치며 연좌시위를 벌였다.

"전두환이가 김대중 내란음모 사건을 터뜨리려고 사람들을 잡아들이기 시작한 거야. 5월 17일이었는데, 밤 열한 시가 다 되는데 전화가 왔어. 거기가 문 목사 집이냐고. 그래서 그렇다고 했더니. 문 목사 계시냐고 또 물어. 그래서 계시다고 그랬더니 뚝 끊어버려. 집에 있는 것만 확인하고 그냥 와서 잡아간 거야. 그때는 영장 내놓으라는 소리도 못 하고, 문 목사야 뭐 그냥 가자고 그러면 가니까."

5월 17일 밤의 상황은 급박했다. 박용길은 문익환을 연행하려고 보안사 직원이 덮치는 순간 기지를 발휘해 책상 밑에 두었던 서류가방을 시어머니의 이불 밑에 재빨리 묻어두고는 '절대 일어나지 마시라'고 당부했다. 자칫 정치적으로 문제가 될 수 있는 문서들이 들어 있는 가방이었다. 그날 들이닥쳤던 이들은 신분증에 빨간 줄이 두 줄 그어진 보안사 요원들로, 당시 '빨간 줄 두 개'란 언제 어디서나 대상을 불문한 체포와 연행의 전권을 행사할 수 있음을 뜻했다.

보안사 요원들은 이해동 목사와 이문영 박사 집에도 들이닥쳤다. 이종옥 사모의 회고다.

"갑자기 열한 시 되니까 뭐 '문 열어라'라고 난리를 쳐서 나가보니까는 네 사람이 왔더라고. 네 사람이 와가지고 척척 걸어서 신발도 안 벗고 이런 워커 같은 걸 신고 척 척 척 들어오더니[…]. 내가 신분은 밝혀야 되지 않느냐고 그래도 뭐 소용없어. 막무가내로 그냥 덮어놓고 올라가더니 막 깨우더라고. 그래 내가 놔두라고 내가 깨우겠다고[…]. 사정없이 가택수색을 하더니[…]. 우리 목사님이 '나는 목사다, 내일 교회에 설교를 해야 되니까 내일 예배드리고 자진출두하마' 그랬더니 옷을 착 벗으면서 권총을 빼는 거야. 못 가면 모가지라도 빼간다 그래. 권총을 탁 빼면서, 모가지 빼가지고 간대. 우리 목사님도 얼굴이 하얗고, 나도 얼굴이 백지장이 됐는데, 그때까진 안 떨었는데 남편 총 들이대고 끌고 대문으로 나가는데 왜 그렇게 떨려? 막 몸이 사시나무 떨듯 하는 거야."[26]

김대중의 연행은 또 달랐다. 착검한 총을 지닌 경찰들은 비서진들을 벽 쪽으로 몰아세우고, 군인들은 김대중의 가슴에 총을 겨눴다.[27]

"그 집에는 무장한 사람들이 들어왔다는데, 신발도 그냥 신고 들어왔다는 거야. 그러니까 학생들이 김대중 씨가 잡혀간 걸 알고서 18일에 일어난 거야. 석방하라고. 그런데 나중에 그렇게 큰 사건이 되었지."

걸림돌이 될 만한 사회지도층들을 모두 잡아들인 전두환 신군부세력은 5월 18일 0시를 기해 정동년 등 광주 지역 복학생과 총학생회 간부들을 예비 검속했다. 공수부대원들의 본격적인 사격이 개시된 5월 21일부터 수를 헤아릴 수도 없는 사망자들이 생겨났다. 종교인들과 교수들로 수습대책위원회가 조직되지만, 5월 27일 화요일 아침, 무려 2만 5천여 명이라는 계엄특공대원들이 장갑차를 앞세워 시민군을 향해 무차별 사격을 가했다.

"나중에야 알았지. 처음에는 광주에서 기대를 갖고 여기저기로 전화를 했다는데, 거기서도 웬만한 장로, 목사들은 다른 지방으로 가버리고 숨고 그냥 이렇게 난장판이 되어버린 거지. 살상이 나고 그런다는데 누가 용기를 내서 가보겠어. 광주면 그때만 해도 멀다 생각이 들어서 딱 피부에 와닿지 않는 거야. 서울에서는 거기 달려갈 생각을 못 했어. 그때 움직이지 못한 게 많이 후회가 되지."

빛고을 광주가 군홧발에 무참히 짓밟히는 동안, 김대중을 비롯해 문익환, 이문영, 이해동 등 연행당한 민주인사들은 중앙정보부 지하실에서 취조와 고문을 당하고 있었다. 민주인사들의 감금은 70일 동안 계속되고, 남편들의 생사조차 확인할 수 없었던 박용길, 이종옥, 김석중 세 사람은 날마다 사방팔방을 헤매고 다녔다.

김석중은 매일 아침 아이들을 등교시킨 후 이종옥과 박 장로를 만났다. 우리 셋은 3.1 명동 사건 이후 아주 친해져 이미 주변 사람들에게 '삼총사'라는 별명을 얻고 있었다. 제일 연장자인 박 장로를 큰언니처럼 여기면서 우리는 아침마다 만나서 새로운 소식을 주고받으며 대책을 세우려 애썼다. 김대중 씨 댁으로 몇 번이고 전화를 해봤지만 이희호 여사 대신 낯선 남자가 전화를 받고 바꿔주지도 않았다. 그 집은 시장도 제대로 볼 수 없을 것 같아서 좋아하는 멸치포를 사다가 담벼락 안으로 던져주고는 돌아설 뿐이었다.[28]

　　우리에겐 그림자처럼 따라붙어 다니는 미행자가 셋 있었다. 하나는 보안사 요원, 또 하나는 중앙정보부 요원, 나머지 하나는 치안본부 정보과 요원이었다. 이 세 명의 그림자들은 우리가 시장에 갈 때, 학교에 갈 때, 심지어 목욕탕에 갈 때까지 쫓아와서 지키고 서 있었다. 매일 아침 우리 삼총사가 모이면 도합 아홉 명의 그림자들은 우리 주변을 맴돌고 있었다.[29]

　　삼총사는 육군본부에 있는 계엄사령부로 찾아갔다. 한 중령이 나오더니 합수부 위치를 가르쳐주면서 그곳에서 정보를 얻을 수 없으면 보안사에 실종신고를 하라고 했다. 삼총사는 합수부에 갔지만 들여보내주지도 않았다. 하는 수 없이 보안사에 실종 신고를 접수시키고 나니 그만 다리 힘이 풀려 계단에 주저앉아버렸고 눈물이 두 볼을 따라 흘러내렸다. 저 앞에는 검은 세단에 실려 학생들이 줄줄이 붙들려 오고 있었다. 실종 신고를 낸 다음날 가족들은 기자회견을 가졌다.
　　그러던 어느 날, 삼총사는 눈앞이 깜깜해지는 소식을 들었다. 이문영의 제자의 아내가 근무하는 학교로 공문이 내려왔는데 '이번에 잡혀간 사람들이 모두 북의 지시를 받고 내란을 획책한 적색분자'라는 내용이었다. 3.1 사건 때도 국가전복이라는 죄목에 기가 막혔건만 이번에는 내란음모라니, 삼총사에게 차원이 다른 공포감이 덮쳐왔다.

우리는 윤보선 씨 댁으로 찾아갔다. 마침 9시 뉴스가 시작되고 예외 없이 전두환의 얼굴이 화면 가득 비쳤다. 윤보선 씨는 전두환의 얼굴을 물끄러미 쳐다보더니 찻숟가락으로 웅담을 떠먹으면서 우리에게 이렇게 말했다. "저 사람 악하게는 안 생겼죠?" 그 말을 들었을 때의 심경을 어떻게 표현해야 하나[…].[30]

윤보선은 전두환의 쿠데타를 묵인하고 있었다. 윤보선에게 3.1 선언의 동지의식은 사라진 지 오래였다. 윤보선의 아내이자, 요코하마신학교 시절부터 박용길의 절친한 친구이자, 구가협 동지인 공덕귀 여사는 남편의 태도에 마음고생이 심했다.

하루는 교회협 인권위원회에 중요한 외국인이 온다는 소식을 듣고 삼총사가 그곳을 찾아갔다. 해외로 이 소식을 알릴 수 있지 않을까 하는 간절한 마음에서였다. 어떻게든 경찰의 삼엄한 통제를 뚫고 들어가야 했던 그날의 이야기를 이종옥은 이렇게 기억했다.

"기독교회관을 가보자 그래서 기독교회관으로 갔는데 못 들어가게 하잖아요. 형사들이 있으니까. 그래서 뒤에 주차장으로 한번 들어가보자. 그러고는 정신여고 담을 뛰어넘었어요. 담을 뛰어넘어서 가면 바로 거기가 기독교회관 주차장이에요. 그래서 제가 제일 젊으니까 먼저 담을 뛰어넘었어요. 그다음에 이문영 박사님 사모님이 뛰어넘었거든요. 박용길 장로님 뛰시라니까 넘어졌어요. 담을 뛰어넘지를 못하고. 아 그래서 막 무릎에 피가 이만큼 쏟아지는데 당장 어떻게 할 수는 없잖아요. 그래서 저희가 뭘 찢어가지고 이제 어쨌든 다리를 짬매주고. 그러니까 털썩 주저앉아가지고는 원망을 하시잖아. 십 년(김석중), 이십 년(이종옥)씩이나 아래인 것들이 꼭 나더러 같이 하자고 그런다고……. 처음 무안했어 그때. '아유 죄송해요' 그러고는…… 쩔뚝쩔뚝하면서 차고 있는 데로 들어갔는데 거기서 딱 형사가 서가지고. '아이 그러길래 오시지 말랬잖아요' 그래서 '너희들이 막으니까 이러지 않았냐'고 거기서 또 한바탕 싸우고 결국은 못 들어가고 집으로 돌아갔어요."

가택연금을 당해 집 밖을 나가지 못하는 날들도 많았다.

"박 장로님은 얼마나 착한지 한 번도 형사들한테 거친 말을 하시지 않아요. 그러던 어느 날 가택연금을 당했는데 저희가 방문을 왔어요. 방문을 왔다가 가니까 장로님이 참 얼마나 답답하겠어요? 방에서 갇혀서. 우리를 따라서 슬리퍼를 신고 추적추적 따라오니까 형사가 놀란 거예요. 이대로 우리가 납치해서 모시고 가는 게 아닌가 해서죠. 우리가 계속 얘기를 하고 가는데 그 담당형사가 자꾸 뒤에서 잡아당겨. 장로님더러 집으로 들어가시자고 그러니까 우리도 모르는 사이에, 그냥 조용하게 이야기하면서 걸어가는데 느닷없이 장로님이 팩 돌아서더니 뺨을 갈기더라고요. 형사의 안경이 저기 가서 뚝 떨어진 거예요. 형사는 키도 큰데 장로님이 껑충 뛰어가지고 키 큰 사람 후려갈기니까 형사가 깜짝 놀라더라고요. 저희도 놀랐어요. 다들 장로님이 그러시리라곤 상상도 못 했는데 그렇게 아무튼 싸울 때는 정말로 힘있게 싸우시는 분이세요. 그리고 또다시 이제 가정으로 돌아오고 우리 모였을 때는 정말 온순한, 아주 온순한 분이었지요."

끌려간 사람들이 중앙정보부에 갇혀 있다는 소식이 7월의 녹진한 바람결에 묻어왔다. 7월 12일, 김석중에게 육군본부로 들어오라는 연락이 왔다.

"평민(민간인)을 육군교도소로 잡아갔단 말이야 평민을. 뭐 적어도 세 명 이상 다섯 명 정도는 사형이다. 이래가지고 소문이 막 돌면서 1월 5일에는 집행일이다. 뭐, 이래가지구 너무너무 놀랐지. 오십 며칠 만에 인제 육군교도소에 있다는 연락이 왔어. 거기는 사형선고한다고 떠들고 나도 그래서 거기선 석방 운동할 생각도 못 했지."[31]

부인들은 한달음에 남한산성으로 달려갔다. 한 사람씩 순서대로 3분씩 면회시간이 주어졌다. 제일 먼저 박용길이 헌병 지프에 올라탔다. 위병은 무전기에 대고 이렇게 보고했다. '도봉산 1호 출발한다. 이상.'

'도봉산 1호' 박용길이 들어간 면회실은 생각보다 살벌하지는 않았다. 책상만 놓인 방이어서 거칠어진 남편 문익환의 손도 잡아볼 수 있었다. 다만 하고 싶은 말을 사사건건 가로막고 나서니 그저 울다 웃다 그러고만 헤어졌다.

'도봉산 2호' 김석중은 두 눈이 퉁퉁 부어 나왔다. 김석중의 말이 남편 이문영이 어찌나 말랐던지 움푹 꺼진 눈두덩이에서 눈동자라도 반짝거리지 않았다면 시체가 걸어 나오는 것 같았단다. '도봉산 3호' 이종옥은 남편을 만나지 못했다. 며칠 뒤 삼총사는 서대문구치소로 함께 달려가서야 이해동 목사와 면회할 수 있었다.

신문들은 이 사건을 대서특필했다. 사건의 이름은 '김대중 내란음모 사건'. 광주 밖의 보통 사람들은 광주항쟁이 일어난 지 석 달이 되어가도록 광주항쟁의 진실을 몰랐다. 영문도 모른 채 한밤중에 붙들려간 민주인사들 역시 광주의 참상을 전혀 알지 못한 채, 내란음모자가 되어 있었다.

눈물을 닦고, 그래도 편지

재판이 곧 시작되니 변호사를 구해야 했다. 3.1 민주구국선언 때 애써주었던 박세경 변호사가 기꺼이 나서서 변호인단을 구성하려고 했지만, 신군부세력은 박세경 변호사는 물론 재판에 참여할 뜻을 보인 모든 변호사들에게 죄목을 걸어 구속하거나 1년간 영업정지를 내렸다. 가족들에게 변호사 선임과정부터 이미 투쟁의 시작이었다.

영업정지를 받은 인권변호사 중 한 명인 이돈명 변호사는 삼총사에게 최대한 많은 변호사 사무실을 방문하라고 일러준다. 변호를 요청했는데도 아무도 응하지 않으면 그것만으로도 국제적인 비난을 받게 될 것이고, 이는 재판부를 압박할 수 있는 방법이 되리라는 것이 이돈명의 설명이었다.

삼총사는 서대문 일대를 시작으로 1백 곳이 넘는 변호사 사무실을 방문했다. 박세경 변호사가 연행되고 이돈명 같은 인권변호사들이 속속 영업정지를 당하는 마당에 무서워서 나서주는 변호사는 단 한 사람도 없었다. 삼총사는 계획대로 국제앰네스티를 찾아가 변호사 선임과정의 모든 이야기를 폭로했다.

부인들은 면회를 같이 다녔다. 다만 김대중의 부인 이희호는 만나지 못하도록 면회시간이 오전 오후로 어긋나게 잡혔다. 박용길은 주로 김석중·이종옥·김정완(유인호의 부인)·황치애(예춘호의 부인)·조민자(이호철의 부인) 등 일고여덟 명과 함께 다녔다. 육군교도소로 이감된 후에도 면회는 쉽지 않았다. 형이 확정되기 전까지는 원칙적으로 면회가 자유로워야 했다. 그런데 이번 사건에서는 매주 수요일에만 짧은 면회를 허락했다. 한번은 수요일마저도 면회를 불허하여 가족들이 기습시위를 감행했다.

"한번은 이제 문을 안 열어줘요. 들어가지 못하게 해. 근데 우린 그때 농성한다 그래가지구 뭐 냄비니 솥이니 주전자니 이런 것 다 가져갔거든. 교도소로. 일부러 보라고 그래 갔더니 문이 탁 잠겼어. 그래서 할 수 없이 내가 인제 그 문에 올라가지구. 빽 빽 문을 갖다 하하하 해가지구서는 이제 그네 타는 것같이 왔다 갔다 하하하 별짓을 다 했어. 육군교도소에서. 그러니까 할 수 없이 열어주더라고. 그래서 들어가서 모두 냄비니 뭐니 거기다 전부 이제 헛간 같은 데가 있더라고. 거기서 농성할 준비를 했지. 그랬더니 이 사람들이 질겁을 하고."[32]

이날 면회가 불가했던 이유는 문익환을 회유하기 위해 밖으로 데리고 나갔기 때문이었다. 회유에 실패하자 육군본부는 박용길에게 손을 뻗었다. 그녀는 면담 자체를 일언지하에 거절했다.

재판은 비공개 군사재판이었다. 외신기자는 들어가지 못했고 가족들에게는 방청권이 세 장씩 주어졌다. 재판 전에 철저한 몸수색을 당했다.

군사재판을 받고 있는 김대중과 문익환(1980)

특히 필기구는 절대 가지고 들어갈 수 없었다. 삼엄한 분위기 속에 진행되는 군사재판에서 피고들은 '김대중 내란음모 사건'이 고문과 가혹행위로 조작된 것임을 폭로했다. 이종옥 사모의 구술이다.

"아무튼 얼마나 심하게 맞았는지 이런 데도 이렇게, 여기를 온몸을 다 때려서, 목사님을 이렇게 엎어놓고 그 고문을 많이 하고 나면은, 이 피멍을 빼는 데는 생소고기가 최고래. 그래서 자기들이 그렇게 몽창 때려놓고, 사람을 엎어놓고 온몸에다가 생소고기를 붙여서 그냥 삼 일인가를 뉘어놨대요. 그러니 그 고기 썩는 악취가 뭐, 말을 할 수가 없었다고 그래, 그 얘기를 재판정에서 폭로하셨지요. 그래가지고 그때 다 울었어요. 피고도 울고, 가족도 울고, 그때 군재에서……."[33]

그럼에도 국선변호사단은 끝까지 검사의 꼭두각시 노릇에 충실했다.

국선변호사들은 시간만 때웠고, 그중 유일하게 양심과 이성을 지녔던 소정팔이라는 변호사가 "내란음모에 대한 사실 기록도, 기소장도 없으며, 증거가 불분명하여 내란을 일으켰다고 볼 수 없다"고 소신 있게 발언했다가 그 자리에서 쫓겨났고 이후 소식이 두절됐다.

재판부와 국선변호인단이 미리 각본을 짜고 진행하는 재판은 가증스럽기 짝이 없었다. 끝내 피고들이 소리치기 시작했다.

"네가 지금 변호사냐, 검사냐? 아무리 조작이라도 그렇지, 이건 뭐 삼류소설보다 못한 소리를 지껄이고 있잖아!"

"입 닥치라는데, 피고가 변론하지 말라는데 왜 자꾸 헛소리야, 헛소리가!"

끝내 문익환이 일어났다.

"재판 기피신청을 하겠소. 우린 이런 재판을 받고 싶지 않소."

이어 김대중이 일어났고 나머지 사람들도 그 뒤를 따라 재판정을 나가버렸다.[34]

재판은 일주일에 두 번씩 열리며 빠르게 진행되었고, 가족들은 재판 과정을 구술로 기록하기로 했다.

"아, 수색당하고 뭐 연필 꽁다리 하나라도 못 가져 들어가게 하고 뭐, 종이도 못 가져 들어가. 어떻게 할 수가 없으니까 재판 끝나고 점심시간 되면 그냥 쫙 모여. 그래 우리 인제 어머니들도 모이고, 학생들(자식들), 저희들끼리도 모여가지고선, 오늘 재판한 거 너희들 생각나는 대로 다시 적어. 다 적어, 그러면 인제 대학생들이니까 쫙 적잖아? 적은 다음에 순서대로 이렇게 다 하면 얼마나 자세히 적었는지 누구는 웃었다. 뭐 누구는 일어나서 무슨 얘길 했다, 뭐."[35)]

여러 가족이 함께 작성한 재판기록은 구속자 가족들 외의 사람들과 외신기자들에게 공유되었다. 이러기를 수차례, 선고가 내려졌다.

'피고 김대중 사형!'

"김대중 사형, 그러니까 그냥 우리가 '동해물과 백두산이' 하고 막 노래를 불렀어. 헌병들이 와서 우리 입을 틀어막더라고. 그래서 아니, 애국가 부르는데 입 막는 데가 어딨냐고 우리가 그러니까 그냥 헌병들이 다리팔 해가지고 발딱발딱 들어서 우리를 바깥으로 끌어내는 거야. 성근이가 보니까 내가 탁 끌려 나오는데, 아유 우리 엄마가 기절했나 싶어서 막 달려왔더니 내가 눈은 질끈 감고 노래를 부르더래. 그냥 막 부르는 거지. 아이구 참 내. 뭐 석중 씨하고 종옥 씨하고 셋이 그렇게 극성을 떨었어. 다른 사람들도 물론 동조했지만."

건장한 헌병들이 환갑노인을 번쩍 들어 올려 나오는 모습에 아들 성근의 심장은 곤두박질쳤지만, 어머니는 굳건했다. 애초에 사형선고를 받을 거라고 소문이 돈 사람은 김대중, 문익환, 이문영, 이렇게 세 사람이었다. 그런데 막상 결과는 김대중만 사형선고로 나왔다. 문익환은 재판부에 김대중 구형 결과에 대한 항의서를 제출했지만 문익환의 형량이 줄고 김대중의 사형판결은 그대로였다.

피고인들은 전국의 교도소로 뿔뿔이 흩어졌다. 문익환이 공주교도소에 도착했을 때가 11월, 추위가 시작되는 때였다. 박용길은 남편이 예전 수감생활 중에 동상에 걸려 발이 벌게지고 진물까지 흘렀던 기억이 떠올랐다. 참으려 해도 자꾸 붉어지는 눈시울을 어찌하지 못했다. 집에서도 가족들을 생각하면 진작 보일러를 돌려야 했음에도 자꾸 망설이게 되었다. 수감된 남편에게 마음을 전할 수 있는 방법은 편지뿐이었다.

1981. 2. 5.

오늘이 음력 정월 초하루입니다. 성경은 받으셨는지요. 햇빛은 잘 들어오는지요. 발이 시리면 더운물을 달라고 하세요. 하고 계시겠지만[…]. 보선(버선)을 고부간에 한 켤레씩 만들었는데 맞으시기 바랍니다.

1981. 10. 19.

당신께 보낸다고 식물채집을 많이 했었는데 시들어버려서 두어 가지만 보냅니다. 팔당을 지나 원시대로 있는 농촌 마을을 지나서 멀리 강가에서 수석도 하나 들고 왔는데, 잘 앉아주어서 신기해요. 당신이 가져오신 수석도 사랑해주어야겠습니다. 노랗고 빨간 단풍이 아름다웠습니다. 자연은 포악하지도 않고 속일 줄도 모르고 아름다워서 좋아요. 당신과 꼭 손잡고 걸었습니다.

1981. 11. 12.

오늘은 목요일, 여러 가족들을 만날 수 있어서 오랜만에 소식들을 들었습니다. 날씨가 추워지니 뜨뜻한 방에서 안절부절못하는 어머니의 심정을 다시 헤아리게 됩니다. 내일 면회 갈 일이 기다려지는 오늘, 밤새워서라도 쉐타를 짜야겠습니다. 성심이(둘째 며느리)

가 김밥을 만들고 밤도 삶고 내일 점심준비를 잘했어요. 늦게까지 응접실에 앉아서 다 마치고 어머님께서도 잠을 설치시는 것 같아요. 뵈온 지 이미 한 달, 금고수禁錮囚까지도 월 2회인데 우리가 제일 못한 월 1회군요. 너무도 오래 궁금하였기 때문에 얼른 날아가고 싶은 심정입니다.

1981. 11. 21.

당신의 11월 서신이 도착해서 얼마나 기뻤는지 몰라요. 서른한 통을 보내고 한 통 받는 편지라고 부모님께 말씀드리며 큰 소리로 읽어드렸죠. 그래도 비중은 맞먹는 것일 거예요. 귀중한 글들이 꽉 들어차 있거든요. 다 삭이려면 며칠을 두고 더 음미해야겠습니다. 꿈 이야기 재미있게 읽었습니다. 어두움 후에 빛이 온다는 진리를 믿고 힘을 얻습니다.

수감자가 보낼 수 있는 편지는 한 달에 한 번뿐이었다. 이 사실을 알면서도 박용길은 남편의 편지를 내내 기다렸다. 그 기다리는 힘으로 하루하루를 버티었다. 남편이 그러했던 것처럼.

당신에게 1981. 7. 11.

……날마다 고운 그림까지 곁들여 시 한 수씩 담아 띄워주는 당신의 마음이 주룩주룩 비 내리는 울적할 뻔한 나의 하루를 밝혀주는군요. 고맙소……. 역시 허전한 마음을 채워주는 건 마음밖에

없군요……. 날마다 날아오는 당신의 고운 마음을 풀잎이 이슬 기다리듯, 이슬방울이 햇살 기다리듯 기다리면서!

당신의 사랑 올림

박용길은 문익환이 세 번째 수감된 시기의 편지에 자신의 사회적·정치적 의견을 예전보다 많이 드러냈다. 남편에 대한 애틋한 마음과 더불어, 일상과 가족 이야기가 주를 이뤘던 자리에 어느새 사회를 바라보는 비판적인 시선이 들어섰다.

제141신 1981. 6. 25. (목)

당신이 안 계시는데 만난 전쟁 31년 전 일들이 되살아나는군요. 너무도 너무도 온겨레가 골고루 당한 고생. 죽음, 너무나 큰 비극이었죠. 타의로 갈라진 국토와 민족. 진작 우리 민족이 깨어서 통일을 이룩해야 했었다고 생각됩니다.

제358신 1982. 1. 28. (목)

날씨가 굉장히 추우니 집 떠난 분들 생각이 간절합니다. 얼마나 추우실까? 걱정들을 합니다.

재일교포들의 인권문제를 토의하기 위해 가셨던 분들이 돌아와서 보고를 들었습니다. 우리가 직접 보고 느꼈던 일들인데 너무 오래 부당한 대우를 받고 있는 거죠.

제363신 1982. 2. 2. (화)

오늘은 기장 전국장로연합회 창립총회가 있는 날이라고 하여 5
가에 갔습니다. 전국에서 80명이 대의원으로 참석했는데 저는 홍
일점이었어요. […] 제주도에서 오가고 많은 시간과 경비가 드는
모임인데 얼마큼 내용 충실을 기할는지. 명예보다도 허심탄회하게
알고 배우고 행동해나가야 되지 않을까 생각했습니다.

많은 분들이 당신 문안을 했는데 뵈온 지 너무 오래되어 자신
있게 대답을 못 하겠군요. 당신의 건강관리는 믿는 터이라 잘 계시
다고 대답을 했습니다만……

박용길의 생일날 남편에게 보낸 편지(1982. 9. 1.)

제574신 1982. 9. 1. (수)

안녕하세요? 소은이네 네 식구(할머니)와 백 권사님이 함께 예배를 드렸습니다. 찬송 546장 에베소 6장 1절을 읽고 어머님이 기도하셨어요. 세 며느리가 다 못 오고 세 아들이 음식 시중을 들었지요. 바우도 의근이 사온 케이크를 들고 들어오며 한몫 끼었고요. "부모를 공경하라"는 우리에게는 첫째 계명인 것을 새삼 느꼈습니다. 성근이는 고기를 사왔고 호근이는 소금 후추 그릇을 선사하는군요. 이런 모양이에요. 아버님 생신도 지난 지 얼마 안 되고 해서 조촐히 지내려고 했는데 언니, 원자가 옷을 장만했다고 해서 소은이네만 왔습니다. 딱 친구들이 예쁜 잠옷을 사온 것은 잘 간직해두겠습니다.

아침에 호근이가 강 아저씨 잠깐 가서 뵙고 왔어요. 글씨를 매일 쓰시죠. 아버님께서 아이들에게 간곡한 말씀을 하셨고 삼 형제가 오래 이야기를 하는 기회를 가졌습니다. 그래서 63회 생일을 뜻있게 지냈지요. 안녕 길.

— 저를 위해 기도하셨을 당신의 보이지 않는 선물이 제일 값진 선물이라고 느껴지는군요. 38년을 해로하게 하신 하느님께 감사하는 하루를 보냈습니다. —

여러 번의 생일과 크리스마스를 함께 보내지 못했어도 박용길은 남편에게 원망이나 힘들다는 표현을 하지 않았다. 오직 남편의 기운을 북돋기 위한 격려의 말만 적었다. 남편에 대한 사랑과 신앙의 힘으로, 쓸쓸

할 수도 있었을 날들을 감사하는 시간으로 승화시켰다.

김대중 내란음모 사건으로 교회협 인권위원회 사무실에서 시작된 농성이 사흘째 되던 밤, 박용길 가족 4대가 한꺼번에 연행되는 일이 벌어졌다.

"종로5가에서는 맨날, 그야말로 농성이거든. 가족들이 웬만하면 다 밤새우고 농성을 하는데, 그때는 아무튼 시어머니, 나, 성근이, 바우까지 같이 다 거기에 있었지. 거기가 7층이니 높잖아. 그래서 계단이나 엘리베이터 타고 들어오는 거 아니면 못 들어올 줄 알았거든. 근데 창문으로 들어와서는 잡아가는 거야. 그래서 우리가 다 잡혀갔지. 바우도 당한 거야. 그러니까는 바우가 '할머니, 요 다음에는 이런 교회 오지 말자' 그래. 바우가. 하하하."

그때 손주 바우의 나이가 세 살이었다. 1980년 서울의 봄이라고 불리던 시기에 오랜 출국 금지로 발이 묶여 있던 큰아들 내외가 유럽으로 유학을 떠나고 장손인 바우를 두 할머니인 김신묵과 박용길이 키우고 있을 때였다.

"한 번은 최 형사인가 하는 사람이 우리 집에 왔는데, 바우가 그 사람을 보더니 요렇게 상 위에 딱 올라가지고서는 '이 사람 순 거짓말쟁이야!' 그랬거든. 손가락질을 하면서. 그러니까 그이가 깜짝 놀래가지고 어어 이러면서 '아니 애가 몇 살입니까?' 그래. 그래서 시어머니가 '세 살이면 다 바른말은 한다우. 세 살 전에는 이미 이 사람이 나쁜 사람인지 좋은 사람인지 다 안다우' 그러셨지. 그다음부터는 최 형사라는 이가 만나기만 하면 어떻게 손자 잘 큽니까, 손자 잘 큽니까, 그랬지."

민가협의 해바라기들

광주민중항쟁의 소식은 대학가를 중심으로 은밀하게 퍼져 나갔다. 노동자와 학생들은 걷잡을 수 없이 분노했다. 1980년 5월 30일, 서강대학생 김의기가 기독교회관 옥상에서 광주항쟁과 관련한 유서를 뿌리고 투신한 것에 이어, 성남의 노동자 김종태, 서울대 학생 김태훈이 투신했다.

해가 갈수록 대학생들의 시위가 거세졌다. 구속자와 양심수도 나날이 늘어가고, 기독교회관 농성장에 모이는 가족들 수도 점점 많아졌다. 1985년 9월 27일 여느 때처럼 기독교회관 농성장에 구속자와 양심수 가족들이 모여들었다. 어느 순간부터 민청련(민주화운동청년연합), 양심범가족협의회, 그리고 장기수 가족들이 자연스럽게 의기투합하는 자리가 되어가고 있었다. 노동자, 학생, 장기수, 종교인의 가족들이 하나의 단체로 뭉친다면 훨씬 막강한 힘을 발휘할 수 있으리라는 기대가 생겨났다. 이렇게 태동한 것이 '민주화실천가족운동협의회'(이하 민가협)였다. 민가협은 1985년 12월 12일, 창립식을 갖고 새로운 민주화운동단체로 도약했다.

가족운동은 주로 여성들을 중심으로 구성되었으며 여러모로 특별했다. 상명하복의 지휘체계가 아닌 수평적 의사결정 구조를 가졌고, 자유롭게 의견들이 오갔다. 사건이 생기면 바로 그 자리에서 의견을 내고 즉각적으로 행동했다. 민주화운동으로서 가족운동투쟁체라는 개념은 민가협 창립과 함께 도입되었지만, 사실상 가족의 민주화운동은 구가협을 효시로 봐야 한다는 것이 박용길의 생각이다.

"단체의 이름이나 조직력으로만 보면야 민가협이 가족민주화운동체라고 할 수 있지. 근데 중요한 것은 내용이야. 맨 처음에는 가족들이 오로지 구속자들의 석방을 위해 모였지만, 점점 민주주의에 대한 공감으로 인권운동을 하게 됐으니까 구가협이 가족민주화운동의 시작이라고 할 수 있지. 그러니까 민주화를 향한 최초의 가족운동은 구가협이 만들어진 1974년부터라고 해야 맞지."

구가협은 독재정권 국가에서 가족인권운동이라는 완전히 새로운 틀을 제시한 가족운동단체였으며, 민가협이라는 튼실한 열매의 씨앗이 되었다.

민가협은 공동연대를 추구하는 가족운동단체인 만큼 각 분야의 대표들이 전체를 위해 일할 수 있는 공동의장단을 구성했다. 이에 따라 창립총회에서 선출된 공동의장단은 이소선, 조만조, 박순격 등 아홉 명이었고, 그중 다섯 명이 구속학생부모협의회 소속이었다.

민가협은 공동의장단과 함께 고문단을 꾸렸다. 경험 많은 운동가들의 지도력과 판단력이 요청되었기 때문이다. 박용길은 이때 조직의 초대 고문을 맡았다. 이듬해 민가협 2차 총회 때 공동의장으로 선출되었으며, 이후 오래도록 이소선과 함께 민가협 고문을 역임했다.

'노동자의 대모' 이소선과 박용길의 인연은 15년 전, 늦가을로 거슬러 올라간다. 1970년 11월 13일, 서울 평화시장 한복판에서 한 불덩이의 외침이 들려왔다.

박용길의 구순 잔치에 이소선과 함께(2008. 9. 8.) ⓒ민족21

"근로기준법을 준수하라!"

청계천 피복노동자였던 청년 전태일은 숨 쉴 구멍조차 없었던 다락방 공장에서 하루 열네 시간씩 일하며 저임금에 시달리던 여성노동자들을 위해, 악덕 고용주를 고발하고 노동자들의 비인권적인 노동환경을 세상에 알리기 위해 자기 몸을 불살라 던졌다. 그의 어머니가 바로 이소선이었다.

이소선은 새까만 재가 되어 죽어가는 아들을 앞에 두고 애간장이 타들어가는 고통을 가슴 깊이 억누르며 기도했다.

"태일이의 뜻이 이 모양으로 해서만 이루어질 수 있다면, 하느님 뜻대로 하옵소서." [36)]

문익환은 전태일이 살아생전 누웠던 병실을 방문했다. 이 젊은이의 죽음을 두고 "전태일이야말로 예수였다"라고 선언했다. 자신의 시에 "이 땅을 살아가는 모든 목숨들이 전태일이며, 전태일이어야 한다"라고 썼다.

박용길과 이소선은 이때 서로 알게 된 이래 이 땅의 생명을 살리는 어머니로서 함께 기도했고 투쟁했다. 두 사람은 맞잡은 손을 끝까지 놓지 않았다.

민가협은 가족인권운동에 여러 가지 변화를 가져왔다. 민가협은 조직적이고 대규모적인 가족운동으로 확장되어 전국단위에서 활동했다. 구가협이나 양심범가족협의회 때는 서울과 대도시를 중심으로 활동하던 가족들이 각 지역을 찾아가 힘을 보태는 방식이었다면, 민가협이 조직되면서부터는 각 지역에서 가족운동의 역량이 발휘되기 시작했다.

다음으로 민가협은 종교적 테두리를 벗어난 운동체가 되었다. 1960년대 후반부터 시작되었던 인권운동과 가족운동은 실상 종교계, 특히 기독교와 천주교의 적극적인 참여와 지원 없이는 불가능했다. 그러나 자체 동력을 가지게 된 민가협은 종교단체와의 연대조직으로 성장하면서 비종교인들의 참여를 한층 높이는 결과를 불러왔다.

민가협의 싸움은 늘 이기는 싸움이었다. 한번 마음먹으면 물러서는 법이 없으니 원하는 바를 이뤄낼 때까지 싸웠다. '민가협=어머니'라는 공식 때문이었다. 위기와 사태가 심각하면 심각할수록 어머니는 더 강한 힘을 발휘했다. 1980, 90년대 운동권 사이에서는 이런 말이 유행했다.

'어머니, 민가협으로 가세요.'

시위하다가 구속되는 이들의 어머니들이 늘상 듣는 말이었다. 이 말을 들은 새내기 구속자 가족들은 지푸라기를 잡는 심정으로 민가협 사무실을 찾아갔다. '민가협 수첩'에 적힌 지침대로만 하면 막막하기만 했던 상황을 헤쳐갈 수 있는 길이 보였다. 회원 가족들은 또 민가협 기관지 《민주가족》을 읽으며 시국을 파악하고 회원들 간 소식을 공유했는데, '민주가족'이라는 제호를 쓴 이가 박용길이었다.

민가협이 창립된 이후로, 모든 민주화운동 시위 현장에서는 보랏빛 물결이 출렁였다. 민가협 회원들은 고난과 승리를 뜻하는 보라색 머릿수건을 늘 쓰고 있었다. 시위 현장에서 민가협은 예외 없이 맨 앞자리를 지켰으니, 보랏빛 어머니들은 위풍당당했다.

안타깝게도 1985년 전후로 민주주의를 외치는 젊은이들의 분신과 투신이 이어졌다. 86년에는 노동자 박영진이 할복자살했다. 86년 8월, 또 하나의 가족 모임이 만들어졌다. '민주화운동유가족협의회'(이하 유가

유가협 어머니들의 민족민주열사 추모제에서 문익환의 사진을 들고 행진하는 박용길

협)이다. 회장은 이소선이 맡았다.

민주화를 위해 싸우다 사망하거나 옥중에 갇힌 이들을 위해서라면 어디든 달려갔던 박용길과 이소선. 두 어머니가 이끌어가는 민가협과 유가협은 대한민국 가족민주화운동의 두 축이었다.

박용길은 예전의 그 코스모스가 아니었다. 문익환은 이제 그를 해바라기라고 부르기 시작했다.

이제 당신은 나에게 코스모스가 아니라 해바라기야요. 내가 당신을 사랑하기 시작하던 어느 날 밤쯤에 화사하게 핀 코스모스 꽃밭에 유난히 큰 연분홍 코스모스 한 송이가 있었거든요. 그 청초한 아름다움이 그대로 당신이었기 때문이었지요. 그런데 요 며칠 전 꿈에 본 해바라기의 푹 수그린 탐스러운 모습…… 정말 성숙한 인간성, 그러면서도 당신처럼 언제나 겸허한 모습. 당신과 같이 길을 가는데, 그것도 서울 거리를, 잘 익은 커다란 해바라기가 머리를 푹 숙이고 우리가 지나가는 걸 보고 있는 것이 아니겠소? 나는 아직까지 그렇게 큰 해바라기가 활짝 피어나는 웃음으로 소담스럽게 익어가는 것을 본 일이 없어요.

그러던 차에 접견실에 들어서는 당신의 활짝 웃는 얼굴이 그대로 그 해바라기 얼굴이라는 생각이 들더군요. 그래서 「당신의 양심」이라는 시를 지었던 거요. 1990. 2. 10.

당신의 양심은

당신의 얼굴이어라

봄 여름 가을 겨울 힘든 계절

갈아들기 예순여덟 번

짧지 않은 세월

늘어만 가는 잔주름살들

어느 하나 양심 아닌 것 없어라

희끗희끗 서릿발 날리는 머리칼 한 올 한 올

어느 하나 양심 아닌 것 없어라

진주라 천릿길

허둥지둥 달려와서

접견실에 들어서는 조금은 성난 얼굴

내게는 그대로 하늘이어라 땅이어라

와락 안아주고 싶은 반가움이어라

가슴 아픈 이야기를 나누며

떨려오는 목소리하며

나라 일 겨레 일 언짢은 이야기 나누며

거칠어지는 숨소리하며

핏빛으로 터지는 꽃봉오리들이 보여

글썽이는 눈물 그 아픔하며

어느 하나 사랑 아닌 것 없어라

삼월에 다시 올게요 하며

접견실을 나서는 해바라기 얼굴

정오의 어둠을 향해 걸어가는

단단한 걸음이어라

문익환, 「당신의 양심」

6월의 맨 앞에 선 어머니

김대중 내란음모 사건으로 복역 후 1982년 말에 석방된 문익환은 재야의 지도자로서 중요한 역할을 부여받았다. 1984년 10월, 민주통일국민회의가 창립되면서 의장으로 선임되었고, 이후 1985년 3월에 결성된 민주통일민중운동연합(이하 민통련)에서도 의장으로 선출되었다. 이후 전국을 다니며 강연 활동을 했고 그로 인해 네 번째 옥살이를 하게 되었다. 6월 항쟁으로 석방될 때까지 그는 서울구치소, 청주교도소, 진주교도소 등으로 이감되면서 14개월 동안의 수감생활을 했다.

1987년 1월, 서울대생이 남영동 고문실에서 물고문으로 사망하는 사건이 터졌다. 박종철 고문치사의 진상을 밝히기 위한 시위와 집회가 곳곳에서 열렸고, 민가협 어머니들은 집회현장마다 앞장서서 구호를 외쳤다. 이때 박용길의 한 손에는 국화가, 다른 한 손에는 박종철의 사진이 들려 있었다.

민가협 어머니들은 박종철 추모 시위에서 보랏빛 수건 대신 삼베 수

박종철의 고문 조작에 항의하는 박용길(1987. 2. 7.) ⓒ박용수

건을 머리에 썼다. 열사에 대한 애통한 마음의 표현이었다. 민가협 어머
니들의 삼베 수건은 박종철 사건 이후로 열사들의 추모집회나 장례식에
서 늘 보랏빛 수건 대신 사용되었다.[37)]

전두환은 호헌조치護憲措置를 발표했다. 일체의 개헌 논의를 중단시
키고, 1988년 2월 정부를 이양하겠다는 것이 4.13 호헌조치의 요지였
다. 국민에 의한 대통령 직선제를 요구하는 개헌 논의를 중단시키는 호
헌조치는 군부세력의 장기집권을 위한 장치였다. 호헌조치는 학생들과
노동자들의 투생 의지를 더욱 자극했다.

1987년 6월 9일, 진압대가 시위대를 향해 수평으로 쏜 최루탄의 파
편이 연세대학교 학생 이한열의 머리에 박힌다. 무분별한 폭력진압이 부
른 결과였다. 이날은 6월 10일로 잡힌 호헌철폐 전국시위를 하루 앞두

고 연세대 출정식이 열렸던 날로, 맨 앞에서 시위대를 보호하던 이한열이 최루탄의 희생양이 된 것이었다. 이한열의 최루탄 사건은 '6.10 민주항쟁'에 불을 붙였다.

6월 10일 오후 6시, 확성기를 통해 애국가가 울려 퍼지고 국기하강식이 끝나자마자 성공회대성당 종탑에서는 마흔두 번의 타종 소리가 울렸다. 42년간의 독재에 종식을 고하고 새로운 민주정치를 열기 위한 마흔두 번의 타종은 민주헌법쟁취국민운동본부(이하 국본) 상임대표 지선 스님과 유시춘 집행위원이 맡았다. 지선 스님은 타종을 마치고 곧바로 노태우의 대통령 후보 선출 무효를 선언했다.[38]

성공회대성당과 시청 주변에 운집한 시민들은 대통령 후보 지명 무효 선언과 함께 '호헌철폐'와 '독재타도'를 외치기 시작했다. 시민들의 구호 소리는 끊임없이 터져 나오는 최루탄의 "빠바바방, 빠방!" 소리와 뒤섞였다. 구름처럼 깔린 희뿌연 최루가스 속에서도 시민들은 대오를 지키려 애쓰며 구호를 외쳤다. 땅 위는 순식간에 아수라장이 되었다.

이때 민가협은 남대문에 집결해 있었다. 민가협 어머니들은 무차별적으로 퍼부어댈 최루탄에 대비해 눈가에 치약을 바르고 투명 랩으로 눈을 감싸고는 성당의 타종 소리가 울리기만을 기다리고 있었다. 성공회대성당 타종이 시작되자, 박용길은 민가협 어머니들 중에서 가장 먼저 거리로 뛰어나갔다. 오늘도 박용길의 양손에는 무언가가 들려 있었다. 한 손에는 보라색 수건, 다른 한 손에는 흰색 수건이었다. 국본이 시위 때 정의와 평화를 상징하는 흰 수건을 흔들기로 약속했기 때문이었다.

일흔이 다 된 노인이 그 누구보다 먼저 뛰쳐나가는 모습에 민가협 어머니들도 즉각 행동을 개시했다. 민가협 어머니들은 머릿수건을 벗어 흔들었다. 6시로 약속된 차량들의 경적 시위를 보다 적극적으로 유도하기 위함이었다. 차량들의 경적은 꼬리에 꼬리를 물면서 서울 전역에 울려 퍼졌고, 이 모습에 시민들은 박수를 치며 '독재타도!', '호헌철폐!'를 외쳤다.[39] 6월 항쟁은 전국 22개 도시에서 20여 일간 하루도 빠짐없이 계속됐고, 어디를 가든 민가협의 보랏빛 물결은 어김없이 시위대의 선봉에서 물결쳤다.

민가협 어머니들은 최루탄 추방운동에도 나섰다. 당시 최루탄 제조회사인 삼양화학은 소득세 순위 4위에 오를 만큼 최루탄으로 고소득을 올리고 있었다. 민가협은 교회여성연합회와 함께 이를 폭로하고 삼양화학 제품의 불매운동을 전개하는 한편, 18일에는 최루탄추방대회를 열었다.

최루탄추방대회가 열리던 날, 박용길과 민가협 어머니들의 가슴에는 '최루탄을 쏘지 마세요'라는 리본이, 진압대원들의 가슴에는 꽃이 달렸다. 민가협 어머니들은 진압대원들의 가슴 가슴에 직접 빨간 카네이션을 달아주는 평화시위를 벌였다. 어머니들은 어버이날마다 카네이션을 달아주던 감옥에 갇힌 자식들을 생각하며 이날만큼은 진압대의 청년들을 자식으로 삼는다는 마음으로 이 특별한 평화시위에 임했다. 진압대 청년들은 어머니들의 손길을 피하지도 말리지도 못한 채 그대로 서 있을 수밖에 없었고, 시위대 어머니들은 꽃을 달아주면서 안쓰러움의 미소로 이 청년들을 바라보았다.

그러나 바로 이날, 민가협의 최루탄 추방 평화시위를 무색하게 만드는 사건이 또 터졌다. 부산에서 시위하던 회사원 이태춘이 최루탄을 맞고 숨진 것이었다. 다급해진 전두환은 후계자로 지명한 노태우를 통해 직선제 개헌을 초안으로 하는 '6.29 선언'을 발표했다. 김대중 선생의 가택연금을 풀고, 민주인사들도 석방했다. 문익환도 이한열 장례식 전날인 7월 8일에 형집행정지로 풀려나 큰아들 문호근의 수행으로 이한열의 빈소를 찾았다.

진주에서 비행기를 타고 김포공항에서 호근을 만난 문익환이 연세대로 들어서자 수많은 인파가 홍해처럼 갈라졌다. 추모객들은 "문익환 목사님이다!"라고 소리치며 반가워했고, 암담했던 표정에 희망의 미소가 번져갔다. 다음날 장례식에 참석한 문익환은 목놓아 외쳤다. "전태일 열사여! 김세진 열사여! 박종철 열사여! […] 이한열 열사여!" 그렇게 26명의 열사들의 이름을 부르는 문익환의 떨리는 외침에 연세대 백양로를 가득 메운 사람들의 억눌렸던 가슴은 터져버렸다.

이한열의 죽음은 그 혼자만의 죽음이 아니었다. 그날의 장례식은 이한열만의 장례식이 아니라 그동안 민주주의를 위해 죽어간 수많은 열사들의 장례식이었다. 정의로운 역사란 수많은 이들의 희생과 노력이 함께 어우러지고 뒤엉켜 만들어지는 것임을 그날, 그 자리에 참석한 이들은 깨닫게 되었다.

독재타도와 민주주의를 외치는 6월의 함성은 68년 전, 한반도를 뒤흔들었던 3.1 독립만세의 물결과 다르지 않았다. 박용길은 훗날 6월 항쟁 기념식에서 이렇게 말했다.

80년 '5월 광주'가 참극으로 스러진 이후 6월 항쟁으로 부활하기까지 우리는 실로 형언하기 어려운 가시밭길을 걸어왔다. 대한민국 역사에 있어 6월 민주항쟁은 기념해야 하는 한때의 '사건'이 아니라 민주공화국 대한민국이 있는 한 영원히 계승해야 할 위대한 '정신'인 것이다.[40]

손을 잡는 시대, 사랑

남쪽의 기자와 경비를 서고 있던 북측 군인 사이에 승강이가 벌어졌다. 기자가 허락 없이 사진을 찍자 북측 군인이 기자에게 강력하게 문제를 제기한 것이었다. 마침 그 모습을 목격한 봄길이 중재에 나섰다. '기자가 잘 모르고 한 일이니 너그러이 이해해달라'고 부드럽게 말했다. 군인들은 봄길의 한마디에 마음을 가라앉히고 말했다. "알겠습니다. 오마니께서 그리 말씀하시니 그냥 두겠습니다."

평양으로, 감옥으로 가게 하라

민통련 의장이었던 문익환은 처음부터 '민주화와 통일은 하나'라는 인식을 갖고 있었다. 진정한 민주주의는 통일이 되어야만 가능하다는 것이 그의 생각이었다. 또한 민주주의 없는 통일도 불가능하기에 그 둘은 함께 가야 할 가치였다. 그는 민통련을 결성할 때부터 민중민주주의에 기초한 민주화운동과 군부독재 청산을 통한 민주정부 수립을 위해 내달렸다.

1987년 7월 출옥 이후 그는 통일운동 쪽에 집중하기 시작했다. 6월항쟁의 승리를 통해 정치적 민주주의가 어느 정도 달성됐다고 평가했기 때문이었다. 이제는 통일을 이야기할 때가 왔다고 생각했다. 그는 1989년 새해를 맞이하며 의미심장한 시를 한 편 썼다.

난 올해 안으로 평양으로 갈 거야

기어코 가고 말 거야 이건

잠꼬대가 아니라고 농담이 아니라고

이건 진담이라고

[…]

이 땅에서 오늘 역사를 산다는 건 말이야

온몸으로 분단을 거부하는 일이라고

휴전선은 없다고 소리치는 일이라고

서울역이나 부산, 광주역에 가서

평양 가는 기차표를 내놓으라고

주장하는 일이라고

[…]

난 걸어서라도 갈 테니까

임진강을 헤엄쳐서라도 갈 테니까

그러다가 총에라도 맞아 죽는 날이면

그야 하는 수 없지

구름처럼 바람처럼 넋으로 가는 거지

문익환, 「잠꼬대 아닌 잠꼬대」

문익환이 북한 방문을 결심하게 된 결정적인 동기는 청년 학생들의 수난이었다. 특히 1986년 5월 20일 서울대 이동수 학생의 분신 투신자살은 그에게 커다란 충격을 주었다. 이동수는 문익환이 연설하고 있던 그 시간, 그곳에서 마주 보이는 학생회관 옥상에서 분신 투신한 것이었다. 학생들의 죽음을 멈추기 위해서라도 우리 사회의 모든 문제의 뿌리인 분단을 극복해야 한다는 절박한 심정이 문익환을 방북 길에 오르게 했다. 이런 마음을 품고 있던 중에 1989년 1월 1일, 북한의 김일성 주석이 신년사를 통해 남북 간 정치협상과 교류를 제안했다. 문익환은 '자주민족통일'의 길로 나아가기 위해 거사가 필요하다고 판단했다.

"문 목사가 '내가 좀 평양에 다녀오려고 그러는데' 그러셔. 난 하나도 놀라지 않고, '거 갔다 오셔야죠' 그랬거든. 그랬더니 '하나도 안 놀래네'

또 그러서. 그래서 '당신이 늘 칠십 넘은 사람들도 이렇게 번번이 살아 있는데 그냥 젊은 사람들 희생이 너무 크다고 그러셨지 않느냐, 그러니깐 물꼬를 트기 위해서라도 거기서 어떻게 생각하고 있는지 한번 가보는 것이 좋지 않겠냐'고 했지. 뭐 가시면야 김 주석 만나서 으레 통일 논의할 거를 난 기대한 거야."

문익환 방북에 대한 박용길의 동조는 단순한 수긍이 아니라 기대감의 표현이었다.

"그랬는데 노태우가 중간평가를 연기한다, 어쩐다 그런 얘기가 있었거든. 그러니까 문 목사가 '중간평가를 안 하면 북한에를 가고 그걸 하면 못 간다' 뭐 이런 얘기를 또 하시더라고. 그래서 내가 '아니 당신은 도대체 믿을 게 못 돼' 그러면서 일어나서 집으로 와버렸어."

박용길이 언짢은 기색으로 일어나 나와버렸던 그 자리는 종로4가의 한 음식점에서 유가족 지인들과 함께 식사하던 자리였다.

"화가 났어. 문 목사는 그러길 잘하거든. 뭐든지 처음엔 '그거 내가 할까?' 하지. 그럼 늘 내가 '아무튼 온 세상의 일은 당신이 다 맡아 하시는군요' 그러지. 그러니까 북한 가는 일도 그랬던 거야. 나중에 들은 얘기로는 백기완 씨도 그렇고 박형규 목사도 그렇고 그전부터 문 목사한테 한번 다녀오라고 하셨대. 나는 몰랐지. 나는 그냥 문 목사한테 갑자기 들었어도 기대를 가지고 있었는데, 왜 이랬다저랬다 하냐고, 그러면 정경모 선생이 뭐가 되냔 말이야. 미리 가서 김 주석하고 만나는 것까지 주선해놓고 문 목사가 3월에 가는 걸로 다 얘기가 되어 있는데."

때로 박용길은 문익환보다 더 용감했다. 한번 옳다고 생각한 일이라면 우직하게 밀고 나가는 뚝심이 있었다. 또한 젊은 시절 남편이 청혼할 때 '나의 채찍과 거울이 되어달라'던 부탁에 대한 진솔한 답변이기도 했다.

결국 거사를 추진하기로 했다. 1989년 3월 25일, 전국민족민주운동연합(이하 전민련) 상임고문 문익환과 유원호, 정경모는 북한의 조국평화통일위원회(이하 조평통) 초청으로 평양을 방문했다. 극비리에 추진된 문익환의 방북 소식을 김신묵도 아들이 평양으로 떠나고서야 며느리에게 전해 들었다. 구순을 넘긴 노인은 놀라지도 않고 한마디뿐이었다.

"다들 만나서 회담하고 오겠지."

북한을 방문하고 돌아오면 감옥에 가는 것은 불을 보듯 뻔한 일인데도 두 여성 가족은 불안이나 근심을 내비치지 않았다. 박용길은 거실벽에 간디의 글귀를 붓글씨로 쓴 것을 늘 붙여놓고 있었다.

"신랑이 신부방에 들어가듯 감옥으로 가게 하라. 두려움은 작게 기대는 크게 지니고서."

문익환의 방북에 한국 언론은 일제히 들썩였다. 모든 일간지 1면에는 문익환과 김일성 주석이 얼싸안는 사진이 대문짝만하게 실렸고, 방송사들은 나중에 문 목사가 귀국한 이후에도 몇 날 며칠 이 장면을 전국에 내보냈다.

"문 목사가 빨간 마후라를 했다고 그것 가지고도 뭐라고 하더라고. 그거는 글쎄 이후락이니 장기영이니 다 한 거야. 북한에 가면 다 목에 빨간 마후라 두르고 악수하고들 그러지. 그러니까 저희 편에서 간 거는 아무리 그렇게 해도 상관없는 거고, 통일운동이나 민주화운동 하는 사람이 들어가니까 트집 잡으려고 떠들어댄 거지."

문익환 목사와 김일성 주석의 만남

　문익환에게 비난을 쏟은 것은 언론들만이 아니었다.

　"아유, 그냥 뭐 예상이야 좀 했었지만 그렇게 그냥 온 사회가 뒤집히는 것같이 야단들이었지. 신문에 난 기사를 오려가지고 빨강으로 테를 두르고 사진도 붙여가지고 북한으로 가라는 둥 어쩌라는 둥 투서도 들어오고, 뭐 벽에다 써 붙이고 데모대들이 집 앞까지 오고 그랬지. 굉장했어."

　뒤따라올 고난을 뻔히 예상하고서도 단행한 문익환의 방북은 그 의도가 통째로 왜곡되고 부정당하고 있었다. 문익환은 4월 13일, 김포공항으로 귀환하면서 북한을 다녀온 이유를 이렇게 밝혔다.

　"일찍부터 평양을 방문해 김일성 주석과 만나 마음을 열고 민족의 장래를 기탄없이 이야기하고 싶었다. 7.4 남북공동성명에서 확인된 자주, 평화통일, 민족대단결의 3대 원칙에 기초해 통일문제를 해결해야 한다."

평양에서 문익환은 김일성 주석과 합의한 내용을 바탕으로 한 '4.2 공동성명'을 발표했다. 4.2 공동성명은 남북 공존의 원칙에서 다방면의 교류를 통한 점진적 연방제로 합의했다는 점에 커다란 역사적 의의가 있었다. 이 성명은 1991년 김일성의 신년사에도 영향을 주어 북측의 '느슨한 연방제'라는 입장을 도출해냈고, 이어지는 2000년 김대중 대통령과 김정일 위원장의 정상회담에서 발표한 6.15 공동선언에도 영향을 주었다고 평가되고 있다.[41]

노태우 정부의 처분은 예상대로였다. 사전 구속영장을 집행해 국가보안법상의 지령수수, 잠입탈출, 회합통신, 찬양고무 등의 혐의로 문 목사와 북을 함께 방문했던 유원호 선생을 비행기가 김포공항에 착륙함과 동시에 비행기 안에서 구속, 수감했다. 노태우 정권에게 문익환의 방북은 운동권을 탄압할 좋은 구실이 되었다.

정작 박용길을 안타깝게 한 것은, 문익환이 방북 끝에 용정에 다녀오지 않았다는 것이었다. 애초에 문익환은 고향 땅 용정까지 다녀올 마음으로 고향 사람들 선물을 준비해서 출발했다. 그러나 여권기일을 지켜한국에 돌아오기 위해 끝내 용정 일정을 포기했다.

"고향 땅에 들러 누가 그곳에 남아 어찌들 사는지 소식이라도 가지고 오면 부모님이 얼마나 좋아하셨을까 싶었거든. 어차피 돌아오면 감옥행인 줄 알았으면서 굳이 여권기일을 지켜 돌아올 것이 뭐냐 말이야. 문목사도 처음에는 꼭 용정에 갈 생각을 했기 때문에 내가 아끼던 옷감도

다 내놓았어. 가서 일가친척들 주라고. 구두고 뭐고 가방에 다 넣어주었
는데 결국은 용정에를 못 가보셨잖아. 그 좋은 백두산에도 못 가보고."

박용길의 신뢰와 지원으로 가능했던 문익환의 방북은 결국 민간통일
운동의 불을 지폈으며, 남북한 당국의 가교역할을 했다.

처음 앓는 감옥병

문익환 방북의 여파는 예상을 뛰어넘었고, 교회들의 시선도 극과 극
으로 갈라졌다.

"주변의 목사님들은 문 목사가 북한 다녀온 것이 아주 시원하다고 그
러지. 주일날 아침에 신문에 난 것 보고 그냥 강단에서도 막 얘기하고
그랬다고. 뭐 사방에서 성명서가 나오고. 지방에서도 특히 전주에서는
성당 꼭대기에다 잘했다고 플래카드를 걸어놓고. 통일 인사, 통일 선구자
별거 다 써서. 그러면서도 또 한편에서는 그냥 맨날 잡아떼는 거야. 국가
보안법 철폐하라고 써 붙이면 그냥 없어진다는 거지. 목사님 제자들 가
운데서 몇 교회가 굉장히 수난을 당했어. 반공주의자, 뭐 군인, 또 공무
원 이런 사람들이 그냥 박차고 교회를 나갔대. 어떤 사람은 그동안 자기
가 낸 헌금 내놓으라고 하면서 교인 탈퇴를 하고. 일부 교회랑 목사님들
이 곤란을 겪었지."

거사를 추진할 당시엔 상상하지 못했던 일들이 일어났지만, 기대했던 긍정적인 일들은 일어나지 않았다.

"문 목사는 이제 오직 자기가 왜 거기 다녀왔는지만 알리려고 했어. 말하자면 김 주석하고도, 우리 정부하고도 오직 대화를 통해서 두 정상 간의 다리 역할을 하려고 했던 거지. 그런데 돌아와서는 국회에서도, 대통령한테도 그런 기회를 얻지 못했잖아. 북한에서 나와서 일본서 잠깐 머물 때도 각 당 당수들에게 회담을 제의했는데도 하나도 받아들여지지 않았으니까. 김 주석하고 회담이 예상외로 잘됐거든. 그런데 남한에서는 완전히 대화의 길이 끊겼으니까 회담 내용을 조금이라도 빨리 알리고 진행시키기 위해서는 정부를 설득하는 것이 좋겠다는 생각으로 재판을 받으신 거야. 그걸 재판정에서 드러내야 한다는 각오로 재판에 임했는데, 변호사도, 주변 사람들도 문 목사가 너무 투지가 없다고 생각했지. 재판을 순종적으로 받는다고."

문익환은 귀국 후 바로 체포될 것을 예상했기에 해외에서 최대한 방북 목적과 성과를 알리려고 했다. 그러나 법정에서 판사는 거의 시종일관 문익환의 발언을 묵살했다. 참다못한 아들 문성근은 이러한 재판 상황을 비난하다 법정 소란죄로 한동안 아버지와 함께 안양교도소에 수감되었다.

"그야말로 칭찬을 받을 마음은 아니었어도 사람들에게 그렇게까지 핍박을 받을 건 생각을 못 했지. 정부방침이야 예상했지만, 일부 운동권마저도 자기 말을 귀담아들으려고 하지 않으니까 결국 그냥 좌절감으로 교도소에 들어갔는데, 첫날 밤에 너무너무 눈물이 쏟아지더라는 거야.

법정 소란죄로 성근이 잡혀가는 것에 항의하는 박용길 ⓒ박용수

평양에 가서 그렇게 아흐레 동안 다니면서도 한 번도 눈물도 안 흘리고 꿋꿋하게 긴장하면서 지내다가 돌아왔는데 교도소에서는 글쎄 어디서 그렇게 눈물이 많이 쏟아지는지 모를 정도로 눈물을 흘리고……."

그런 아버지의 모습을 문성근은 감옥 안에서 직접 만났다.

"아버지랑 안양교도소에 함께 수감되었는데 다른 수인들의 도움으로 아버지의 방을 들여다볼 수 있었습니다. 그만 상상도 못 했던 모습을 목격했어요. 해가 뜬 지 이미 오래였는데도 이불을 펴고 누워 계시는 거예요. 마침 그때 바람이 훅 불어오는데, 그 방에서 지금까지 맡아보지 못했던 노인 냄새가 확 풍겨 나오는 거예요. 얼마나 깔끔하고 부지런한 분인데 어쩌다 저러고 계신가 싶어서 순간 너무 서글펐습니다. 제가 '아버지! 성근이 왔어요' 하고 부르니까 그때서야 눈을 뜨시고는 '으웅' 하면서 겨우 몸을 일으키시는데, 아버지는 산 사람의 모습이 아니었어요. 그때 두 가지 생각이 들었습니다. 하나는 '이러다 돌아가시면 어쩌나?' 하는 것이었고, 또 하나는 이전부터 가족들이 면회를 갈 때면 늘 웃어 보이셨던 모습은 다 가족들을 위해 억지로 애쓰신 것이었구나 싶었습니다."[42]

한편 감옥 밖에서는 문익환의 '준비된 통일'에 뜻을 같이하는 통일운동세력들이 범민족대회추진본부를 결성하고 1989년 8월 15일을 기점으로 각 지역에서 범민족대회와 '민족자주통일'을 내용으로 한 다양한 행사를 치렀다.

경찰의 진압과 삼엄한 분위기 속에서 치러진 범민족대회는 평양에서도 열렸다. 범민족대회 남측본부에서 파견한 대표단은 평양축전에 참가했고, 정부는 기회를 놓치지 않고 범민족대회 관계자들을 대거 검거하며 통일운동세력에 대한 탄압의 수위를 높였다. 그럼에도 박용길은 남편을 대신해 기회가 닿는 대로 전국을 다니며 문익환의 방북 보고와 통일운동의 필연성에 대해 강연했다. 그리고 갇혀 있는 남편을 변함없이 편지로써 격려했다.

　　당신께 제143신 1989. 9. 22. (금)
　　당신께서는 안에 계시지만 수확의 가을인 것을 실감합니다. 그만큼 통일의 열매들이 풍성하게 맺어졌다고 봅니다. 그러기에 결코 헛수고는 아니십니다. 기쁜 일입니다. 이렇게 벼 이삭은 고개를 숙이고 태양은 붉게 타올라 온 누리에 빛과 열기를 나누어주고도 남겠지요. 경락이론과 실상을 저술하시면서 주어진 시간을 보람있게 지내실 줄 압니다. 그러기에 아쉬운 모든 일들을 희망과 감사로 받아들이고 지냅니다.

이번에 문익환은 앞선 네 번의 수감 중에는 겪지 않았던 고통에 시달렸다. 온몸이 붓고 머리가 깨질 듯 아팠다. 박용길은 이를 두고 '감옥병'이라고 표현했다. 가슴이 아프고 좌골신경통이 심해 걷기도 힘들었다. 가족들과 변호사들의 병보석 신청이 받아들여지지 않자, 종로5가 기독교회관 KNCC(한국기독교교회협의회) 인권위원회에서 문 목사 병원 치료를 위한 농성을 시작했다. 각계에 호소문을 내고 신문에 기고문을 내고 집회를 벌였다. 농성장에서 성탄을 맞아 손주들까지 모여 성탄예배도 드렸다.

당신께 제237신 1989. 12. 25. (월)

오늘은 성탄 날입니다. 11시에 5가에서 성탄예배를 드렸습니다. 김영주 인권사무국장 사회로 권호경 총무 설교, 오충일 목사 성찬 집례, 임흥기 목사 축도였는데 내외분들이 같이 참석하시고 우리는 호근네, 영금네, 성근네가 참석했어요. 의근 내외는 본 교회 성가대 일로 못 왔지요. 퍽 은혜로운 모임이었습니다. 후에 당신께 들려드리려고 녹음을 했지요. 다섯 손자 손녀들이 올갠, 바욜린 반주로 '노엘'을 불렀습니다. 예수님이 우리의 모임에 오시는 것 같은 느낌이었습니다. 성탄절 귀한 시간을 같이해주신 네 가정에 '두레쿠키'

로 감사하는 마음을 표했습니다.

임흥기 목사, 채원의 생일이어서 점심을 태양에서 같이하고 노래도 부르고 케익도 나누었습니다. 생일 노래를 아이들이 주도해서 이렇게 불렀어요.

"햇님 생일 어제 달님 생일 내일 예수님 생일은 오늘이래요."

3시에는 유원규 목사 인도로 양심수를 위한 예배를 드렸어요. 영금이가 바우에게 준 선물로 이런 그림(도형자를 대고 그린 그림)을 문숙이가 할아버님께 보낸다고 그렸습니다. 여러 가지 예쁜 모양으로 그릴 수 있는 틀이 네 개인데 재미있군요. 혼자 지내실 당신을 생각하며 하루를 지냈습니다. 그럼 내일 뵙도록 하죠. 좋은 손자, 손녀를 두셨군요. 안녕 용길.

문익환의 병원 치료를 위한 농성장에서 노래를 부르는 손주들. 문보라, 문바우, 박문숙

백방으로 애쓴 끝에 문익환은 1990년 1월 서울대학병원에 입원하여 검사를 받았다. 허혈성 심장질환·고혈압·좌골신경통 등의 진단을 받았으나 제대로 치료도 받지 못한 채 다시 전주교도소로 돌려보내졌다. 그 얼마 전, 시어머니는 집에서 낙상으로 척추뼈가 바스러져 거동도 할 수 없는 상태였다. 박용길은 병원에서 남편을 간병하고 시어머니 식사 시중은 집 가까이 살던 딸 영금이 도맡았다. 시어머니 김신묵은 이대로는 모두가 힘들겠다고 생각해 둘째 아들 동환의 집으로 갔다. 혹한에 집을 비운 사이 온돌 파이프가 얼어 터져 안방 바닥에서 물이 솟아오르기도 했다.

　그해 봄, 몸이 회복된 시어머니는 집에 돌아왔다가 8월에 결국 병원에 입원했다. 시어머니는 웬만해서는 병원 가기를 꺼렸다. 병원에서 살 만큼 산 노인이라고 푸대접을 한다며. 그런데도 이번에 병원에 들어간 이유는 가슴 통증이 워낙 심한 탓도 있었지만, 자신의 입원 소식이 혹시 아들의 석방에 도움이 되지 않을까 기대했기 때문이었다. 김신묵은 구급차 안에서 '이번에는 나를 꼭 데려가 달라'고 하느님께 기도까지 했다. 병원에서는 온 가족이 돌아가며 김신묵을 간병하고 방문객들을 맞았다.

　"시어머니가 원래 힘들고 고단한 걸 절대 입 밖에 내시는 분이 아니야. 시아버지 돌아가실 때도 정신을 똑바로 차리시고는 얼른 안과의사 불러서 눈 기증해라 그러시면서 구순이나 된 노인이 남편 장례식을 척척 지휘하셨지. 기억력은 또 완전 컴퓨터야. 95세까지 사시면서도 교회 식구들이며 애들까지 이름 다 기억하시던 분이니까. 그런데 아들이 북

이문영 교수 집에서 박용길과 김신묵(1980년대 초반)

한에 다녀오고 바로 감옥에 들어가고 사람들한테 싫은 소리 듣고 하니까 어머니도 굉장히 충격을 받으신 거지. 그동안 그렇게 잘 버티시다가 맨날 집 앞에서 시끌시끌하니까. 생전 병원을 가시지 않던 분이 병원에 입원해서 내가 잠깐 화장실 가는 사이에 침대에서 떨어지기도 하시고 뭐, 엑스레이를 찍었더니 척추가 다 녹아 주저앉았다고 하더라고. 몸과 마음이 한 번에 다 아파버리신 거야."

시어머니는 끝내 회복하지 못했다. 박용길은 옥중에 있는 남편에게 어머니의 위독한 상황을 알릴 수밖에 없었다. 문익환은 특별 외출 허락을 받아 어머니의 임종을 지키러 나왔다. 오매불망 기다렸던 아들이 눈앞에 나타나자 노모는 잠시 기운을 차렸다. 이 모습을 보고 교도관들은 문익환을 그만 교도소로 훌쩍 데리고 가버렸다. 사흘 후 어머니의 영면

이 찾아들었고, 문익환은 끝내 어머니의 임종을 지키지 못했다. 어머니도 아들의 석방을 보지 못했다.

집안의 중심을 지키며 며느리와 손주들의 의지가 되어주었던 김신묵은 박용길에게 큰 나무와 같은 존재였다. 김신묵은 며느리가 일흔 살을 넘기도록 시부모를 모시게 해서는 안 되는 일이라고 늘 입버릇처럼 얘기하더니, 박용길이 일흔이 되고 얼마 안 있어 하늘나라로 떠났다.

당신께 제41신 1991. 7. 16. (불)
안녕하십니까? 이 그림 어때요? 어머님과 저 두 양띠가 희망찬

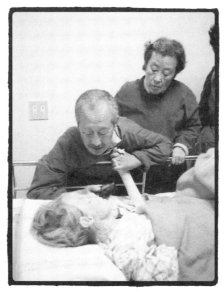

어머니를 보기 위해 특별 외출 허락을 받고 나온 문익환

내일을 바라보며 의젓하게 서 있다고 생각지 않으세요. 그래서 마음에 드는 그림입니다. 오늘 종로5가로 충신동(유가협 사무실이 있는 곳)으로 한 바퀴 돌며 아픔을 같이했습니다. 방송국으로 신문사로 변협(변호사협회)으로 편파보도에 대한 항의 방문에는 참석지 못했습니다. 은희는 긴 여름방학을 맞은 두 아들, 남편과 같이 지내다 오려고 간 것입니다. 요사이는 호근이가 마당 채소 가꾸는 데 정성을 쏟고 있어서 매일 신선한 푸성귀를 들면서 당신의 식탁을 생각하고 있습니다. 그럼 오늘도 편히 쉬십시오. 바우와 같이 문칠 할머님 병상을 찾아 위문하고 막 왔습니다. 용길 드림.

시어머니가 돌아가신 지 1년이 다 되어가는 시기에도 이렇게 박용길은 시어머니에 대한 애도의 마음을 남편과 나누고자 했다. 문익환이 감옥에서 보낸 것과 똑같은 긴 세월 동안 박용길은 옥바라지하느라 전국의 교도소로 면회를 다니고, 영치금을 넣어주고, 책을 반입했다가 반납받고, 계절에 맞는 옷을 넣어주고, 편지를 써 보냈다. 매일매일의 가사노동처럼 아무도 알아주지 않고 기억해주지 않는 세월이었지만 감사하는 마음으로 모든 일을 감당하려 했다.

그러는 동안 중년을 넘어 노년의 나이에 접어들었고, 식구들로 북적이던 수유리 집도 한 명 두 명 빠져나가 홀로 남겨졌다. 그럼에도 남편에게 보낸 편지에는 이가 빠져 치료받았다는 이야기 외에 어디가 아프다는 소리를 한 번도 적지 않았다. 여전히 활동적으로 전국을 누비고 다녔다. 기억력도 예전 같지 않았음에도.

내일 제 심방 차례인데 잊어버리고 대전 내려가기로 해서 문영 금 집사와 날짜를 바꾸기로 했습니다. 무슨 정신인지? 당신께는 23 일(나무)에 가기로 했습니다. […] 1992. 4. 20. (달님)

편지쓰기는 하루의 중심이 되어 문익환뿐 아니라 박용길까지 지탱시 켜주었다.

분신정국과 노구의 사제

문익환은 방북 후 구속된 지 19개월 만에 형집행정지로 풀려났다. 1991년에 들어서면서 남측·북측·해외동포 3자 합일의 구도를 가진 '조국통일범민족연합'(이하 범민련)을 결성하기 위한 위원회가 만들어졌고 문익환은 준비위원장을 맡았다.

그해 봄 4월 26일, 명지대생 강경대가 백골단이 휘두르는 쇠파이프에 무자비하게 맞고 쓰러져 병원에 옮겨진 지 한 시간 만에 사망하는 사건 이 발생했다.

"문 목사가 북한에 가시기 직전에 유가족후원회라는 게 생겼어. 문 목사가 후원회장이었기 때문에 강경대 장례위원장을 맡게 되셨지. 5월 14일에 영결식을 갖고 노제를 하려는데 경찰이 계속 막아서니까 상여가 나가질 못하는 거야. 18일로 다시 날을 잡았는데 그때도 못 나갔어. 결국 세 번째 날을 잡아서 20일에 겨우 노제를 치르고 나니까 깜깜해지더라고. 그래도 묘지에는 가야 하잖아. 서울에서 광주 5,18 묘지까지 갔으니까 얼마나 멀어. 그런데 그 밤에도 온통 그냥 문익환, 문익환, 그저 문익환이야. 그래서 난 놀랬다."

문익환은 일흔다섯이 되어가는 노구로 날이 밝아올 때까지 진행된 하관식에서 자리를 뜨지 않았다. 박용길이 지켜본 문익환은 유족들과 학생들에게 민족의 사제였다.

강경대의 죽음은 분신정국으로 이어졌다. 4월 29일부터 5월 10일까지 무려 다섯 명의 노동자와 학생들이 강경대 치사사건 규탄과 노태우 퇴진을 외치며 잇따라 분신하고, 시위과정에서 사망자도 계속 늘어났다. 그리고 5월 25일에 열린 제3차 범국민대회에서 성균관대생 김귀정이 진압대를 피해 달아나다가 실신, 병원으로 옮겨지던 중 사망했다.

김귀정의 장례식은 문익환의 여섯 번째 옥살이로 이어졌다.

"원래 귀정이는 문 목사가 안 맡으려고 했어. 강경대 치르고 나서 사람들이 또 맡으라고 하니까 사양을 했지. 젊은 사람이 좀 맡아라 하면서. 근데 누구는 해주고 누구는 안 해주냐면서 노여워하니까 다리가 후들후들 떨리면서도 맡은 거야. 현충일이었는데, 모처럼 휴일이라고 집에서 계시다가, 마당에서 손주들이 탁구 치는 거 보고 앉아 계셨어. '어휴, 내가 손주들 탁구 치는 것을 다 보네' 하면서 좋아하셨지. 근데 그때 장기표 씨 전화를 받은 거야. '지금 귀정이 부검을 하는데 빨리 좀 나오세요' 하고. 그러니까 다리가 떨리는데도 옷을 갈아입고 나가다가 바로 앞에서 연행이 됐잖아."

문익환의 갑작스러운 연행으로 김귀정의 장례식은 아들 문호근이 맡아 치렀고, 박용길은 다섯 번째 감옥에서 돌아온 지 7개월여 만에 다시 대문 밖으로 사라진 남편을 여섯 번째 감옥에서 다시 만났다. 그때 일을 문성근이 회상했다.

"여섯 번째 구속되셨을 때가 이른바 강경대 정국이었습니다. 아버지가 장례위원장을 맡으셨어요. 그런데 검찰에서는 '형집행정지로 나온 사람이 그렇게 날뛰면 다시 잡아넣겠다'고 했습니다. 마포에서 노제를 치를 때 아버지가 '나 내일이면 또 들어간다' 그러시는데 정말 속이 상했습니다. '벌써 다섯 번이나 감옥에 갔다 왔고 이빨도 다 빠진 병들고 늙은 노인에게 장례위원장을 맡겨서 또 감옥에 들어가게 해야 하냐, 정말 이게 운동권에서 할 일이냐, 이번에는 너희들이 들어가면 안 되냐' 하는 생각에 그때 같이 일했던 사람들에게 굉장히 섭섭했고, 그 마음이 상당히 오래갔습니다."[43]

문익환은 타고나기를 건강하지 않은 사람이었다. 청년 시절에는 폐병을 앓았고, 한신대 교수 시절에는 과중한 업무로 쓰러져 한쪽 청력을 잃었다. 이런 이가 환갑이 다가오는 나이에 첫 옥살이를 시작해 일흔 중반을 넘기도록 이미 다섯 번의 옥살이를 견뎠다.

문익환은 성품이 무던한 사람도 아니었다. 뜨거운 열정과 예민한 시인의 기질을 가지고 있어서 교수 시절 학생들 사이에서는 '문이쾅!'이라는 별명을 얻었다. 수업이 끝나면 문을 쾅 닫고 나간다고 붙여진 것이었다. 과제가 늦으면 받아주지 않는 원칙주의자이기도 했다. 이랬던 그가 노동자들과 학생들의 삶과 죽음을 겪으면서 애통의 늪으로 빠져들고 있었다.

막내아들의 눈에는 보였다. 남들이 미처 보지 못하는 고한苦恨을 짊어진 아버지, 온몸이 녹아나고 마음이 갈라지도록 자신을 온통 쏟아내는 아버지가.

문익환을 심고

문익환이 여섯 번째 옥살이를 사는 동안 박용길은 문익환 방북의 진실을 알리며 이곳저곳을 다녔다. 1992년에는 일본에서 열린 '양심수 서예전'에 참여했다. 한국의 분단현실과 민주화운동 및 통일운동의 현주소를 일본 시민들에게 알리기 위한 전시회였다. 전시회가 끝나고는 모처럼 캐나다·프랑스·미국을 여행하며 국내에서 진행 중인 통일운동에 대해 전하고 다녔다.

오사카에 도착하니 이철, 민향숙 부부의 이층집으로 안내되었다. 저녁에는 환영만찬이 있다고 하는데, 택시 타기에는 너무 가깝고 걸어가기에는 너무 멀다고 한다. 이철 씨는 나더러 자전거 뒤에 타라고 한다. 칠십 노인이 한복을 입고 자전거를 타고 오사카 거리

를 달리는 것이 사람들 보기에 흉하지 않을까 싶고 긴장은 되었지
만, 젊은 기분으로 뒤에 타고 만찬장으로 갔다.

조작된 재일동포 유학생 간첩단 사건으로 이철 씨가 사형선고를 받고
복역하는 동안 약혼녀 민향숙은 13년 동안 옥바라지를 했다. 이때 민향
숙은 민통련에서 문익환 목사와 함께 간사로 일했다. 1988년 이철이 석
방되어 명동성당에서 결혼식을 올렸을 때, 박용길은 두 사람의 축사를
했다. 부부는 오사카로 돌아가 남매를 키우며 살고 있었다. 이철은 1999
년 문익환 목사의 건강요법 서적『더욱 젊게』를 일본말로 번역해 출판하
기도 했다. 그는 2015년 과거사 재심재판에서 무죄선고를 받았다.

일본에서 열린 '양심수 서예전' 팸플릿에 실린 박용길의 사진

5월 8일, 전시회가 시작되는 날이다. 황금색 한복으로 갈아입고 전시장으로 갔다. 밤사이에 전시장은 아름답게 장식되어 있었고, 꽃꽂이가 눈부셨다. 관계하시는 분들이 마음을 써서 리본 대신 종이로 만든 오색사슬이 준비되어 있었다. 한국의 양심수들을 사슬에서 풀어놓자는 뜻이 담겨 있단다. 고마운 마음뿐이다.

전시장 넓은 두 방에는 여러 사람들의 서예품들이 걸렸다. 문익환 목사가 지은 통일 시도 여러 편 일본어로 번역되어 같이 걸렸다. 많은 교포들과 일본인들이 하루 종일 관람을 했는데, 오주석이 붓글씨로 쓴 〈3.1 독립선언문〉 앞에 어떤 일본인 젊은이가 떠나지 못하고 못 박힌 듯 오래 서 있는 것을 보면서 감회가 깊었다. 옥중에서 혹은 밖에서 정성 들여 쓴 글씨들을 보면서 많은 분들이 심각한 표정이었다.

박용길이 해외에서 활동하는 중에는 맏아들 호근이 어머니를 대신해 아버지에게 편지를 썼다. 1993년 3월 6일, 여섯 번째 감옥에서 풀려난 문익환은 새로운 통일운동단체를 주창했다. 그는 우리가 준비 없이 해방을 맞아 남북이 분단된 것이고 막대한 피해를 입었기에 통일만은 미리미리 준비하고 맞아 혼란을 줄여야 한다고 생각했다. 그는 북을 다녀온 후 통일운동이 대중 속으로 스며들어야 한다고 판단하여, 통일운동 세력을 넘어 더 넓은 범위의 시민들이 참여할 수 있는 '통일맞이칠천만 겨레모임'을 구상했다.

1993년 3월 6일, 안동교도소에서 출소하자마자 이 구상을 실천에 옮

기기 시작했다. 그러나 방북 이후 감옥에서 심장병을 얻은 문익환에게
새로운 통일운동체의 실현은 허락되지 않았다. 민족통일을 위해 노심초
사하던 그는 결국 쓰러지고 말았다. '통일맞이' 사무실로 낙원동에 집을
얻고 집들이를 한 지 열흘 만의 일이었다. 1994년 1월 18일 까맣고 차
가운 밤, 문익환의 뜨거웠던 심장은 영원한 쉼을 고하고 말았다.

문익환의 갑작스러운 죽음에 모두가 충격을 받았다. 시민들도 큰 어
른을 잃었다는 슬픔에 빠졌다. 빈소는 한신대 수유리 캠퍼스에 마련됐
다. 빈소를 찾은 조문객들은 각계각층이었다. 민주화운동계와 통일운동
계는 말할 것도 없고 종교계 인사들과 정치인들도 많이 찾아왔다. 살아
생전 그가 늘 각별하게 마음을 썼던 수많은 노동자와 학생들로 조문 행
렬은 그칠 기미를 보이지 않았다. 도시 빈민과 거리의 노숙인들도 빈소

한신대에서 열린 문익환의 장례식(1994. 1. 22.)

에 찾아와 애도의 술잔을 기울였다.

문익환의 장례식 날, 서울 대학로 노제 길엔 함박눈이 펑펑 내렸다. 눈은 이미 전날 밤부터 내려 온 대지를 솜이불처럼 따뜻하게 덮어주고 있었다. 마치 문익환의 마지막 길을 따라가는 이들의 마음을, 그들이 기억하는 문익환과 함께한 나날들을 하늘이 헤아려주는 듯했다.

"문 목사 시에 '선 채로 타는 제물이 된다'는 구절이 있어. 그런 것이 그냥 그 사람을 연상하게 해. 자기 일을 자기가 예언한 것같이 느껴지거든. 그 돌아가시기 전날 꼬박 밤새워서 편지 쓰느라……. 근데 그 이튿날 그렇게 추웠지, 또 화도 내셨지. 다투느라 점심도 못 잡숫고는……. 그래서 확 제물이 돼버리신 거야. 그 시가 자꾸 생각나."

땅은 평화입니다.
땅의 마음은 평화입니다.
하늘보다 큰 마음
바다보다 푸른 마음
태양보다 뜨거운 마음
땅의 마음은 평화입니다.

땅과 입을 맞추면서
발바닥은 부끄럽습니다.
냄새나고 더러운 것 무엇 하나 마다않고
받아 마시며 피워내는 풀꽃들

발바닥은 부끄럽습니다.

활이 아닙니다.
칼도 창도 아닙니다.
기관총도 대포도 탱크도 아닙니다.
핵무기 전자무기가 문제입니다.
그 가공할 살인무기를 만드는 손들
그 단추를 누르는 것이 자랑스러운 손가락들
발바닥은 분노합니다.

위대한 인류의 위대한 문명의 그늘 아래서
배고파 우는 아이들의 울음소리
발바닥은 아프고 쓰립니다.

활이 아닙니다.
칼도 창도 아닙니다.
기관총도 대포도 탱크도 아닙니다.
핵무기 전자무기도 아닙니다.
평화가 문제입니다.
하나도 평화 둘도 평화 셋도 평화입니다.

은하 성운 밖으로 밀려나는 평화를 보며

슬퍼하는 하느님의 마음입니다.
평화를 애타게 바라는
하느님의 뜨거운 마음입니다.

간절한 땅을 딛고 서서
발바닥은 불이 됩니다.
몸은 선 채로 타는 제물이 됩니다.
　문익환, 「땅의 평화」

　그 시는 1982년에 문익환이 친지들에게 성탄인사로 지어 보낸 시였다. 박용길은 문익환을 가슴에 심고 남편에게 마지막 편지를 썼다. 그동안 너무도 긴 시간을 남편과 떨어져 지냈기에 그의 빈자리가 잘 실감 나지 않았다. 문득 그리워 편지를 쓰고 싶어도 이제는 보낼 곳이 없었다.

　7.7 선언이 나온 지가 언젠데 왜 오도 가도 못 하고 눈만 흘기는 거죠? 젊은이들의 기막힌 죽음을 막기 위해 아흐레 동안 평양을 다녀온 것이 죄가 되어 당신은 마흔한 달을 감옥에서 지내셨습니다. 제가 매일 편지를 써 보냈다고 해서 그게 뭐 그리 위로가 되었겠습니까?
　당신은 불평 한마디 없이 감사, 감사하다며 잘도 참아내셨습니다. 당신은 감옥마다 죄수가 하나도 없어 백기가 올라가는 세상이 되었으면 하고 꿈을 꾸셨지요. 그래서 이러한 편지들이 오고 가지 않고 사랑하는 사람들이 오순도순 믿고 의지하면서 웃으며 같이 살아가는 세상이 속히 왔으면 하셨지요. 그리고 우리가 원하는 통일조국이 어서 이루어져서 하나가 되는 세상이 되었으면 하고 몸을 애끼지 않고 뛰어다니셨죠. 당신은 그 많은 생각과 포부와 희망들을 두고 가셨지만, 남은 사람들은 조금이나마 그 뜻을 이루기 위해서 힘써 나가겠습니다. 주님의 품에서 편히 쉬십시오.

   1994. 3. 20. 봄길

꽃을 안고 군사분계선을 넘다

봄길은 마음을 다잡았다. 둘이 걷던 걸음을 혼자 걷기 위해선 더욱 당차게 꾹꾹 디뎌야 했다. 수유리 아담한 집 철대문 위에 직접 쓴 현판 하나를 내걸었다. 현판의 이름은 '통일의 집'. 온 가족의 숨결이 담겼고, 수시로 가택연금과 감시를 당하며 하릴없이 남편이 돌아오길 기다렸던 이 집을 공개했다. 봄길은 이 집이 통일을 위한 토론의 장, 교육의 장으로 사용되기를 바라면서, 남편의 사진과 미술 작품, 유품들을 전시했다. 어린이들을 비롯한 수많은 방문객이 통일의 집을 찾아왔고, 이들에게 늦봄의 뜻을 설명하는 것이 그녀에게 큰 기쁨이었다.

1994년 초, 북한의 핵개발로 한반도에는 전쟁 위기가 감돌았다. 카터

전 미국 대통령이 중재에 나섰고, 남과 북은 7월 25일 평양에서 김영삼 대통령과 김일성 주석이 만나는 최초의 남북정상회담을 갖기로 합의했다. 세계의 이목이 집중되었고 남북 양측은 긴장과 기대감으로 그날을 준비했다. 그러나 남북정상회담은 성사되지 못했다. 회담을 열흘 남겨두고 김일성 주석이 세상을 뜨고 말았다. 늦봄이 세상을 떠난 지 6개월 만에 똑같은 심근경색으로 사망한 것이었다. 봄길의 입에서는 이 말이 튀어나오지 않을 수 없었다.

"민족이 하나 된다는 것은 이렇게 심장이 터지는 일입니까?"

북한은 김 주석의 사망으로 회담의 무기한 연기를 통보해왔다. 김영삼 정부는 여전히 회담은 유효하다고 말했지만, 김일성 주석 조문 대신 전군의 비상계엄령을 선택했다. 봄길은 고인의 마지막 가는 길마저 외면해버린 남한 정부와 대한민국의 현실이 안타까웠다. 더구나 늦봄과 통일에 대해 심도 있게 논의했고, 늦봄의 장례 때는 조문까지 보내왔던 김 주석이었다. 봄길은 김주석의 1주기를 맞아 남과 북의 관계가 회복될 수 있도록 가교역할을 하고 싶었다.

1982. 11. 6.

[…]당신의 작은 발과 나의 큰 발이 떼놓을 수 없는 짝이 되어 이 길을 걸어오기 38년. 앞으로도 뒤도 안 돌아보고 다정하게 걸어가야지요. 앞서거니 뒤서거니 하면서. 요새는 내 발자죽이 당신의 발자죽에 겹쳐지는 느낌이지만요.[…]

봄길은 김일성 주석 1주기 조문을 위해 북한을 방문하기로 마음먹었다. 늦봄이 오래전에 편지에 쓴 것처럼 늦봄과 봄길의 발자국이 겹쳐지고 있었다.

1995년 6월 28일이 밝아왔다. 북경에 내려 고려항공이라고 쓴 작은 비행기에 올랐다. 아! 드디어 북한 땅에 발을 디디게 되었구나!

늦봄의 방북 때처럼 봄길의 북한 방문에도 정경모가 나서서 주선하고 동행했다.

"막상 도착을 하니까 어머나, 이거 내가 어디 왔지? 어디에 온 거지? 그런 생각이 탁 나더라고. 온 나라에서 왔을 텐데, 내가 이 중책을 어떻게 감당하나 싶어서는 아찔하면서 겁이 덜컥 났지. 근데 딱 한 번뿐이야. 그때 문 목사 생각이 났거든."

늦봄을 품고 간 봄길은 금세 평정을 되찾고 도착 인사를 했다.

49년 만에 밟아보는 이 땅, 꼭 6년 전 문익환 목사가 도착성명을 발표하던 이 자리에서 흰 소복을 입은 제가 다시 첫인사 말씀을 올리려고 하니 감회가 깊습니다.

세계 유일의 분단국, 평화를 사랑하는 백의민족인데 어느 누구에게도 뒤떨어지지 않는 문화민족인데 왜 이렇게 고난을 당해야 할까요. 사랑해도 사랑해도 끝이 없는 사이가 우리 사이인데 그동안 나온 7.4 공동선언, 7.7 선언, 남북합의서, 4.2 공동성명 등 수많은 문서들에 우리는 원수가 아니라 한 공동체인 것을 세계만방에 공표했는데 왜 오도 가도 못 하고 천만 이산가족이 편지 한 장, 전화 한 통 못 하며 애를 태우고 있는 걸까요.

저는 남편 문익환 목사를 통일제단에 바치고 일 년 반을 보내면서, 나라의 어버이를 잃은 북녘 동포들과 주석님 유가족의 비통한 심정을 같이해야겠다는 간절한 마음을 품고 이곳에 달려왔습니다. 이제 서로가 서로를 위로할 뿐 아니라 먼저 가신 분들의 유지를 살아 있는 우리들이 이어받아 통일의 큰 뜻을 이루어야 하겠습니다.

봄길은 늦봄의 시 「손바닥 믿음」을 읊고 인사말을 마쳤다.

이게 누구 손이지
어두움 속에서 더듬더듬
손이 손을 잡는다
잡히는 손이 잡는 손을 믿는다
잡는 손이 잡히는 손을 믿는다
두 손바닥은 따뜻하다
인정이 오가며
마음이 마음을 믿는다
깜깜하던 마음들에 이슬 맺히며
새날이 밝아온다
문익환, 「손바닥 믿음」

49년 만에 돌아온 봄길의 북에서의 여정이 시작되었다.

숙소는 흥부초대소였다. 나서 처음으로 20평도 더 되어 보이는 이렇게 큰 방을 혼자 쓸 수 있었던 것 같다. 식사 메뉴는 다양하여서 마실 것도 여러 가지고 산해진미가 나오므로 우리는 미안한 마음이었다. 정경모 선생은 북한에서는 식량이 귀하고 초근목피로 연명한다는 말이 있는데 반찬을 줄여달라고 하였으나 언제나 다 못 먹을 정도로 여러 가지 반찬이 나왔다.

흥부초대소는 늦봄이 머물렀던 모란봉초대소보다 급이 높은 숙소였고, 어딜 가나 수행원이 따라다니며 시중들었다. 봄길은 김 주석의 조문객인 데다 늦봄의 부인이니 북의 대접은 극진했다.

7월 1일에는 쑥섬 혁명사적지를 방문했는데, 그곳은 1948년 김구, 김규식 선생 등이 참석한 남북연석회의가 열렸던 곳이다. 그때의 연석회의가 성공적으로 열매를 맺었다면 남북분단을 막을 수 있지 않았을까 생각에 잠기기도 했다.

평양 거리는 굉장히 넓고 자동차가 적어서 시원해 보였다. 교통수단으로는 무궤도전동차라는 것이 있는데, 허공에 전깃줄이 있어 연결되어 다니지만, 버스와 비슷하고 땅에는 타이어 바퀴가 그대로다. 거리 이름들은 광복거리, 개선문거리, 천리마거리, 승리거리 등으로 불린다.

평양 지하철은 서울 지하철의 열 배 가까운 지하에 위치해 있기 때문에 모든 역마다 지하 승강장과 지상에 에스카레이타가 설치되어 있다. 자동층계가 어찌 빠르게 움직이는지 어지럼증이 날 지경이었다. 북한 주민들이 말하는 지하궁전이라는 표현에서 짐작할 수 있듯이 어디나 호화롭게 장식되어 있다. 역 이름이 영광, 부흥, 승리 등 하나같이 뜻있는 이름이었고, 역장님은 6년 전에 문 목사를 안내했었다고 한다.

여성들이 여러 면에서 활동을 많이 하고 있기 때문에 여성들에게 편리한 시설이 갖추어져 있다. 밥공장, 떡공장, 김치공장, 탁아원 등 아침에 쌀을 맡기면 돌아올 때 밥으로 받아올 수 있다고 한다.

북한의 경제활동에서 봄길이 느낀 바람직한 점은 여성 노동력을 아주 가치 있게 인정한다는 점이었다. 북한은 남성이 잘할 수 있는 일과 여성이 잘할 수 있는 일을 철저하게 구분해서 맡기고, 가정 살림을 지원하는 구조를 갖추고 있었다.

김 주석의 1주기 제삿날이 다가왔다. 7월 8일 오전 10시, 추도식이 있는 금수산기념궁전에 김정일 상주가 수행원과 나타나 "어려운 길을 오셔서 고맙습니다. 우리가 먼저 가신 분들의 유지를 받들어서 통일 사업에 매진해야겠습니다"라고 인사했다. 김 주석 부인 김성애 여사를 만날 수 있었는데, 그분은 검은 상복을 입고 계셨다. 흰 상복과 검은 상복이 만난 것이다.

저녁에는 김 주석이 평소 즐기던 감자국수가 인상적이었다. 독립군 시절 독립군에게 식량을 대주는 사람은 무조건 희생이 되었기 때문에 밤중에 가서 감자를 캐오곤 했단다. 백두산을 머리에 이고 있는 동네가 몹시 추워서 시기를 놓치면 감자가 꽁꽁 얼어 붙어버렸는데, 언 감자를 물에 담가 앙금으로 국수를 뽑았다. 색은 까맣고 볼품없지만 쫄깃쫄깃한 면을 콩국이나 깻국에 말아먹는데 아주 맛이 일품이었다.

이인모 선생 댁을 방문할 수 있었다. 문 목사가 1993년 3월 6일 석방된 후에 맨 처음으로 부산에 달려가 치료를 해드리고 기를 넣어주며 세상을 떠나지 않을까 마음 졸인 이인모 선생이기에 꼭 만나고 싶었다.

1970, 80년대 민족민주운동세력 사이에서 비전향 장기수나 간첩 혐의를 받은 사상범에 대한 입장은 분분했다. 일제 해방기와 한국전쟁을 겪으며 사회주의·공산주의에 대한 두려움과 혐오가 우리 안에 자리 잡았기 때문이다. 봄길도 다르지 않았다. 그러나 민주화운동 과정에서 많은 사상범들이 고문으로 날조되고 정권에 이용되었다는 것을 알게 되었다. 또한 공정한 민주국가는 사상의 자유와 함께 그에 따른 인권도 보장되는 것이 마땅하다고 여기게 되었다. 비전향 장기수의 북한송환은 이인모로 시작되어 2000년에는 70여 명의 송환으로 이어졌다.

금수산기념궁전 정문에서 바라보는 제일 좋은 자리에 향나무를 심었다. 돌비석에는 '통일맞이칠천만겨레모임, 민주화실천가족운동 협의회 박용길이 심은 나무'라고 새겨져 있었다.

7월 14일, 세계적으로 유명하다는 평양산원을 방문하는 날이다. 방마다 최신의 의료시설이 마련되어 있고 임산부는 몸에 병이 있으면 무슨 과에서나 무료로 다 치료를 해주기 때문에 건강한 몸으로 애기엄마가 될 수 있다고 한다.

봄길은 묘향산을 다녀오며 여러 가지 생각이 교차했다. 남북정상회담이 성사되었더라면 김영삼 대통령이 북한의 명산 묘향산을 구경할 수 있었을 텐데 하는 아쉬운 마음이 들었다. 봄길은 김 주석이 여러 나라 수반들로부터 받은 선물을 전시하는 국제친선전람관에서 이런 글을 남겼다.

조공을 바치는 나라도 조공을 받는 나라도 없는 평등한 나라여야 하는데, 그동안 약소민족으로서 받은 설움이 이제는 존경을 받는 나라로 남북이 합치면 더 큰 나라가 될 텐데, 사랑해야 한다. 원수도 사랑하라고 하지 않았던가. 우리가 통일되려면 한 가지 길밖에 없다. 의심하고 미워하지 말고 사랑하는 거다. 사랑은 모든 허물을 가릴 수 있다. 사랑하자, 사랑하자. 사랑해서 어서 한 몸이 되자. 1995년도 그냥 저물어가야 하는가?

봄길은 인민들이 기근과 굶주림에 시달리고 있는데 세계 각국의 선물들을 화려하게 전시해 과시하는 모습이 마음에 걸렸다.

　평양에 도착했을 때 어머니 산소가 있는 곳을 약도로 그리고 동생 박용주에 대해서도 수소문해줄 것을 요청했었다. 얼마 후 현장으로 찾아갔던 답사팀이 어머니의 묘비를 찾았다고 사진을 찍어왔다. 53년이나 세월이 흘렀는데도 비석이 비바람에 쓰러지거나 흙에 묻히지도 않고 서 있었다는 것은 기적에 가까운 일이었다. 사진을 보니 봉분은 무너졌고 그 위로 소나무 두 그루가 자라고 있었다.

　첩첩산골이라 교통이 불편해서 직승기(헬리콥터)를 내기로 결정됐다. 날아가도 날아가도 첩첩 푸른 산만 보이니까 동행하는 분들은 어떻게 이런 산골에 와서 살았느냐고 놀라워했다. 봉화가 타오르는 운동장에 내리니 오래 기다리던 대유동 유지들과 화동들이 있었다.

　산에 올라가기 전에 두 노인을 만날 수 있었는데 한 분은 아버지 도시락을 나르던 아가씨가 70세가 되신 김인숙 님이었고, 한 분은 어머니 유치원에 다니던 원생인데 69세로 이경심이라는 분이었다. 53년 만에 만났는데도 서로 알아보면서 얼싸안았다. 그분들은 나더러 아버지도 닮았고 어머니도 닮았다면서 울음을 터뜨리고 반가워하셨다. 또 어떤 한 분은 자기가 너무 장난꾸러기가 되어서 찍하면 신이 다 찢어지도록 뛰어다니고 그랬을 때 현 원장님이 신을 여러 번 사주셨다면서 감격했다. 그리고는 '인제는 우리가 다 봐드릴 겁니다' 하는데 마음이 놓였다.

어머니 현문경의 묘소 앞에서

"어머니, 불효자식이 53년 만에 왔습니다."

나는 너무 감격해서 어머니 봉분과 비석을 쓸어보며 울음을 토해냈다.

사람들이 어느 틈에 묘소 옆에 천막을 치고 대유동 여러분들이 정성껏 준비한 음식으로 잔치가 벌어졌다. 평양에서도 음식을 날라 왔다. 옆에 있던 교회당은 폭격으로 없어져 통 알아볼 수가 없었다. 비석 뒤에는 가족의 이름이 있으려니 했는데 대유동 유지분들 성함이 8, 9명 새겨져 있었다. 모두 생생히 기억나는 분들이어서 다시금 고마움을 느꼈다.

꿈결 같았던 53년 만의 성묘. 그 무엇으로도 어머니에 대한 그리움을 표현할 길이 없었던 봄길의 심정은 기쁨과 회한으로 엇갈렸다. 북에서, 일제 시절 대유동에 그녀의 가족이 살 때 독립군들이 찾아가면 아버지 박두환이 독립자금을 내주셨다는 이야기를 들으면서, 학생 시절 아버지가 "어젯밤에 독립군이 다녀갔다"고 말해 형제들이 무서워 떨던 기억과 맞아떨어지는구나 하고 생각했다. 북진금광에서 일했다던 남동생 용주의 근황은 끝내 확인하지 못했다.

평양을 떠나는 날이 밝아왔다. 김정일 국방위원장은 판문점을 통해

판문점을 넘어오는 박용길(1995. 7. 31.)

귀환하겠다는 봄길의 말에 깜짝 놀랐다. 김정일 위원장은 평양 시민들에게 판문점에서 봄길을 배웅할 수 있도록 허락했다. 누구라도 꽃이든 선물이든 원하는 것으로 마음을 전해도 좋다고 했다.

판문점에 도착하니 많은 분들이 꽃을 들고 기다리고 계셨다. 꽃다발을 받으며 시민들과 악수를 나누는데, 김용순 비서가 행여 손이 다칠 수 있으니 악수를 아끼라고 일러줬다. 그리고는 제일 예쁜 것으로 들고 가라며 수많은 꽃다발 중 하나를 골라주었다.

나는 그 꽃다발을 들고 군사분계선 위에 올라섰다. 북쪽을 향해 통일만세를 부르고 많은 환호성을 들으며 남쪽을 향해 통일만세를 불렀다. 남한 군인들의 부축을 받아 자유의 집으로 들어갔다. 책상 위에는 '국가보안법위반'이라고 똑똑히 적혀 있는 7월 25일 자 구속영장이 놓여 있었다.

양심수 봄길의 가슴속 눈물

1995년 7월 31일, 봄길은 34일간의 감격스러운 방북 여정을 마치고 무사히 남한 땅을 밟았다. 가족들과 동지들은 판문점에서 그녀의 귀환을 기다리고 있었다. 하지만 봄길은 이날 집으로 돌아오지 못했다. 군사분계선을 넘은 즉시 유엔사 소속 소형버스에 태워져 경찰병원으로 이동했고 그곳에서 건강검진을 거친 뒤 곧바로 안기부에 구속, 수감되었다. 판문점에 도착하기 1주일이나 먼저 발부된 구속영장이 그녀를 기다리고 있었던 탓이다.

봄길이 수감되자 국제앰네스티는 발 빠르게 대응했다. 그녀를 양심수로 선정하고 회원들에게 석방을 위한 긴급행동을 요청하는 한편, 김영삼 대통령과 법무부 장관, 안기부장에게 석방촉구서한을 보냈다. 그사이 검찰로 송치된 봄길에게서 심장병이 발견됐다.

사실 봄길은 북한에서 매일 건강검진을 받는 중에 이미 북한 의료진들로부터 허혈성 심장질환을 진단받았다. 삼성서울병원에서도 북한에서와 마찬가지로 허혈성 심장질환을 진단받았다. 공교롭게도 남편과 같은 병명이었다.

통일맞이와 민가협, 민족회의와 전국연합 등은 박용길 장로 석방대책위원회를 구성하고 방북보고와 규탄대회를 열었다. 아들 문성근은 어머니의 생일 전날인 8월 31일, 《한겨레신문》을 통해 어머니의 석방과 민간교류를 촉구했다.

어머니는 문 목사 부인으로서 그를 대신해서 단신으로라도 조문을 하면 북쪽 사람들의 마음속의 앙금을 조금이라도 덜어볼 수 있지 않을까, 그렇게 되면 남북 당국자끼리의 만남이 이루어질 가능성도 그만큼 커질 수 있지 않을까 하는 생각을 하셨을 것이다. […] 어머니는 내일 첫 번째 감옥 생일을 맞는다. 더구나 아버지가 돌아가신 바로 그 병, 허혈성 심장질환의 발병으로 구치소 안에서 벌써 두 번이나 가슴을 쑤셔대는 고통의 밤을 보내셨다고 한다. 평생 병원에는 문턱에도 가본 적이 없으시던 어머니가 지금 앓고 계신다. 아버지가 심장병으로 그렇게 갑작스레 돌아가실 때까지 옆에서 아무것도 할 수 없었던 게 너무 죄스럽고 한스러워 지금도 억지로 아버지 생각을 하지 않으려 애쓰는데, 0.75평 독방에 앉아 가슴 아파 애쓰시는 어머니를, 난 또 어떻게 하면 좋을까. 나의 조국, 우리의 통일은 언제까지 이렇게 가슴 터뜨리고 눈물만 주는 존재로 남아 있을 것인가.

하지만 검찰은 끝내 봄길을 기소했다. 죄목은 '국가보안법상의 회합, 통신, 찬양, 고무, 잠입, 탈출'이었다. 늦봄의 방북 죄목과 크게 다르지 않았다. 삼성서울병원 담당의사는 심근증과 당뇨병, 고지혈증이 추가된 2차 진단서를 검찰에 제출했다. 검찰은 담당의사의 진단서와 소견서가 나온 지 일주일도 채 되지 않아 그녀를 서울구치소로 돌려보냈다.

민주인사들과 변호인들은 박용길의 석방과 구속집행정지를 요청하는 농성을 시작했다. 신문광고투쟁과 함께 민가협 목요집회가 계속됐고, 기장 여신도회에서는 시국기도회를 열었다. 이런 움직임은 해외각지에서도 일어났다. 미국·독일·영국·스위스 등의 인권단체와 각국에 나가 있는 한국대사들, 또 개인의 명의로 2백여 통의 편지가 날아왔고, 성명서도 발표됐다.

봄길은 11월 30일 집행유예를 받고 풀려났다. 그녀는 구치소 수감부터 석방까지의 과정과 심정들을 하나의 일기처럼 기록해두었다.

　구치소에서 가슴이 바늘로 찔리는 것같이 아파 교도관을 부르는데 토요일 저녁이니 다 퇴근하고 어쩔 도리가 없다고 참으란다. 며칠에 한 번씩 같은 증상이어서 면회 때 의근이에게 이야기한 것이 퍼져서 밖에서는 문 목사 때 경험으로 놀랐나 보다. 외부에서 박 사님이 오시고 변호사님들이 애를 쓰셔서 삼성의료원에 입원을 하였는데, 교도소에서 교도관이 몇 사람씩 나와서 지키고 부산한 게 말이 아니다. 면회도 제한이 되고 방 안에까지 와서 지키는 게 못마땅한데 그나마 다시 구치소로 돌아가란다.

　다시 병원에 입원하였다가 11월 30일 재판을 받고 징역 2년에 집행유예 3년을 받았다.

　판사가 판결문에서 '그동안 민주화와 통일을 위해서 애를 많이 쓴 것을 참작해서 집행유예를 선고한다'고 하니까 방청 오신 많은 분들이 만세를 부르며 이제는 통일운동을 마음대로 해도 인정을 받게 되었다고 좋아하셨다.

　문 목사는 만 열흘도 못 되는 방북으로 41개월 감옥살이를 했는데 나는 몇 배의 긴 시간을 평양에 있으면서도 감옥에 두 달, 병원에 두 달, 모두 합해 넉 달 만에 나오게 되었다. 남편의 고생을 체험하고 싶어서 수갑도 차고 빨간 포승줄에 묶여도 보고 검찰에서 수갑 찬 채 하루 종일 기다리는 체험도 해보았지만, 형평성을 잃은 판결이 가슴 아팠고 도무지 문 목사에게 미안할 뿐이었다.

일본에서 어머니의 입국상황을 살폈던 맏아들 문호근은 어머니의 또 다른 마음을 읽고 있었다.

"쌀 떨어진 집에 쌀을 대주는 것은 좋은 일이다. 그러나 그 집에 빈소가 마련되어 있다면, 지고 갔던 쌀자루는 앞마당에 내려놓고 먼저 빈소부터 들러 인사하고 나서 쌀자루는 부엌에 슬그머니 내려놓고 나오는 것이, 그것이 우리네 인정이고 예의일 것이다."

어머니는 평소 나에게 자주 이런 말씀을 하셨다. 어머니는 지난해 김 주석 사망 후 김영삼 정권이 보여준 태도에 대하여 매우 못마땅하게 생각하셨고 마치 당신이 빚을 진 것처럼 미안해하였다. […] 그는 남편이 그토록 오래 고생한 감옥생활을 체험하는 일이니 뭐가 불만이냐고 하시며 이 기회에 성경이나 통독할 테니 읽을 책도 별로 필요 없다고 하시지만, 나는 그의 가슴속에 흐르는 눈물을 알고 있다. 당신 개인의 고통 때문이 아니다. 이 불행한 민족이 화해할 수 있는 좋은 기회인데 그것이 오히려 사태를 더 악화시키는 쪽으로 가고 있는 것만 같아서 그리고 그렇게 된다면 당신은 역사에 엄청난 죄를 짓는 결과가 될 것이기 때문이다.[44]

불어라 통일바람!

1994년 4월 21일 통일맞이칠천만겨레모임이 문을 열었다. 늦봄의 갑작스러운 죽음으로 새로운 통일운동 단체는 주춤할 수밖에 없었다. 봄길은 늦봄이 저세상으로 가고서 3개월이 지나 그 뜻을 이어 몸소 이 단체를 설립했다.

1999년 사단법인이 된 통일맞이는 늦봄통일교실과 분단문화기행 등을 개최하면서 꾸준히 통일운동의 저변확대에 힘쓰고 있다. 통일운동을 더 이상 운동가들만의 영역에 머물게 하지 않고, 대한민국 국민이라면 누구나 관심 갖고 참여할 수 있는 것이 될 수 있도록.

1993년 3월 6일, 그는 안동교도소에서 출소하자마자 이 구상을 실천에 옮기기 시작하였다. 그런데 낙원동에 있는 집을 얻고 집들이를 한 지 열흘 만에 갑자기 세상을 떠났다. 나는 시아버님이 90세에 가시고 어머님이 95세까지 사셨기 때문에 문 목사의 죽음을 전혀 생각지도 못하고 있다가, '통일맞이칠천만겨레모임'은 문 목사가 시작해놓은 일이니까 살려야겠다는 일념으로 이 일에 뛰어들었다.

통일맞이에는 문익환을 기억하는 많은 청년 활동가들이 모여들었고, 그들은 헌신적으로 통일운동과 문익환기념사업을 이어나갔다. 서거 해인 1994년에는 제1회 늦봄통일교실을 개최하였고 늦봄의 통일운동을

통일맞이와 함께 명동촌 입구 선바위 앞에서(2002. 여름)

알리는 영상 〈난 통일을 보았네〉를 제작했다. 그 후 저서와 원고들을
모아 『문익환 전집』을 출간했다. 늦봄의 시에 류형선 작곡가가 곡을 붙
이고 여러 음악인들이 함께 작업한 음반 〈뜨거운 마음〉도 만들어졌다.

해마다 1월 18일 늦봄의 기일에 마석 모란공원 산소에 참배하며 추
위 속에 새해 다짐을 하는 자리를 한 해도 빠짐없이 진행했다. 수많은
강연회, 학술대회, 추모공연, 사진전, 유물전시회 등도 개최했다. 만주 항
일유적지와 명동 문익환 생가터 방문 행사와 평화통일국토대장정 대행
진도 기획했다. 1996년부터 한빛교회에서 헌금한 상금으로 '늦봄통일
상'을 제정하여 남북화해와 통일에 기여한 단체와 개인들에게 수상했다.

2004년 1월 늦봄 10주기에는 북측의 민족화해협의회와 추모행사를
공동개최했다. 북에서 조문단이 내려와 추모행사에 참석하고서 통일의

집을 방문하고 마석 모란공원에 있는 묘소도 참배하였다. 김형수 작가가 집필한 『문익환 평전』을 출판했고, 문익환 방북 15주년 기념 남북공동학술대회를 중국 용정에서 개최했다. 세월이 가도 늦봄을 기억하며 사업을 함께하기 위해, 행사에 참여하기 위해 모여드는 고마운 젊은이들이었다.

일반인들이 주도하는 통일운동체를 만들자는 늦봄의 염원대로, 통일맞이는 어려운 여건 속에서도 남북민간교류의 창구로 굳건하게 제 역할을 감당해왔다. 봄길도 통일맞이 이사장과 상임고문으로 힘을 보탰다.

봄길은 1996년, 방북 후 첫 새해를 맞으며 양심수후원회 신년모임에서 통일을 향한 새로운 출발을 당부했다.

"우리 남북이 적이 아니고 한 피 받은 한겨레라고 생각하는 것, 그것이 바로 '통일은 다 됐어!'라고 과거형을 말할 수 있는 것입니다. 국토통일이나 정부통일보다도 중요한 것은 마음이 하나 되는 것입니다. '전쟁'이라는 괴물은 지구의 멸망을 의미합니다.

북쪽에서는 '통일마중'이라고 하고 우리는 '통일맞이'라고 부르고 있으니 딱 맞아떨어진 것 아닙니까. 우리의 통일은 뒷걸음칠 수 없습니다. 우리에게는 이미 만들어진 남북합의서가 있지 않습니까. 이것을 실천으로 옮기는 것이 이 시점에서 가장 빠른 지름길이라고 생각됩니다. 평화를 사랑하는 흰옷 입은 민족으로서 횃불을 높이 들고 나서야 합니다. 새해에는 통일마중을 나가서 통일을 맞이하여 통일세상을 만듭시다!"

봄길은 1996년 4월, 여신협 제14차 한국여성신학정립협의회에 참석해 '모란꽃과 무궁화의 만남을 위하여'라는 제목으로 북한 방문기를 소개했다. 이 자리에서 여신학자들은 봄길이 북한에서 보고 느낀 것을 가감 없이 듣고 서로 대화하며 김 주석 조문 문제로 굳어진 남북관계에 숨통을 트려 했던 봄길의 의지에 깊이 감동받았다. 봄길과 여신학자들은 특히 평양에서 배를 곯고 있는 북한 인민들의 실상과 인권회복, 남쪽에서는 양심수의 석방을 위한 국가보안법 폐지, 또한 장기수들의 조속한 송환에 대해서도 이야기했다.

봄길이 북한을 떠나기 전날 밤새 쓴 '떠나는 인사말씀'을 낭독할 때는 참석자들의 눈시울이 붉어졌다.

> […]하늘 높고 물 맑은 이 아름다운 금수강산에
> 평화를 사랑하는 백의민족 있어
> 노래 부르며 춤추며 오순도순 살았는데
> 태백산줄기 끊어진 일없이 튼튼하건만
> 어이하여 남북으로 갈려 오도 가도 못 하는가
> 아버지와 아들 어머니와 딸 아내와 남편이 50년이나 갈라져 편지 한 장 못 받아보고 전화 한 통 못하는 천만 이산가족이 있다니
> 20세기 문명 시대에 지구상에 하나뿐인 분단국이 있다니
> 제 나라 제 강토를 오르내린 죄로 감옥에 가야 하는 나라가 있다니
> 맑고 티 없는 착한 어린이들 눈에서 진주 같은 눈물이 마구 쏟아지는 안타까움[…]
> 누구의 손을 기다릴 때는 지난 지 오래다.

분단의 철조망을 걷어내고 하나로 허물어져야 한다.

당시 여신협 총무였던 김순영 목사는 그때의 기억을 이렇게 떠올렸다.
"박용길 장로의 평양 방문에 대한 이야기와 통일맞이칠천만겨레모임에 대한 이야기를 들으면서 참석자들이 모두 부지런한 통일꾼이 되어야겠다고 결심했다."[45]

1997년, 통일의 집에도 고마운 손길이 찾아왔다.

통일의 집이 오래 수리를 못 해 여름에 비가 오면 집 안에서 우산을 쓸 지경이었다. 한번은 노동운동공동체 우리건설에서 오셨는데, '이 집은 개인주택이 아니군요' 하면서 수리해주시겠다고 했다. 1997년 3월 20에 착공하여 4월 19일에 새로 집들이를 하게 됐다. 우리건설은 조합비로 몇천만 원을 들여 새집을 만들어주셨는데, 유리문에다 문 목사 글씨를 넣고 사진도 넣었다. 통일꾼들을 위해 마루를 넓혀 토론의 장으로 사용할 수 있게 했고, 수도도 새로 놓고 도시가스까지 설치해주어서 웬만한 모임을 다 치를 수 있도록 해주셨다.

우리건설의 도움으로 새 단장을 한 통일의 집에는 더 많은 젊은이들이 찾아왔다. 봄길은 늦봄이 북한에 다녀온 후로 한민족의 문화를 되새긴다는 데 뜻을 두고 항상 한복을 입었다. 한복을 곱게 차려입은 봄길은 손수 과자·약식·사탕·견과 등을 구절판에 담아 통일의 집을 찾은

통일의 집을 방문한 꼬마 손님들에게 설명하는 박용길

손님들을 기쁘게 맞았다.

1998년 시민과 정당 그리고 종교단체가 함께 조직한 '민족화해협력
범국민협의회'(이하 민화협)가 창립되면서 봄길은 이 단체의 상임의장을
맡는다. 민화협은 민간과 정부가 힘을 합해 통일을 이루기 위한 의지로
만들어진 통일운동 상설협의체이다. 이것은 김대중 정부의 '햇볕정책론'
으로 만들어질 수 있었다. 국민의 정부로 출범한 김대중 정권의 통일정
책인 '햇볕정책론'은 앞선 모든 정부의 통일정책과 완전히 구별되는 대북
정책이었다. 김대중의 햇볕정책은 북한의 호응을 얻어 2000년 6월, 드디
어 역사적인 남북정상회담이 성사되었다.

6.25 전쟁 50년 만에 평양에서 만난 김대중 대통령과 김정일 국방위
원장은 '6.15 남북공동선언'을 발표하고 자주적인 남북통일추진을 천명

한다. 6.15 선언의 가장 큰 성과는 남측의 연합제안과 북측의 연방제안이 서로 공통점이 있다는 데 합의를 이루었다는 것이다. 이 점에서 6.15 남북공동선언은 1989년에 문익환이 김일성 주석과 합의한 4.2 공동성명과 많이 닮았다.

정상회담에서 남과 북은 몇 가지 실천방안들을 논의했다. 이때 합의된 것들이 개성공단이고, 남북통일축전이며, 이산가족 상봉이다. 또한 경의선 철도와 끊어진 도로를 다시 연결하기로 합의했다.

6.15 선언이 발표되고 닷새 후, 봄길은 금강산에 올랐다. 6.25 전쟁 50주년을 기억하기 위해 기장 교단이 주최한 '평화와 통일을 기원하는 금강산 기도회'에 참석한 것이다.

이 행사에서 참가자들은 봄길을 보고 두 번 놀랐다. 한 번은 행사 첫날 강연 때 그 아담한 체구에서 뿜어 나오는 에너지에 놀랐다. 이튿날 진행된 금강산 등반에서는 여든 살을 넘겼음에도 금강산을 마치 산새처럼 가볍게 뛰어오르는 모습에 놀랐다.

금강산에서 이런 일도 있었다. 남쪽의 기자와 경비를 서고 있던 북측 군인 사이에 승강이가 벌어졌다. 기자가 허락 없이 사진을 찍자 북측 군인이 기자에게 강력하게 문제를 제기한 것이었다. 마침 그 모습을 목격한 봄길이 중재에 나섰다. '기자가 잘 모르고 한 일이니 너그러이 이해해 달라'고 부드럽게 말했다. 군인들은 봄길의 한마디에 마음을 가라앉히고 말했다. "알겠습니다. 오마니께서 그리 말씀하시니 그냥 두겠습니다."

햇볕을 받자 부는 바람

2000년 9월 18일, 남과 북은 역사적인 경의선 철도 기공식을 가졌다. 서울에서 신의주까지의 철도, 문산과 개성 사이의 도로 연결은 무엇보다 끊어진 남과 북의 대동맥을 이어주는 상징적인 의미가 담겼다.

남측 대표 가운데 한 명으로 봄길이 시승식에 참석했던 경의선 화물열차는 2007년 말에 개통되었다. 그 후 일주일에 한 번씩 정기적으로 남북 간의 물자를 수송했다. 이명박 정권이 들어서고 남북관계가 다시 냉각되면서 안타깝게도 개통 1년 만에 멈춰서고 말았지만.

6.15 선언을 기점으로 기업·종교·의료·문화·체육 등 전 분야에 걸친 민간인들의 남북교류가 추진되었다. 봄길은 남쪽과 북쪽에서 열리는 여러 행사에 초청되었다. 그는 벅찬 가슴으로 힘닿는 대로 모든 행사에 참여했다. 6.15 선언은 민간차원의 남북교류와 협력의 불씨를 댕겼고 실로 다양한 분야의 교류가 봇물 터지듯 시작되었다. 그중에서도 2000년과 2005년의 평양 방문은 의미가 더 각별했다.

남측과 북측, 해외동포가 참여하는 통일행사가 2000 6.15 선언이 선포된 이듬해부터 매해 열렸다. 2000년 10월 평양 방문은 북한의 조선노동당 55돌 행사에 참석하기 위한 것이었다. 조선노동당 55돌 행사는 북측의 남측 민간인 초청을 우리 정부에서 수락하고 지원한 첫 행사로서 역사의 새로운 장을 열었다. 남과 북은 6.15 공동선언실천 남북해외위원회를 만들기로 합의했다. 이에 따라 남측에서 출범한 6.15 공동선

6.15 공동선언 발표 5돌 기념 민족통일대축전

언실천 남측위원회(이하 남측위원회)의 명예대표로 봄길이 추대되었고, 상임대표는 백낙청 서울대 명예교수가 맡았다. 봄길은 명예대표로서 적극적으로 남측위원회 사업에 참여했다.

'6.15 민족통일대축전' 5주기 행사가 열렸던 2005년, 봄길은 남북화해와 평화에 기여한 공로를 인정받아 국민훈장 모란장을 받았다. 모란장 수훈에 봄길은 감격하지 않을 수 없었다. 그토록 핍박받고 손가락질받았던 통일운동에 대한 인식이 달라졌으며, 이제는 통일의 길에 국가와 국민이 함께 나서고 있다는 사실에 감회가 컸다.

같은 해, 남과 북은 '겨레말큰사전' 사업에 착수했다. 겨레말큰사전은 남측과 북측의 언어가 이질화되어가는 것을 극복하고 함께 사용할 수 있는 사전을 만드는 현대판 '말모이' 사업이다. 남북공동사전편찬은 원래 1989년, 늦봄이 북한을 방문했을 때 김일성 주석에게 박용수 선생의 『우리말 갈래사전』을 선물하면서 제안한 사업이었다. 현재 겨레말큰사전 남북공동편찬위원회 부이사장 정도상은, 아무도 거들떠보지 않았던 이 사업을 다시 일으키게 된 상황을 이렇게 설명했다.

"2003년의 일입니다. 당시는 제가 통일맞이에서 일할 때였는데, 2003년에 문익환 목사님의 책을 보다가 우연히 겨레말큰사전 얘기를 알게 됐어요. 자세히 알아보니 아주 중요한 사업이라는 생각이 들었습니다. 그래서 박용길 장로님께 이 사실을 바로 알렸지요."

통일맞이는 이 사업을 추진하기로 결의했고 봄길은 즉시 김정일 국방위원장에게 친서를 썼다. 그녀는 1995년에 북한을 방문했을 때에도 머물던 처소에서 쉬는 시간이 주어질 때마다 남과 북의 언어 차이를 관찰하며 기록해두었을 정도로 이 문제를 중요하게 여겼다.

2003년 7월 정도상과 문성근은 이 친서를 들고 북한을 방문, 사전편찬에 관한 김정일 위원장의 동의를 받아왔다. 2003년 겨울에 북측의 민화협에서 사전편찬사업을 진행하자는 연락이 왔고, 2004년 3월 중국 연길에서 북측의 민화협과 남측의 통일맞이가 겨레말큰사전 남북공동편찬사업 협약을 체결하여, 마침내 2005년 2월에 금강산에서 겨레말큰사전 남북공동편찬위원회가 출범했다. 그러나 예산이 없었기에 다시 한 번 봄길이 나섰다. 2005년 그녀는 김정일 위원장과 그간 합의된 내용을 들고 국무총리실을 찾아가, 당시 총리였던 이해찬으로부터 겨레말큰사전 편찬에 대한 국가의 지원을 약속받았다. 그리고 2년 후 제정된 '겨레말큰사전남북공동편찬사업회법'에 따라 현재 남과 북이 함께 편찬사업

박용길이 방북했을 때 틈틈이 작성한 남북단어 비교표

을 진행 중이다.

겨레말큰사전은 남측에서는 『표준국어대사전』을, 북측에서는 『조선말대사전』을 모체로 한다. 지금까지 양측의 사전에 수록되지 않은 새로운 어휘 10만 개를 포함한 총 33만 단어를 선별하여, 남과 북이 교차 검증하고 수록하게 되는데, 지금까지 남과 북이 합의한 새 어휘들에는 남측이 제시한 길치, 앞접시, 알박기, 집밥, 그리고 북측이 제시한 강굴머리, 달래머리, 버쉽다, 섭돈다 등의 단어들이 포함되었다.

정권이 바뀌면서 변화되는 통일정책에 따라 실질적인 진행이 가다 서다를 반복해왔지만, 편찬위원회는 여태껏 스물다섯 차례의 만남을 가졌고 사업의 약 60퍼센트가 완성되었다. 남북공동편찬사업회는 2022년 4월 출판을 목표로 매진하는 중이다.

인생은 흘러간다

통일의 집 바로 옆에 사는 큰아들 호근은 어머니의 지나온 이야기를 녹음하며 기록했다. 호근은 어머니의 이야기를 회고록으로 펴낼 작정이었다. 길 건너에 사는 딸 영금이 함께 자리했다.

호근: 엄마 붓글씨 많이 쓰셨잖아. 붓글씨는 언제부터 쓰셨어요?

봄길: 붓글씨는 내가 열 살 때 서울 유학 나온 뒤로 여름방학 때마다 배웠지. 아버지가 글씨를 그렇게 잘 쓰실 수가 없어. 어머니도 궁체를 얼마나 예쁘게 쓰셨는지. 정식으로 배운 거는 1973년엔가 동방연서회라는 곳인데 형제가 가르쳤거든. 형은 한자만 쓰고 동생이 한글체 책을 내고 했지. 그래서 나는 동생 선생한테 배웠는데, 거기 가면 그렇게 형제가 싸워요. 나 듣는데도. 서예 같은 건 그야말로 도 닦는 심정으로 하는 건데 글씨 쓰는 형제들이 그렇게 싸워대니까 그게 그렇게 난 못마땅한 거야.

영금: 그래서 그만뒀어요?

봄길: 그랬지. 거기서는 동그라미 치고 가로세로 선 긋기만 내내 하다가 그냥 나 혼자 쓰기 시작한 거야. 뭐 하나 쓸라면 아빠는 연습도 안 하고 금방 써? 맨날 이러셨는데, 내가 속이 급해. 사람들도 내가 전화받다 보면 왜 이렇게 숨이 차냐고 그러잖아. 암튼 인제 북한에서 지은 시도 정서해놓고 편지도 쓰다 보니까 사람들이 가지

고 싶어 하더라고. 그래서 교회에서도 가져가고 또 결혼식 있으면 선물로도 쓰고. 처음에 사실은 내가 경제하느라, 글씨로 부조하면 그게 쪼끔 싸거든, 하하. 이걸 써가지고 표구를 해줘도 돈으로 부조하는 것보다 덜 드니까. 근데 사람들은 더 좋아하는 거야. 그래서는 가정에 좋은 날 있거나, 내가 고마운 일이 있을 때면 꼭 글씨를 써서 선물했지.

영금: 엄마는 뭐든지 손 재능이 뛰어나시니까.

호근: 그렇지. 근데 엄마는 일본말은 그렇게 깨끗하게 잘하신다는데 영어는 영 못하셨잖아요.

봄길: 영어는 못해. 처음 배울 때부터 왜 그렇게 자신이 없었는고 하니, 경기여고 1학년 때 영어 선생이 일본인이었는데 일본 선생 발음이 나쁘다는 얘기를 자꾸 듣다 보니까 일본 선생한테 영어 배워가지고는 못한다는 생각이 머리에 백이더라고. 그러다 보니 내가 자신감이 없어진 거야. 그래도 영어를 잘하고 싶어서 재주도 없는데 자꾸만 했거든. 학원도 등록하고 한신대에서도 선교사란 선교사는 다 엮어서 클래스를 얼마나 만들어댔는지. 그리고 인제 내가 안 되는 게 피아노고. 아빠는 피아노도 치지 말래.

영금: 엄마는 손가락 때문에라도 피아노는 조금 아쉬울 수밖에 없지 뭐.

봄길: 옛날에는 화로에 인두를 꽂아 다려서 바느질을 했잖아. 어머니가 혼인하는 사람 바느질을 해주시는데, 내가 화로 쪽으로 기어가더라는 거야. 그러니까 할머니가 '저 용길이 기어간다. 붙잡아

라, 붙잡아' 하시더래. 근데 엄마가 일이 많으니까 열중하느라 '네, 네' 그러고 보고만 있는데 벌써 앙 울더라는 거지. 내가 금세 화로에다가 손을 넣어버린 거야. 그러니까 손이 전부 이렇게 붓고 그래 가지고서는 치료는 했는데 이 손가락 하나만 요롷게 꼬부라지더라고. 그래서 어머니가 내가 열 살쯤 됐을 때 수술을 해주려고 가까운 사람을 찾아간다고 간 것이 그 무면허의사였던 거야. 근데 그 의사가 이 손가락을 그냥 잡아 펴서는 나무때기를 대놓은 거지. 거기다 소독을 잘 안 했던가 썩기 시작하는 거야. 손가락이. 그러니까 이번에는 어우 안 되겠다 그러면서 가위로 똑 잘라버리지 뭐냐. 그냥 어머니가 붙잡아라 할 때 못 잡은 거를 일생을 후회를 하셔가지고, '내가 못 붙잡아서 네가 그렇게 됐다'고 늘 그랬잖아. 난 별로 불편한 걸 몰랐는데, 경기여고 가서는 속이 좀 상했지. 박마리아라고 쬐끄만 아이가 있었는데 자꾸 '손 좀 보자, 손 좀 보자' 그래서는 개하고 말도 안 했어. 그랬는데 사람들이 그랬지. '아유, 그 손 가지고도 못하는 것도 없이 글씨도 잘 쓰네' 그러면서 이 손이 복이 될 거라고 했지.

영금: 그러니까 말이야. 붓글씨도 잘 쓰고, 아빠하고는 또 얼마나 편지를 주고받았냐구, 할 거 다 하셨지 뭐.

호근: 엄마는 다른 이모들보다 더 유난히 아끼는 것 같애.

영금: 애들 쓰다 남은 공책도 다 가져다가 쓰셨잖아요. 달력 한 장도 그냥 안 버리고 뒷장에다 뭘 쓰고. 옷도 다 이모네서 받아 입었는데 뭐.

봄길: 어려서부터 친정어머니가 애끼는 걸 보고 자랐는데, 결혼하고 나니까 시어머니는 더 애끼시더라. 풀을 쒀서 쓰는데 마르잖아? 그러면 물을 부어서 또 써. 아주 철저하시더라고. 그 옛날에 목사 부인이 쥐꼬리만한 월급으로 아이들 넷, 다섯을 대학까지 공부시키셨잖아. 나는 할머니하고 살면서 경제하는 게 더 몸에 뱄어. 런닝사쓰 떨어지면 이렇게 거꾸로 하면 위에는 성하거든. 거기다 고무줄을 넣어서 다른 속옷 해 입고 그런 것도 많이 했지.

호근: 할머니도 맨날 쌀 포대로 팬티 만들어 입으시고 그랬죠?.

봄길: 그러셨지. 나는 반지 끼고 이런 거를 좋아하거든. 근데 할머니는 거치장스럽게 생각했지. 할머니는 반지, 목걸이 이런 거 들어오면 전부 손주들 주시고 또 가엾은 사람들 줘버리시고. 그래서 나도 좀 해볼라 그래도 준 사람 성의를 생각하면 또 아무나 못 주겠어.

영금: 할머니가 워낙 물질에 담담하셨어. 살아생전 당신 물건들을 그렇게 잘 처리하고 가셨잖아요.

봄길: 그럼. 그게 보통 일이 아니거든. 또 말년에는 그냥 입만 여시면 고맙다, 나같이 복 많이 받은 사람 없다 그러셨어. 돌아가실 때는 인제 하나하나 이름을 부르면서 그렇게 칭찬을 하셨지. 난 그때 나한테 찬양한다는 얘길 듣고 깜짝 놀란 게 나는 찬양이란 말은 예수님이나 하느님께만 하는 건 줄 알았는데, 시어머니가 그 얘기를 해서 황송해 죽겠어. 지금 생각하면 시아버지랑 시어머니 생각해서라도 왜 더 열심히 해서 아버지를 더 빨리 나오시게 못 했나 싶어.

영금: 엄마가 할머니 옷도 자주 입지 않았어요? 교회 사람들이 좀 놀랬지?

봄길: 할머니가 늘 교회에 입고 가시던 옷을 내가 입고 갔거든. 그러면 사람들은 그게 누구 옷인 줄 다 알지. 그러면 교인들이 그걸 어떻게 입느냐는 거야. 기분이 이상하지 않느냐는 거지. 특히 믿지 않는 사람들은 죽은 사람 옷은 다 태워버리니까. 근데 뭐 나는 입고 싶으니까. 내가 요새 정리하다 보니까 내가 어머니하고 손을 붙잡고 백인 사진들이 많아. 단둘이 백인 사진이 그렇게 많더라고.

시어머니는 며느리를 진실로 대견스러워했다. 자신에게 주어진 일이라면 씩씩하게 끝까지 책임을 다하는 모습이 기특했고, 아들 옥바라지를 그렇게 해대면서도 눈물 한 번 보이지 않고, 새벽에 나가 밤중에 들어오면서도 피곤한 기색 없이 늘 웃는 며느리가 고마웠다. 면회 다녀온 얘기는 물론, 아들에게 편지가 오면 한 자도 빠짐없이 큰 소리로 읽어주는 며느리가 든든했다.

영금: 아빠가 뉴욕에서 잠깐 공부하실 때 오빠가 편지에 음악 얘기 많이 썼잖아.

호근: 내가 아버지한테 편지도 썼나?

봄길: 네가 유학 가고 싶어 했어.

호근: 나 대학 들어가고 한신대 사택에서 맨날, 내 방에서 사람들 모여서 그냥 밤새도록 얘기하고 술 먹고 떠들고, 그때 얘기하는

사람들이 많아요. 그때 참 집도 좋았고, 아버지가 감동적이었다고. 아침에 밥상에 나왔더니 아버지가 목사님인데도 막걸리를 따라주시더라는 거죠. '너네들 밤에 술 많이 마셨으니까 해장해야지' 그러시면서. 일부러 주전자 가지고 나가서 아버지가 사오셨대요.

봄길: 아버지는 아무튼 그런 성격이야. 그저 다 포용하고 사랑으로 감싸안고 그러는 게 일상이 되어가지고서는 감옥에 가서도 다 간수든지 죄수든지 할 것 없이 그냥 친해져서 성교육까지 시키고 그냥, 하하하.

호근: 근데 참, 내가 연극하고 그럴 때 엄마가 속상했나?

봄길: 아니, 난 뭐든지 니들 하는 거 찬성했으니까.

호근: 그때 왜 내가 연극을 하다가 등록금 가지고 무대장치를 만들어서 휴학을 했잖아요.

봄길: 그걸 난 몰랐어. 그래가지고 사람들이 뭐 의붓어머니 아니냐고 그런 얘기까지 했다고. 그렇게 관심이 없을 수 있냐고.

호근: 나중에 엄마가 그게 돈이 몇 푼이 된다고 하면서, 말하면 어떻게라도 줄 것을 그러면서 우셨어. 내가 엄마 속을 많이 썩였지.

영금: 참, 그 생각난다. 동자동 집에서 오빠가 의근이랑 나랑 자전거 가르쳐주느라고 학교운동장에서 뒤에서 잡아주고 했잖아. 의근이는 배우고 나는 못 배웠지. 한신대 캠퍼스 와서 살 때도 조금은 가는데 서지 못해서 여기다 박고 저기다 박고 또 넘어지고, 암튼.

봄길: 그런 걸 못하는 건 나 닮았어. 아이구, 우리 아버지가 날 기어이 수영하고 자전거를 배워주실라고 그냥 매일 얼마나 애를 쓰

셨는데도 나는 못 배웠어.

호근: 의근이가 재주가 많아.

영금: 맞아. 근데 삼촌들은 운동 잘하시는데 아버지는 또 운동을 못 하셔.

봄길: 아버지도 나도 운동을 못 하거든. 아빠 어렸을 때 얘기 하나 해줄까? 어렸을 때부터 참 몸도 약하고, 그냥 동무들은 뛰어놀아도 자기는 할머니 옆에 앉아서 있었대. 한번은 할머니하고 어딜 걸어서 갔는데 아빠가 집에 오고 싶어졌어. 밤에. 할머니는 일을 하시니까 같이 가시잔 말을 못 하고 자기 혼자 와도 될 것 같아서 혼자 오는데 윤동주 집을 지나는데 개가 막 짖더래. 짖으니까 겁나잖아. 쪼끄맸을 때래. 그러니까 막 소리를 지르니까 어린애 소리가 나서 동주 아버지가 나와보니까는 아빠가 고기 있더래잖아.

오랜만에 자식들과 정담을 나누다 보니 주마등처럼 스쳐가는 지난 시간들이 봄길의 눈에 선하게 떠올랐다. 어려운 역경 속에서도 함께한 가족의 얼굴이 떠올랐다. 아들 감옥살이로 마음이 아프셨을 텐데도 항상 기도와 격려를 아끼지 않으셨던 시부모님, 우애가 깊었던 친정과 시댁의 형제자매들, 아버지가 민주화운동에 나서면서 출국 금지를 당해 유학길이 가로막히거나 취직의 어려움을 겪으면서도 불평 한마디 없이 도와준 아들과 며느리들 모두 한마음이었다. 큰며느리 정은숙은 한국을 대표하는 프리마돈나였음에도 시아버지가 관계된 행사에서 매번 노래를 불렀으며 몸을 사리지 않고 도왔다.

봄길은 큰아들 호근이 연출하는 행사, 큰며느리 은숙이 출연하는 오페라, 막내아들 성근이 출연하는 연극을 빠짐없이 관람했다. 손녀딸 운동회에서 학부형 참가 게임에도 함께 뛰었다. 흐뭇하고 자랑스러웠다. 남편 문익환과 시어머니 김신묵이 '좋은 사람들 속에서 행복하게 살았다'고 말했듯 봄길의 마음도 그러했다.

한번은 한 행사의 연사로 다녀오다가 우연히 차창 밖으로 '국가보안법 폐지 단식농성장'을 지나가게 되었다. 봄길은 다음날로 담요며 외투, 양말 등을 챙겨 농성장으로 찾아갔다.

"함께 단식하며 참여해야 하는데 노인이 돼서는 이렇게밖에 못해서 미안합니다. 추운 겨울날 배고픔을 참으며 노력하니 꼭 빛을 보게 될 것입니다!"

딸 영금은 이렇게 이야기했다.

"어머니는 그 누구의 요청도 거절하지 않으셨어요. 반드시 시간을 지켜 가시고, 먼저 일어나시는 법이 없었죠. 박용길이 다녀갔다고 하면 행사에 힘이 실리니 무조건 초대하는 경우가 가끔 있어서 저는 언짢았어요. 어머니는 그걸 알고도 통일에 도움이 된다면 당신을 이용해도 좋다고 하셨죠. […] 날씨가 추우나 더우나, 행사 시간이 길거나 짧거나, 또 장소가 밖이거나 안이거나 상관없이 어머니는 단상에서 절대 자세를 흐트러뜨리는 법이 없었어요."

한빛교회 유원규 목사는 이렇게 말했다.

"길 위에는 길이 있을 수 없습니다. 언제나 누구라도 밟고 지나갈 수 있도록 자신을 내어주는 것이 길이죠. 장로님은 당신을 위해 존재하지 않았어요. 장로님은 누구에게든 그들이 딛고 갈 수 있는 길이었던 거죠. 봄길 말입니다."

어머니와 틈틈이 마주 앉아 어머니의 파란만장했던 생애를 기록해 책으로 내려 했던 큰아들 호근은 2001년에 갑작스럽게 세상을 떠났다.

"이 사진이 뭐고 하니, 2004년에 문익환 목사 10주기였을 때 북한에서 조문단이 왔었거든. 그때 조문단이 나 오래 살라고 수를 놔가지고 선물로 준 건데, 여기에 부부 학이 한 쌍 있고, 둥지에 새끼 학이 세 마

북에서 문익환의 10주기에 선물한 리주옥의 자수 작품

리가 있지? 근데 내가 이걸 볼 때마다 생각해. 왜 여기에 학이 세 마리냐, 만일 네 마리였다면 우리 아들이 아직도 건강하게 살아 있지 않겠는가 뭐 이런 생각이 든다구. 이거 봐. 세 마리, 세 마리잖아. 네 마리였으면 좋았을 것을, 이렇게 세 마리뿐이라고……."

결코 평탄치 않았던 긴 세월의 후반부에 버팀목이 되어주었던 큰아들이 먼저 가버린 것은 봄길의 마음에 커다란 타격이 되었다. 통일꾼으로서의 바쁜 일정은 여든이 넘어서도 계속되었지만, 그녀의 심신은 점차 약해지고 있었다.

2008년 봄길의 아들딸과 가족들, 함께한 이들이 모여 구순 잔치를 치렀을 때만 해도 정정한 모습을 보여 계속 활동할 수 있겠다고 기대들을 했을 정도였다. 그러나 2009년 방에서 넘어져 팔이 부러진 뒤 혼자서 생활이 어렵게 되어 요양사의 도움을 받아 지냈고, 나중에 거동 자체가 힘들어져 2011년 봄부터는 요양원에서 생활하게 되었다. 가족들은 각자의 일상으로 분주한 와중에도 봄길의 옆을 한결같이 지켰지만 어머니의 몸이 무너져가고 있음을, 의식이 희미해지고 있음을 받아들여야 했다.

2011년 9월 25일 새벽 1시 30분경, 딸 영금과 아들 성근이 지켜보던 병실에서 봄길은 마지막 숨을 내쉬었다. 급히 달려온 둘째 아들 문의근은 어머니를 위한 마지막 기도를 드렸다. 먼저 가버린 시부모와 남편과 마찬가지로 안구를 기증하고자 했으나 일요일 밤중이었기에 뜻을 이루지 못했다. 밤늦은 시각이 아니었더라도 안구를 기증하기엔 고인의 건강상태가 너무 악화되어 있었다고 나중에 의사가 가족들에게 전했다.

당신의 덕이죠

2011년 9월 25일이 막 시작된, 모두가 잠들어 있던 새벽에 봄길은 늦봄 곁으로 떠났다. 사람들이 이 93세 여성의 삶을 기리고자 걸음을 한 그날은 선선한 바람이 부는, 먼 길 나들이하기에 참 좋은 날이었다. 입관예배 설교는 유원규 목사가 맡았다.

박용길 장로님의 밝고 환한 얼굴을 통해서 투쟁의 새로운 모델을 발견한다. 그렇게 유연하고 밝은 모습으로 싸우는 분을 일찍이 보지 못했다. 싸우지 않고 이기는 싸움을 최고의 승리라고 한다. 장로님은 상대를 아예 무장해제시키는 부드러운 전사였다. 장로님의 작은 손은 버려진 천 조각, 버려진 달력 종이로도 소중하고 귀한 것을 만들어내는 미다스의 손, 마술사의 손, 닿는 것마다 축복이 되게 만드는 요셉의 손이었다. 그래서 세상을 밝고 평화롭고 버릴 것이 하나도 없는 귀한 세상으로 만드신 분이었다.[46)]

서울대학병원에 마련된 빈소에는 봄길의 마지막 가는 길을 배웅하려는 이들이 전국에서 모여들었다. 가까이는 통일의 집 이웃부터 멀리 강진과 제주도에서까지 천 명이 넘는 사람들이 한달음에 달려와 그의 영정사진과 마주했다.

영정사진 속 봄길은 여전히 통일의 그날을 꿈꾸는 듯 보였다. 이 땅에서의 생이 다해 몸은 비록 사그라지더라도 그 마음과 영혼은 한반도 곳곳에 스며 오로지 통일의 그날을 꿈꾸고 있을 것이었다.

봄길의 장례식은 겨레장으로 치러졌다. 12년을 살았던 정든 곳, 남편의 장례를 치렀던 한신대 수유리 캠퍼스 채플에서 유원규 목사의 사회로 장례식이 거행됐다. 김상근 목사는 이렇게 말했다.

"우리는 겨레의 집단적 기억으로 봄길을 보내려 합니다. 겨레는 어제이고, 오늘이고, 내일입니다. 우리는 집단적 기억으로 남과 북을, 북과 남을 기어이 이어내야 합니다. 겨레의 어제와 오늘, 오늘과 내일을 기어이 이어내야 합니다."

고인이 생전에 많이 불렀던 〈십자가를 질 수 있나〉를 함께 찬송하며 장례식이 시작되었다. 늦봄의 시 「꿈을 비는 마음」을 낭독하는 봄길의 육성이 흘러나왔다. 장례식에 참석한 이들은 그녀를 '겨레의 어머니', '통일의 어머니' 그리고 언제나 해맑으면서도 불의에는 준엄했던 '정의로운 어머니'로 기억했다.

한명숙 전 국무총리, 오종렬 한국진보연대 상임고문 그리고 권오헌 전 민가협 의장 등이 조사를 낭독했다. 조카 며느리인 첼리스트 정명화의 조가 연주와 강진에서 새벽같이 달려온 늦봄학교 학생들과 학부모들의 조시 낭독도 이어졌다. 고인의 시동생인 문동환은 장례식에 참석한 이들에게 이렇게 당부했다.

"민족과 이웃에 대한 사랑이 없었다면 박용길 장로는 통일을 꿈꾸지 않았을 것입니다. 우리 같이 꿈꾸고, 소망을 가지고 절망하지 말고, 통일이 이룩될 때까지, 꼭 이룩될 테니까 우리 같이 나갑시다."

박용길의 영정사진을 든 맏손자 바우(용민)

　　이명박 정부와의 소통이 원활치 않았기에 북측의 조문은 성사되지 못했다. 대신 북측은 김정일 국방위원장의 조전과 화환으로 박용길을 애도했다. 김정일 위원장은 조전을 통해 "그가 민족의 화합과 통일을 위해 바친 애국의 넋은 북과 남, 해외 온 겨레의 마음속에 길이 남아 있을 것"이라며 고인의 영면을 애석해했다. 또한 《조선중앙통신》은 28일발에서 "우리 겨레에게 통일의 할머니로 불리우던 문익환 목사의 부인 박용길 여사는 조국통일의 길에 한 생을 바친 통일애국인사로 겨레의 마음속에 살아 있다"며 고인을 애도했다.

장례식을 마친 후, 봄길의 운구는 한신대 교정에 있는 늦봄의 시비 앞에 잠시 머물렀다가 통일의 집으로 갔다. 영정이 통일의 집 안을 천천히 도는 동안 뒤따르던 사람들은 봄길과 함께한 시간들과 추억들을 떠올렸다. 이제 겨레의 집단적 기억으로 살게 될 봄길의 개인적 기억은 어떤 것이었을까? 부모가 반대하던 남자와 결혼하여 해방과 전쟁통의 아수라장 속에서 아내이자 며느리이자 엄마가 되고, 시인이자 성직자이자 운동가인 남편 뒤에서 지원하며 사회활동을 벌이는 한편으로 칠십 넘어서까지 시모를 모시고 네 자녀를 길러야 했던, 누구에게도 녹록지 않은 조건의 인생. 죽은 이는 아무 말 없이, 먼저 저세상에서 기다리고 있을 부모와 시부모와 남편과 큰아들, 그리고 이름도 실컷 불러보지 못한 첫아이를 만나러 갈 준비가 되었을 따름이다.

오후 1시경, 봄길과 2백여 명의 운구 행렬이 마석 모란공원에 도착했다. 봄길은 늦봄의 옆에 나란히 누웠다. 헤어진 지 17년 만에 남편의 곁에 누웠다. 3천 통이 넘는 편지를 주고받았으며 아름다운 꿈을 함께 꾸었던 연인의 옆자리에.

아름다운 시 많이 쓰시길

1944년 6월 17일 안동교회로 신랑은 뚜벅뚜벅 걸어가고 신부는 끄덕끄덕 인력거를 타고 갔죠. 결혼 후 멀리 용정으로 기차를 타고 갈 때 용정이 가까워오니 무던히 신나 하더군요. 첫 살림을 시작한 만주 만보산 집은 성에가 두껍게 앉은 무섭게 추운 방이었죠. 당신이 몸이 약하다고 몹시 걱정들 하신 결혼이었는데 벌써 30년 전 일이 되었군요. 자타가 공인하는 미남이라시더니 이제는 희끗희끗 반백이 다 된 로맨스그레이가 되셨어요. 구약번역 시작하시고 나서 부쩍 늙으셨어요. 천자문을 지은 분이 밤사이에 머리가 백발이 되셨다지요. 머리를 쓴다는 것이 그렇게 힘든 일인데…….

그래도 늘 나같이 행복한 사나이는 없다고 하시는 일에 보람을 느끼시니 얼마나 좋은지 몰라요. 하기야 젊은이들에게 하느님의 말씀을 피부로 느낄 수 있는 우리말로 옮기려고 밤낮없이 애쓰시니 얼마나 귀한 일이겠어요? 이야기책같이 읽을 수 있는 구약성서를 얼마나 모두들 기다리고 있는데…….

자나 깨나 파리똥 같은 점들이 찍힌 히브리어 성경과 씨름하시는 당신을 도와드리고 싶어도 도울 길이 없군요. 그런데 당신은 내가 하는 시시한 일들인 청소나 설거지, 연탄 가는 일까지 도와주시려 하니 몸 둘 바를 모르겠군요.

부모님을 뫼시고 아이들 공부시키랴 수고가 많으셨어요. 15년 20년이 넘은 양말이나 양복도 무엇이나 괜찮다고만 하시죠. 이제는 폭신한 스펀지 요나 보드러운 카시미론 이불이라도 장만해 드려야겠어요. 이제 우리도 정말 둘이만 마주 앉는 시간이 점점 많아지니 아이들도 다 자라고 늙어가나 보죠.

시편 번역하기 위해 익힌 아름다운 시 많이 쓰시고, 당신의 땀의 결정인 구약성서가 책꽂이에 꽂힐 날을 손꼽아 기다리겠어요.

박용길, 「여보와의 대화」, 《새가정》, 1974

일흔 돌을 맞는 당신께,

정말 감개무량하군요. 쉰까지만 살았으면 하던 문익환이가 21년
덤으로 쉰 살을 넘겼고, 여섯 달 살고 홀로 살 각오로 시집온 박용
길이가 45년을 살고도 인생은 70부터라고 생각하며 돌상을 받게
되었으니, 지구상에 우리만큼 하늘의 축복을 누리는 내외가 또 있
을까 싶군요.

당신의 환갑, 고희, 나의 70회 생일, 아버지, 어머니의 70회 결혼

통일의 집 골목을 걸어가는 부부

축하회 때에 다 갇힌 몸으로 마음으로만 가 있었으니 불운하다고 생각할 사람도 있겠지만, 역사의 한복판을 한 걸음도 비켜서지 않고 살아왔다는 감격과 흥분이라면 모를까 우리는 그걸 불운이라고는 생각지 않는 거죠.

1944년 결혼한 후 첫 보금자리는 전기도 안 들어오는 만주 시골, 만보산, 1년 후에 해방을 맞고 격동의 한 해를 신경에서 보낸 다음 뱃속에 든 호근이와 셋이서 국경을 도보로 걸어 건너오면서 겪은 아슬아슬한 순간들, 6.25 이야기는 건너뛰지요. 76년 이후로 다섯 번째 징역살이와 옥바라지. 우리 가족은 풍운아 아닌 사람이 없었다고 해도 되겠군요.

눈이 팽팽 도는 45년…… 편히 앓아누울 시간도 없이 밀어닥치는 물결 하나하나 타고 넘다 보니 쉰 고개를 훌쩍 뛰어넘기 21년, 아들, 딸, 손자, 손녀들을 수북이 거느리고 친동기보다 더 가깝고 소중한 벗들과 어울려 눈물과 웃음으로 살아가는 우리 내외만큼 행운을 타고난 사람들이 과연 몇이나 될까요. 게다가 비실비실하던 이 문익환이가 젊은이들도 못 따를 건강한 몸으로 이 겨울도 감옥 안의 추위를 웃어줄 판이니, 당신의 덕이죠.

오늘의 우리가 된 것은 바울의 말대로 오직 하느님의 은총 덕이지만, 그 은총이 내게는 당신의 넓고 푸근한 마음이었다고 하느님 앞에서도 장담할 수 있어요. 당신은 너그럽고 따뜻하고 포근한 것만은 아니었어요. 당신의 분노는 나에게 이 거센 물결을 헤치며 나갈 수 있는 큰 힘이었어요. 지난 3월 19일 저녁 종로4가 식당에서 저녁을 먹다가 동지들이 떠나는 걸 반대하기 때문에 떠나는 일을 연기해야 하겠다고 했더니 "난 이제 당신을 못 믿겠어요" 하며 인사도 않고 혼자 집으로 돌아갔었지요. 그 분노가 나에게 얼마나 큰 힘이 되었느냐는 건 나만이 아는 일이지요. 그런 경험이 한두 번이 아니었거든요. 문익환이 오늘의 문익환이 된 것은 박용길의 덕이라고 해도 되는 거죠.

인생은 70에서 새로 시작한다는 생각으로 생일 축하를 받으시기 바라오. 나도 지금 그 심정이니까. 1989. 10. 20.

언제나 봄

박용길 장로님이 만일 살아 계시다면 올해로 백수를 누리고 계시겠다. 여전히 통일의 집 마당에 철마다 피어나는 어여쁜 꽃들을 돌보며, 그곳을 찾아드는 이들을 여일한 웃음으로 맞아주실 테다.

박용길을 아는 대부분의 사람들은 그를 사회활동가로 기억한다. 통일운동가, 인권운동가 그리고 교회여성활동가 등등 거짓 없는 명패가 참 많은 분이니 당연한 일이다. 그럼에도 나에게 박용길 장로님은 '꿀인삼 할머니'라는 기억이 훨씬 더 짙게 남아 있다.

20년 조금 더 전, 결혼 후 얼마 지나지 않아 장로님 댁으로 인사를 갔었다. 문익환 목사님의 흔적과 숨결이 그대로 배어 있는 다소 침침했던 방을 홀로 지키고 계신 모습은 나로 하여 어찌할 바를 모르게 만들었다. 팔순의 연세에도 씩씩하고 환하게 웃는 장로님의 여유로운 모습이 오히려 내게는 가슴 아린 그 무엇이었다.

남편과 함께 공손히 절을 올리고 앉으니 장로님이 부엌으로 총총 걸어가 무언가를 손수 담아 나오셨다. 꿀인삼이었다. 우리가 대접해드려도 부족할 인삼을 장로님은 앞길이 구만리 같은 젊은이들에게 대접해놓으셨다. 우리가 감히 어려워 먹지 못하고 있으니, 장로님은 조그마한 포크로 엄지 첫 마디보다 굵은 인삼을 푹 찔러 꿀을 듬뿍 발라 내미셨다.

"좋은 것은 귀한 사람들하고 함께 먹어야 건강해지는 거야. 어서 푹푹 찍어 먹어봐!"

더 이상 어쩌지 못해 받아먹은 그 달콤 쌉쌀한 꿀인삼이란! 내 생애 처음 먹어본 맛이었다. 그날 우리 부부는 참으로 귀한 사람이 되었다. 그저 제 살길 찾기에 바쁜 이 젊은 부부가 뭐라고, 장로님은 우리를 그렇게 귀한 사람으로 만들어주셨다.

기자와 작가들이 흔히 앓고 있는 직업병이랄까, 본성이랄까 싶은 것 중 하나는 누군가를 만나거나 사건을 대하면 일단 입을 열어 궁금증을 해소하려고 든다는 것이다. 이런고로 나 역시도 대체로 남녀노소 불문하고 처음 만난 사람과의 대화를 그다지 어렵지 않게 주도하는 편이다. 그런데 어느 지점부터였을지, 장로님과 마주 앉은 내가 하는 일이라고는 장로님의 눈빛, 표정, 몸짓, 말투에 고작 추임새를 넣는 것뿐이었다. 더 놀라운 것은 그것이 너무도 자연스럽고 즐겁더란 말이다. 나도 모르는 새, 나는 이미 장로님 안에 푹 담겨 있었다. 그날의 묘한 느낌은 아직도 생생하다.

회고록이 인연이 되어 장로님과의 동행을 선언한 후, 나는 장로님 생전에 만났던 몇 번의 기억과 느낌을 총동원하여 보이지 않는 장로님을 수시로 내 곁으로 초대했다. 꽃방석 하나 깔아놓고 툭툭 두드리며 '여기 앉으세요, 장로님' 하면서.

그렇게 시간이 흐르는 동안 나에게는 안정감과 불안감이 공존하기 시작했다. 삶의 단순함과 번잡스러움도 자주 뒤엉켰다. '아!'라는 바보도 트는 소리와 '왜?'라는 어리벙벙한 의문 사이를 수시로 오갔다. 그러다가 불쑥불쑥 자리를 박차고 일어났다. 20년 전 그 방으로 달려가고 싶었다. 그냥 장로님이 보고 싶었다.

신혼집을 시작으로 여섯 번을 이사해서 지금 살고 있는 일곱 번째 집까지, 언제나 우리 집 현관문을 열고 들어와 가장 먼저 눈길이 닿는 곳에는 붓글씨 액자가 하나 걸려 있다. 이 글씨는 우리가 결혼하기 두 해 전인 1997년 감사절에 박용길 장로님이 나와 함께 사는 류형선 씨에게 손수 써주신 문익환 목사님의 시 「비무장지대」이다.

남편은 장로님에게 받은 이 귀한 손끝 마음을 훗날 결혼하면 신혼집에 제일 먼저 걸어두리라 마음먹고는 고이 간직해두었단다. 신혼여행에서 돌아온 다음 날 우리 부부는 졸린 눈을 비벼 뜨고는 제일 먼저 표구사를 찾아갔고, 며칠 후 찾아온 「비무장지대」 액자는 지금도 우리 집 현관문 맞은편 중앙에 자리 잡고 있다. 나는 이 작품을 〈우리집 비무장지대〉라고 부른다.

〈우리집 비무장지대〉를 잘 들여다보면 제목 아래의 두 문장이 끝으로 갈수록 살짝 휘어져 올라가 있다. 그러다가 세 번째 문장부터 끝부분이 슬그머니 내려앉으며 이내 네 번째 문장부터 제자리를 잡아 마지막 문장까지 안착하게 된다. 한마디로 줄이 안 맞는다. 부산하게 현관을 오가다가도 그 지점에 내 눈동자가 걸리는 때면 여지없이 웃음이 난다. 눈에 거슬려서가 아니다. 유독 그 지점에서 나와 박용길 장로님의 눈이 마주치는 탓이다.

　분명 장로님은 길었을 수도, 깊었을 수도 있었던 시간 속에 홀로 앉아 글자마다 「비무장지대」의 벅차오르는 가슴을 아로새기셨을 터. 오직 글귀에 집중하다 보니 자신도 모르게 첫 줄부터 비뚤어졌을 것이고, 세 번째 문장에서야 비로소 줄을 맞춰야겠다고 작정하셨을 것이다. 그렇게 장로님이 '아차!' 하는 그 지점에 장로님의 숨결이 더욱 진하게 배었다고 느껴진다. 나는 그렇게 그 지점에서 낮에 혹은 밤에 고요히 앉아 붓을 들었을 장로님을 만나게 된다. 그래서 나는 〈우리집 비무장지대〉가 참 좋다.

　때로는 폭풍전야처럼 고요하고, 때로는 왁자하도록 분주하게 진리를 좇았던 사람 박용길. 이분의 삶을 수집하면서 가장 명확하게 알게 된 것은 '박용길은 자신을 참으로 잘 다스리는 사람'이라는 것이다.

　장로님의 결단에 뚝심은 있을지언정, 이기심은 쉬이 발견되지 않았다. 그분에게는 결단을 이행하는 부지런함이 있을 뿐, 다급한 덤빔은 없었다. 늘 의지를 깊이 품었지, 의욕을 앞세우지 않았다. 아무리 삶이 버거워도 자신을 먼저 돌아보았지, 환경과 조건을 탓하지 않았다. 정의롭고 정직하게 살고자 하는 사람이라면 갖추어야 할 덕목들을 그분은 온몸으로 실천하며 살다 갔다. 이 시점에서 솔직해져야 할 나의 고백은 박용길 장로님이 보여준 덕목 중 '나도 하나쯤은 가지고 있노라!'고 자신할 수 있는 덕목이 쉬이 떠오르지 않는다는 것이다.

　박용길 장로님과 문익환 목사님이 살아온 시간을 더듬어보자면 과연 그것들이 끝 간 데 없이 혼란스럽고 험악했던 시대에 떠밀렸던 것인지, 정의롭지 못한 현실로부터 박차고 나와 뛰어들었던 것인지 잘 모르겠다. 그러나 어느 쪽이 먼저였는지 가리기란 닭이 먼저냐, 달걀이 먼저냐 식의 무게감 없는 사족에 불과하다. 분명하고도 중요한 것은 묶여도 풀려도 한 줄로 만나는 매듭 같은 두 인생에 대한 기억과 기대감이다. 두 분이 살아생전 보여주었던 동시대인들과의 소통과 그 역사가 후대인들에게 어떤 자극으로 다가와 교감할 수 있을지에 대한 기대감.

하여 나는 장로님의 손을 놓지 않고 끊임없이 묻고 또 물을 참이다. 그분의 삶의 한 토막쯤은 내 몸과 마음에 덧입혀보려 애쓸 참이다. 휘어 올라간 〈우리집 비무장지대〉에 시선을 실어 박용길 장로님과 눈을 맞추며, 그렇게 봄길로 나서볼 참이다.

꽃이 핀다. 머리 위 높은 가지에 꽃이 핀다. 발아래 나지막한 땅 위에 꽃이 핀다. 내 앉은 자리에서 고개 살짝 돌리니 그곳에도 꽃이 핀다.

같은 나뭇결에서 피어나건만 어떤 꽃망울은 일등 자리를 놓칠세라 새벽이 밝아오기 무섭게 망울을 확 터뜨리고, 어떤 망울은 다 늦은 저녁에야 조용히 얼굴을 드러낸다. 첫 망울이 터진 지 열흘이 지나고 한 달이 더 지나서야, 뒤늦게 깨어나는 꽃들도 있다. 발등 높이 나란한 꽃들도, 내 허리춤에 닿는 꽃들도 다르지 않다. 가만히 그 자리 지키는 자연만큼 정직하고 제 할 일 잘하는 창조물이 없으니 당연한 이치일 것이다. 첫 꽃도 마지막 꽃도 그저 욕심내지 않고 자신의 순서를 잘 지키는 것도 이런 이유일 테다.

고맙다. 머리 위에서, 낮은 땅 언저리에서, 그리고 무심코 눈길 닿는 그곳에서 자리 지키고 순서 지켜 피어나는 꽃들이 고맙다. 누구보다 먼저 첫 꽃을 볼 수 있는 부지런한 사람을 특별하게 만들어주어 고맙고, 팍팍한 삶에 눈이 어두운 사람도 끝내 볼 수 있도록 기다려 꽃을 피워주니 더없이 고맙다. 누구에게도 공평하게 지치지 않고 손짓해주는 꽃들이 참 고맙다.

봄은 그렇게 온다. 봄은 메마른 겨울 가지들을 뚫고 나와 꽃으로 우리에게 오고, 겨우내 얼었던 딱딱한 땅속으로 스미는 따스한 공기로 우리에게 온다. 어느 날 슬쩍 다가와 앉는 봄은 자신을 밀어낼 틈도 주지 않고 다소곳이 그러나 끈질기게 엉덩이 디밀고 앉아 속닥거린다. 봄길은 그렇게 활짝 열린다.

봄길은 욕심부리지 않는다. 온 힘을 다해 피어난 꽃이라고 하여 그들더러 한없이 그 자리에 머물도록 허락하지 않는다. 할 일을 다 했으면 괜한 텃세 부리지 말고 그저 고요히 말랑한 연둣빛 이파리들에게 자리를 내어주라 이른다. 봄길은 여름에게 길을 터준다. 그렇게 그 길로 여름이 오고, 가을이 지나고, 또 차가운 겨울도 찾아드니 우리에겐 언제나 봄이다.

2020년 봄
정경아

주석-참고문헌

1) 《동아일보》 1948년(단기 4281) 1월 23일 자.

2) 마츠오 미기조, 『에베소교회 연구』, 공덕귀·박용길 옮김(대한기독교서회, 1971), 185쪽.

3) 박남길, 『1900년대를 살다』(김형윤편집회사, 1987), 26~27쪽.

4) 박용길, 「나의 어머니 현문경 여사」, 《새가정》, 1974.

5) 문영금·문영미, 『기린갑이와 고만녜의 꿈』(삼인, 2006), 446~454쪽.

6) 문영미, 『세상을 품은 작은 교회-한빛교회 60년사』(삼인, 2017), 202쪽.

7) 한국염, 『평등/평화/생명의 길-한국기독교장로회 전국여교역자회 50년사』(한국기독교장로회 전국여교역자회, 2019), 70쪽.

8) 이우정·이현숙, 『한국기독교장로회 여신도회 60년사』(한국기독교장로회 여신도회 전국연합회, 1989), 211쪽.

9) 이우정·이현숙, 『한국기독교장로회 여신도회 60년사』(한국기독교장로회 여신도회 전국연합회, 1989), 208쪽.

10) 이우정·이현숙, 『한국기독교장로회 여신도회 60년사』(한국기독교장로회 여신도회 전국연합회, 1989), 228쪽.

11) 박용길, 「예수님의 여제자들」, 《그달의 양식》 창간호, 1956.

12) 《새가정 회의록》, 1964.

13) 박용길, 「애광원을 찾아서」, 《새가정》, 1964.

14) 문영미, 『세상을 품은 작은 교회-한빛교회 60년사』(삼인, 2017), 200~202쪽.

15) 문영미, 『세상을 품은 작은 교회-한빛교회 60년사』(삼인, 2017), 151쪽.

16) 장준하의 이 사진은 현재 통일의 집에 소장되어 있음.

17) 박용길, 「침묵을 깬 3.1 민주구국선언」, 『새롭게 타오르는 3.1 민주구국선언』(사계절, 1998), 263쪽.

18) 3.1 민주구국선언 관련자, 『새롭게 타오르는 3.1 민주구국선언』(사계절, 1998), 17쪽.

19) 박용길, 「침묵을 깬 3.1 민주구국선언」, 『새롭게 타오르는 3.1 민주구국선언』(사계절, 1998), 268쪽.

20) 박용길, 「침묵을 깬 3.1 민주구국선언」, 『새롭게 타오르는 3.1 민주구국선언』(사계절, 1998), 269쪽.

21) 김설이·이경은, 『잿빛 시대 보랏빛 고운 꿈』(민주화운동기념사업회, 2007), 118쪽.

22) 박용길, 「침묵을 깬 3.1 민주구국선언」, 『새롭게 타오르는 3.1 민주구국선언』(사계절, 1998), 269쪽. 이 내용은 1980년 이후에 있었던 일이다.

23) 박용길, 「침묵을 깬 3.1 민주구국선언」, 『새롭게 타오르는 3.1 민주구국선언』(사계절, 1998), 267쪽.

24) 김설이·이경은, 『잿빛 시대 보랏빛 고운 꿈』(민주화운동기념사업회, 2007), 92쪽.

25) "긴급조치 9호 해제", 민주화운동기념사업회 오픈아카이브.

26) 김설이·이경은, 『잿빛 시대 보랏빛 고운 꿈』(민주화운동기념사업회, 2007), 193쪽.

27) 김옥두, 『다시 김대중을 위하여: 김대중과 함께 30년 그 격동의 현장』(살림터, 1995), 256~257쪽. 『잿빛 시대 보랏빛 고운 꿈』에서 재인용.

28) 박용길·김석중·이종옥, 「가족일기」, 『김대중 내란음모의 진실』(문이당, 2000), 449쪽.

29) 박용길·김석중·이종옥, 「가족일기」, 『김대중 내란음모의 진실』(문이당, 2000), 450쪽.

30) 박용길·김석중·이종옥, 「가족일기」, 『김대중 내란음모의 진실』(문이당, 2000), 453쪽.

31) 김설이·이경은, 『잿빛 시대 보랏빛 고운 꿈』(민주화운동기념사업회, 2007), 204쪽.

32) 김설이·이경은, 『잿빛 시대 보랏빛 고운 꿈』(민주화운동기념사업회, 2007), 206~207쪽.

33) "민주화운동 관련 인사 구술사료 수집을 위한 구술면담-이종옥", 민주화운동기념사업회, 2002.

34) 박용길·김석중·이종옥, 「가족일기」, 『김대중 내란음모의 진실』(문이당, 2000), 466~467쪽.

35) "민주화운동 관련 인사 구술사료 수집을 위한 구술면담-박용길", 민주화운동기념사업회, 2002.

36) 조영래, 『전태일 평전 개정판』(돌베개, 1991), 286쪽.

37) "박종철고문치사사건 사진자료", 민주화운동기념사업회 오픈아카이브.

38) "지선 스님 6월 항쟁 구술자료", 민주화운동기념사업회 오픈아카이브.

39) 유시춘, 『6월 항쟁을 기록하다 3권』(민주화운동기념사업회, 2007), 224쪽.

40) 박용길, 『6월 항쟁을 기록하다 1권』(민주화운동기념사업회, 2007), 기념사.

41) 이유나, 「문익환의 통일론과 통일운동에 대한 연구」(성균관대 박사논문, 2009), 267쪽.

42) "문성근, 아버지 앞에 서다", 백만송이 국민의명령 제작 유튜브, 2011.

43) 《뉴스프리존》 2018년 1월 11일 김현태 기자의 문성근 인터뷰 보도.

44) 문호근, 「나의 어머니 박용길 장로는 왜 평양에 갔나」, 《월간 말》 통권 111, 1995.

45) 한국여신학자협의회 20년사위원회 편, 『여신협 20년 이야기』(여성신학사, 2000), 137쪽.

46) 유원규, 박용길 장로 입관예배 설교, 2011.

봄길 박용길의 삶

1919년(1세)
황해도 수안면 수안에서 10월 24일(음력 9월 1일) 박두환과 현문경의 셋째 딸로 출생(형제 전체는 갑길, 남길, 용애, 용길, 용주, 원자까지 6남매)

1922년(4세)
아버지 박두환이 평안북도 창성군 대유동 금광으로 전근
의신義信학교, 의신유치원 설립. 화신和信연쇄점 임신壬申구락부 개설

1928년(10세)
서울 황금정(을지로 입구)에서 작은아버지 집에서 지내며 언니들과 서울 유학
주교舟橋보통학교 2학년 입학

1929년(11세)
서울 운니동 23번지로 이사해 조부모님과 생활

1933년(15세)
경성공립여자고등학교(경기여고) 입학

1936년(18세)
경기여고 4학년 때 한국 YWCA 주최–조선일보 후원 제2회 시조놀이 대회 우승
안동교회 김우현 목사로부터 일본 신학교 유학을 권유받음

1937년(19세)
3월 경기여고 졸업
일본 요코하마공립여자신학교 입학

1938년(20세)
관동조선신학생회의 신입생 환영예배에서 문익환을 처음 만남

1940년(22세)
일본 요코하마공립여자신학교 졸업
일본 동경 시나가와品川교회 전도사로 부임

1941년(23세)
서울로 돌아옴
서울 승동교회에서 전도사 활동

1942년(24세)
어머니 병환으로 모든 활동을 접고 어머니를 모시고 평안북도 대유동으로 들어감
어머니 현문경 사망

1944년(26세)
6월 17일 서울 안동교회에서 문익환과 결혼(주례 최거덕 목사)
중국 용정중앙교회에서 피로연
문익환이 전도사로 있던 중국 길림성 장춘현 만보산교회 사택에서 신혼살림

1945년(27세)
문익환이 신경교회 전도사로 부임하면서 중국 신경에 정착
4월 17일 첫 딸 문영실 출생
8월 해방과 더불어 중국 땅을 떠나가는 피난민들 지원

1946년(28세)
1월에 문영실 사망
마지막 남은 피난민들과 신경을 떠나 서울 도착
시아버지 문재린 목사가 시무하던 경상북도 김천 황금동교회 사택의 시집 식구에 합류
11월 17일 주일 예배 중 아들 문호근 출생

1947년(29세)
6월 17일 문익환이 조선신학원을 마치고 목사안수 받음

1948년(30세)
광복군으로 재입대한 아버지 박두환이 임무 수행 중 사망
7월 7일 딸 문영금 출생
문재린 목사가 서울 돈암동 신암교회 담임목사로 부임하면서 온 가족이 서울로 이사

1949년(31세)
문익환이 미국 프린스턴신학교로 유학 떠남

1950년(32세)
3월 3일 아들 문의근 출생
6.25 전쟁이 발발하자 프린스턴신학교에 있던 문익환이 유엔군에 자원입대하여 도쿄로 발령받음
가족들은 피난선을 타고 제주도에 도착하여 서부교회에서 피난 생활 시작

1952년(34세)
시아버지 문재린 목사가 경상남도 거제도 옥포교회의 초청을 받아 거처를 거제도로 옮김
문익환은 판문점 정전회담 통역관으로, 도쿄의 미국인 한글학교 교장으로 활동
일본 요코하마한인교회에서 박용길을 전도사로 초청하여 아이들과 도쿄로 감

1953년(35세)
5월 28일 아들 문성근 출생, 난소근종 제거 수술
7월 판문점에서 정전협정이 체결되어 6.25 전쟁이 휴전되고 군사분계선이 설정됨

1954년(36세)
문익환이 공부를 마치기 위해 다시 미국으로 떠나고, 요코하마한인교회에서 전도사로 시무하던 박용길과 아이들은 귀국하여 서울 신당동에서 생활

1955년(37세)
2월 문재린 목사 인도로 서울중앙교회(한빛교회 모태) 설립
한빛교회 집사로 시어머니 김신묵 권사와 함께 교회 활동
문익환이 미국에서 귀국하여 한신대 교수와 한빛교회 목사로 목회 활동
서울 동자동의 한신대학교 캠퍼스 사택으로 이사
경기여고 동기동창회 해바라기회 설립, 동창들과 함께 원광회를 만들어 탁아원 운영, 장학 사업, 불우이웃돕기 사업 전개

1956~1958년(38~40세)
한국기독교장로회 여신도회 전국연합회 3대 상임총무를 맡음

1956~1988년(38~70세)
한국기독교장로회 여신도회 전국연합회 서기, 기획부장, 청유부장, 생활연구부장, 선교위원장, 협동총무를 맡음

1956~1978년(38~60세)
새가정사 운영위원 활동

1958년(40세)
한신대 캠퍼스가 옮겨간 수유리 캠퍼스 사택으로 이사

1958~1970년(40~52세)
한신부인회, 동서자매회 활동

1963년(45세)
새가정사 공동운영위원장을 이주선과 함께 맡음

1966~1968년(48~50세)
여성들의 경제적 자립을 위한 코스모스클럽 시작(수예품 제조 판매)

1968~1978년(50~60세)
요코하마신학교를 포함한 다른 신학교 동창회와 함께 순교자기념사업회 조직, 활동

1970년(52세)
문익환이 한신대 사임하면서 수유동, 지금의 통일의 집으로 이사

1971년(53세)
1월 15일 『에베소교회 연구』(마츠오 미기조 지음)를 공덕귀와 공동번역 출간

1974년(56세)
9월 구속자가족협의회 활동 시작

1975년(57세)
11월 23일 한빛교회 장로 취임

1975~1990년(57~72세)
8월 17일 갈릴리교회를 시작하여 운영, 1990년 4월 1일 마지막 예배

1976년(58세)
명동성당에서 3.1 민주구국선언문 사건으로 조사받음

*문익환의 첫 번째 구속: 1976년 3월 2일~1977년 12월 31일
3.1 민주구국선언 사건으로 22개월을 감옥에서 지냄

1976~1986년(58~68세)
양심범가족협의회(구속자가족협의회)의 결성을 주도하여 구속자석방운동을 비롯한 활동

*문익환의 두 번째 구속: 1978년 10월 13일~1979년 12월 14일
유신헌법 비민주성 폭로를 이유로 형집행정지 취소되어 15개월을 감옥에서 지냄

1979년(61세)
6월 구가협의 미국대통령 카터 방한 반대 시위로 25일간 구류 선고받고 열흘 후 풀려남

1980~1985년(62~67세)
양심범가족협의회 회장을 맡음

*문익환의 세 번째 구속: 1980년 5월 17일~1982년 12월 24일
내란음모죄로 32개월을 감옥에서 지냄

1985년(67세)
시아버지 문재린 사망

1986년(68세)~
민주화실천가족운동협의회(민가협) 공동의장으로 선출

*문익환의 네 번째 구속: 1986년 5월~1987년 7월 8일
집회와 시위에 관한 법률 위반·선동죄로 14개월을 감옥에서 지냄

1988년(70세)
한국기독교장로회 여장로회 회장으로 선출

1989년(71세)
문익환이 북한을 방문하여 김일성 주석과 통일에 대해 논의하고 4.2 공동선언 발표

*문익환의 다섯 번째 구속: 1989년 4월 13일~1990년 10월 20일
방북 후 국가보안법 위반으로 19개월을 감옥에서 지냄

1990년(72세)
시어머니 김신묵 사망

*문익환의 여섯 번째 구속: 1991년 6월 6일~1993년 3월 6일
분신정국 장례위원장 활동으로 형집행정지가 취소되어 21개월을 감옥에서 지냄

1992년(74세)
일본 도쿄에서 열린 양심수 석방을 위한 서예전 참여

1994년(76세)
1월 18일 문익환 사망
자주평화통일민족회의 상임고문을 맡음
4월 21일 통일을 준비하는 모임 통일맞이칠천만겨레모임(통일맞이) 설립

1994~1997년(76~79세)
통일맞이칠천만겨레모임 대표를 맡음

1995년(77세)
6월 28일 김일성 주석 1주기 조문을 위해 북한 방문
7월 31일 판문점으로 귀환하여 옥고를 치름, 국제앰네스티 양심수로 인정, 전 세계 6백여 명의 인사들이 박용길 석방을 탄원, 징역 2년, 집행유예 3년으로 4달 만에 석방
허혈성 심장질환 진단받음

1998~2001년(80~83세)
민족화해협력범국민협의회 상임의장을 맡음

2000년(82세)
조선노동당 창건 55돌 초청인사로 평양 방문

2001년(83세)
6.15 남북공동선언 실현을 위한 통일연대 공동준비위원장을 맡음
큰아들 문호근 사망

2002년(84세)
민족화해협력범국민협의회 상임고문을 맡음
사단법인 통일맞이 상임고문을 맡음

2005년(87세)
6.15 공동선언실천 남측위원회 명예대표를 맡음
10월 24일 국민훈장 모란장 수상(2180호)

2006년(88세)
3월 21일 제8회 한겨레통일문화상 수상(한겨레통일문화재단)

2008년(90세)
9월 8일 서울 아카데미하우스에서 구순 잔치

2011년(93세)
9월 25일 노환으로 사망
겨레장 뒤 경기도 남양주시 마석 모란공원에 안장